LA VOLUNTAD

JOSÉ MARTÍNEZ RUIZ
Azorín

LA VOLUNTAD

Edición,
introducción y notas
de
E. INMAN FOX

CUARTA EDICIÓN

clásicos castalia

Madrid

Cubierta de Víctor Sanz

Impreso en España - Printed in Spain
Unigraf, S. A. Fuenlabrada (Madrid)

I.S.B.N.: 84-7039-133-X
Depósito Legal: M. 16.674-1983

SUMARIO

INTRODUCCIÓN BIOGRÁFICA Y CRÍTICA   9

NOTICIA BIBLIOGRÁFICA   48

BIBLIOGRAFÍA SELECTA SOBRE EL AUTOR   49

NOTA PREVIA   54

LA VOLUNTAD   57

    Prólogo   57

    Primera parte   61

    Segunda parte   195

    Tercera parte   257

    Epílogo   285

ÍNDICE DE LÁMINAS   303

INTRODUCCIÓN

BIOGRÁFICA Y CRÍTICA

E L libro que tiene en sus manos el lector es una novela que describe la lucha interior de un personaje por encontrar una solución vital: la de incorporarse a la vida de un ambiente que le es extraño. Es la novela de un hombre que ha roto psicológicamente con cuanto le ligaba a la realidad de su circunstancia, y que busca, desesperada y sinceramente, el porqué de su existencia. Su historia se convierte en la crónica de toda una generación española, cuyos paladines espirituales sentían la contradicción entre su propia vida y los acontecimientos históricos que les tocó vivir.

Empecemos por trazar la biografía intelectual y espiritual de José Martínez Ruiz, autor-protagonista, hasta la aparición de su primera novela, *La voluntad* (1902). [1] Si

---

[1] Las biografías más completas y adecuadas de Azorín son las de Luis S[ánchez] Granjel, *Retrato de Azorín* (Madrid, 1958), y de Ángel Cruz Rueda, *Nuevo retrato literario de Azorín,* incluida en el primer volumen de las *Obras Completas* (Madrid, 1947). Hecho con menos rigor, pero que ofrece datos y documentos interesantes, es el libro de Gómez de la Serna, *Azorín* (2.ª ed. aumentada, Buenos Aires, 1942). José Alfonso contribuye con testimonios de la vida de Azorín en Monóvar en *Azorín, íntimo* (Madrid, 1950) y *Azorín. En torno a su vida y a su obra* (Barcelona, 1958). El libro de J. M. Valverde, *Azorín* (Barcelona, 1971) —libro que parte en lo que se refiere a Martínez Ruiz de esta introducción y otros estudios mencionados aquí—, es ahora el estudio más extenso y completo sobre la biografía intelectual del joven Azorín. También es curiosa la monografía de José Rico Ver-

9

atendemos a los resortes de su personalidad, de artista y de hombre (dualidad en fusión a lo largo de toda su obra y vida), llegaremos tal vez a comprender mejor el mundo de *La voluntad* y su significación como creación artística.

José Augusto Trinidad Martínez Ruiz —el futuro Azorín— nace en Monóvar, el 8 de junio de 1873. Primogénito de doña María Luisa Ruiz Maestre, natural de Petrel, y de don Isidro Martínez Soriano, natural de Yecla, abogado hacendado en Monóvar y muy querido en la villa, el escritor nace en una familia tradicional, en desahogada situación económica.

En las últimas décadas del siglo XIX, Monóvar era un floreciente núcleo urbano, típico de la "tierra alta alicantina", con una economía agrícola en desarrollo creciente. Luis Sánchez Granjel, uno de los mejores biógrafos de Azorín, nos ofrece una detallada estampa del lugar natal de nuestro autor: "Acababa de inaugurarse en la localidad un teatro, el Principal, y un Casino, donde hacen su tertulia los señores; políticamente, unos son conservadores "romeristas" (como el padre de José), otros, liberales sagastinos; los hay partidarios de Canalejas, y no escasean los que se confiesan carlistas y también quienes se llaman republicanos. A despecho de esta diversidad la convivencia discurre plácida, sin altibajos ni acaloramientos; el bienestar de que goza Monóvar ayuda a limar las asperezas del diario vivir, a lograrlo colaboran factores temperamentales" (*Retrato de Azorín*, pp. 20-21).

Desde su niñez, Pepe (así le llamaban sus familiares e íntimos y así siguieron llamándole hasta su muerte) dio muestras de su espíritu independiente y de su afición a la soledad, que hallaba en la propiedad familiar de una casa de campo situada en el Collado de Salinas. Allí leía y escribía. Allí compuso las descripciones más sensibles y personales del paisaje en torno a Monóvar. Ya hemos

---

dú, *Un Azorín desconocido* (Alicante, 1973), en que se intenta un análisis psicológico de Azorín, basado en sus antecedentes y en documentos familiares ahora disponibles en la Casa-Museo de Azorín en Monóvar.

topado con el tema del *paisaje,* y precisamente con el paisaje de Azorín. ¿Ha buscado en la estampa paisajista únicamente una posible expresión estética? ¿No habrá querido también, o incluso más bien, intuir qué función catalítica desempeña el paisaje en la psicología y el arte de sus habitantes? Aunque las descripciones de Azorín reflejan un estado anímico del escritor, no hay que incurrir en la falta cometida por muchos comentaristas al enjuiciar las estampas impresionistas de Azorín, ya que sería imposible desdeñar la "vida opaca" que agoniza en el hondón de los paisajes azorinianos.

Pero volvamos a Monóvar, en el valle de Elda. El caserío está rodeado de un terreno montañoso, de rocosa sequedad, accidentado por desniveles geológicos que ofrecen un panorama cambiante de valles y tierras llanas donde se cultivan la vid y el olivo. El cielo despejado de un intenso azul realza los matices cromáticos de los campos solitarios. He aquí cómo Azorín nos transmite su propia visión: "Ahora todo parece como desleído, suavizado. Desleído en gris el rojo; desleído en gris el azul; desleído en gris el verde; desleído en gris el amarillo. Todo en el aire transparente, como soñado, como entrevisto en una divagación lírica. Fajas de matices superimpuestas; fajas de todos los grises coloreados; fajas de grises que bajan horizontales de los montes y se extienden por la comba suave del valle. En la lejanía, delante de una cortina de seda azulina, opaca, vieja, el paredón cobrizo del castillo enhiesto en su agudo peñón. Correlación armoniosa y profunda entre la sencillez de la suave coloración y el yeso blanco, el pino sin pintar y el esparto. Todo, nota de supremo franciscanismo. Ambiente el más propicio para un ángel; más que un paisaje romántico, de áspera montaña y de niebla. Paisaje éste de pura y clara inteligencia... Tornasoles y cambios de sutil paisaje con la luz del momento; cambio a cada minuto; cada minuto paisaje nuevo; los matices del gris, diversos de lo que eran el momento anterior... En el fondo del valle, la laguna; el espejo terso de las aguas. Olivos, vides, almendros, higueras. Una serenidad inalterable; la seguridad gratísima de que esta quietud no ha de ser alterada..." *(El Libro de Levante, OC,* V, pp. 426-427).

Hay que advertir que esta descripción no es de José Martínez Ruiz, adolescente, sino de Azorín, el artista maduro que domina su materia. El texto pertenece a una época en la que el hombre parece haber resuelto sus preocupaciones vitales —en el supuesto de que tal cosa sea posible—. O revelará, sencillamente, una transitoria retirada de sus intereses sociales y metafísicos. Esa tranquilidad franciscana, inspirada por el paisaje de Monóvar, habrá podido grabarse en el joven Martínez Ruiz, pero, de hecho, no emerge como tal pacífico franciscanismo hasta *Antonio Azorín* (1903). Aunque sea reflejo del desarrollo lógico de una juventud agitada, poco tiene que ver con las experiencias y la orientación vital que informan *La voluntad.* La huella que haya podido dejar en su carácter la adolescencia en Monóvar está, desde luego, ausente en cualquier escrito anterior a la primera novela, y ni siquiera en ésta podría descubrirse fácilmente.

Recuperemos el hilo cronológico. A los ochos años, José Martínez Ruiz inicia sus estudios como interno en el Colegio de los Padres Escolapios de Yecla. Hasta los dieciséis años, Martínez Ruiz viviría en el ambiente de la segunda enseñanza practicada por una Orden religiosa. Sólo durante las vacaciones regresa a Monóvar. El recuerdo de los cursos pasados en Yecla se proyecta en el espíritu de Martínez Ruiz, como puede verse en *La voluntad.* Los años de Yecla resurgen en la memoria de Azorín como una sombra casi siempre teñida de tristeza. Habíase sentido arrancado del seno familiar y de la radiante naturaleza alicantina. Experimentó enseguida el rigor de un colegio religioso en medio del tétrico caserío manchego. "Yecla —ha dicho un novelista— es un pueblo terrible. Sí que lo es; en este pueblo se ha formado mi espíritu. Las calles son anchas, de casas sórdidas o viejos caserones destartalados; parte del poblado se asienta en la falda de un monte yermo, parte se explaya en una pequeña vega verde, que hace más hórrida la inmensa mancha gris, esmaltada con grises olivos, de la llanura sembradiza... En la ciudad hay diez o doce iglesias; las campanas tocan a todas horas; pasan labriegos con capas pardas; van y vienen devotas con mantillas negras. Y de cuando en cuando discurre por las calles un hombre triste que hace tintinear una campanilla, y nos anuncia que un convecino nuestro acaba de morirse... Y esta tristeza, a través de siglos y siglos, en un pueblo pobre, en que los inviernos son crueles, en que apenas se come, en que las casas son desabrigadas, ha ido formando como un sedimento milenario, como un recio ambiente de dolor, de resignación, de mudo e impasible renunciamiento a las luchas vibrantes de la vida" *(Las confesiones de un pequeño filósofo, OC,* II, pp. 54-55).

El novelista aludido es Pío Baroja. En *Camino de perfección,* novela también de 1902, Yecla (Yécora) se convierte en el arquetipo de la decadencia de los pueblos españoles. Los datos utilizados por Baroja seguramente proceden de informaciones que le ha dado Martínez Ruiz, ya que el novelista nunca vivió en Yecla, aunque la conocería por alguna visita ocasional. Y, para Martínez Ruiz, en *La voluntad,* Yecla adquiere dimensiones simbólicas que, trascendiendo del ambiente social y físico del pueblo mismo, resumen el mensaje de toda una generación. Por lo que se refiere a la crítica de la enseñanza en un colegio regido por una orden religiosa, expresada por Azorín en *Las confesiones de un pequeño filósofo,* sólo Gabriel Miró, otro alicantino, ha dejado impresiones más intensas, de una angustia artísticamente muy elaborada, sobre el impacto opresivo que produce el internado en un colegio religioso con su estéril disciplina intelectual, sobre el espíritu de un muchacho de imaginativa sensibilidad.

En el otoño de 1888 se abre una nueva etapa en la vida de Martínez Ruiz. El joven bachiller se matricula en la Universidad de Valencia para estudiar Derecho, carrera que no terminaría por carecer de inclinación a los estudios. Si la estancia de Martínez Ruiz en la capital levantina no iba a contribuir a su formación profesional como abogado, en cambio va a tener importancia decisiva en sus contactos intelectuales con las últimas corrientes del pensamiento y del arte. El joven estudiante leyó por primera vez la poesía de Leopardi, mejoró su francés con la lectura de *Les fleurs du mal* de Baudelaire, y curioseó entre las obras revolucionarias publicadas por Sempere, editor de ideas políticas y científicas avanzadas. No poco influyó en Martínez Ruiz el catedrático de Derecho Político, Eduardo Soler, destacado krausista. Se aficionó al teatro, y asistió a representaciones de obras clásicas y modernas y aplaudió las actuaciones de los mejores actores de entonces: Vico, Calvo y Novelli. Asiduo de las tertulias de los cafés, donde se escuchaba a Wagner, cuya música también fue tema de polémica por las décadas finales del siglo XIX, y espectador de corridas de toros, Martínez Ruiz, durante sus años valencianos, absorbe la vida popular y estudiantil y se siente cautivado por nuevas ideas sociales, políticas y literarias que impregnan sus primeros escritos. Gozaba de una libertad, antes desconocida para él, que le permitía satisfacer todos los impulsos de los años adolescentes. Es precisamente en Valencia donde se afirma la voluntad del joven, donde nace el rebelde, el Martínez Ruiz que arremete, sin rumbo, contra lo aceptado y lo establecido, contra "esto y aquello", contra todo.

Es durante estos años, en la Valencia contagiada del espíritu "fin de siglo", cuando despierta en el joven Martínez Ruiz la vocación de escritor. O de periodista, pues hizo sus primeras armas como tal, aunque no está de más recordar que, a pesar de cultivar los más diversos géneros literarios, nunca dejó de ser periodista, ni en calidad de Martínez Ruiz ni como Azorín. Si exceptuamos las novelas y el teatro, no hay casi libro suyo que no se haya publicado antes como artículo en periódico o en revista.[2] Este hecho siempre pesó en su manera de escribir. Por 1892, escribió reseñas para la revista *La Educación Católica* con el seudónimo Fray José, firmó artículos en *El De-*

---

[2] Sobre el periodismo de Azorín consúltese la monografía de José Luis Torre Murillo, "Azorín, periodista", *Gaceta de la Prensa Española*, nov.-dic., 1957; y nuestro estudio, "Una bibliografía anotada del periodismo de José Martínez Ruiz (Azorín): 1894-1904", *Revista de Literatura*, XXVIII, 55-56, 1965, pp. 231-244.

fensor de Yecla con Juan de Lis, y mandaba artículos al periódico de su lugar natal, *El Eco de Monóvar*. [3] Perteneció a la redacción de *El Mercantil Valenciano,* donde, cuando era director Francisco Castell, Martínez Ruiz es revistero de teatros en 1894, y merecen recordarse sus elogios a las obras dramáticas de Galdós. En *El Pueblo,* el periódico de Blasco Ibáñez, aparecen, en 1895-1896, artículos de Martínez Ruiz, entonces defensor violento de los ideales ácratas. Colaboraciones suyas hay también en la revista valenciana *Bellas Artes,* durante el mismo bienio de 1894-95. En estos escritos juveniles apuntan ya los dos temas dominantes en su producción hasta 1905: la crítica literaria (con preponderancia de la crítica de teatro) y la política social. Ambas zonas en realidad se complementan o son, incluso, inseparables para Martínez Ruiz, que considera que el valor de la literatura consiste en el planteamiento y la solución de problemas sociales. No extraña por lo tanto que para él los dos dramaturgos extranjeros que más le van a impresionar sean Ibsen y Maeterlinck, y que se sienta más atraído por el teatro catalán (Guimerá, Rusiñol, etc.) que por la atávica literatura dramática castellana de la misma época. Dada la ideología de Martínez Ruiz, la palma del interés se la llevará el drama socialista *Juan José,* de Joaquín Dicenta. Completará el esquema ideológico de Martínez Ruiz la mención de las traducciones que se le deben por esos años: el drama *La intrusa,* de Maeterlinck (Valencia, 1896); la conferencia ácrata del sociólogo francés A. Hamon, *De la patria* (Barcelona, 1896), y el folleto *Las prisiones,* del príncipe anarquista Pedro Kropotkin (Valencia, 1897).

En 1893 aparece un folleto —lo primero que publica Martínez Ruiz en forma de libro— firmado con el seudónimo Cándido. *La crítica literaria en España* es una conferencia que dio en el Ateneo de Valencia; texto ligero y superficial que repasa, con defectuosa erudición, los

---

[3] Véase Miguel Ortuño Palao, "Un seudónimo preazoriniano", *Idealidad* (Alicante), núm. 183, junio, 1973; y el libro mencionado de Rico Verdú.

historiadores de las letras españolas, y que divide la crítica en dos bandos: los serios (Pardo Bazán, Valera) y los satíricos (Larra, Clarín y Fray Candil). Un segundo folleto, el mismo año, se titula *Moratín (Esbozo)* y también firma Cándido; se trata de un ensayo de crítica literaria, aunque no podría aún señalarse el rumbo que quiere seguir. Éste se define con más claridad en 1894, cuando aparece *Buscapiés,* firmado por Ahrimán, seudónimo que utiliza también para sus artículos en *El Mercantil Valenciano. Buscapiés* es una colección de cuentos, impresiones literarias, cuadros de Valencia, etc., subrayada por la mordacidad y la intención satírica.

José Martínez Ruiz, ya el anarquista literario, da a la estampa, en 1895, otro folleto, evidentemente explícito por el título: *Anarquistas literarios. Notas sobre la literatura española.* Su propósito consiste en levantar la bandera de la evolución de los valores sociales y literarios, a costa de derribar los ídolos tradicionales en literatura y periodismo. No escatima violencias en sus ataques desaforados contra Núñez de Arce y Echegaray, anacrónicos figurones, y no ahorra elogios para la virulencia de la crítica de Larra y Fray Candil en favor de una nueva sociedad. Concluye con la nota de que así se precipitará la revolución social. El mismo año, Martínez Ruiz publica sus *Notas sociales (Vulgarización),* en que postula como única literatura válida para España la que plantea los problemas sociales con fuerza, y predica como solución a los problemas españoles el anarquismo. Durante sus años de Valencia, Martínez Ruiz evolucionará, como veremos, hacia el arte social, y de ahí pasará a la sociología, que, en 1899, le permite ofrecer sus dos mejores libros hasta entonces: *La evolución de la crítica* y *La sociología criminal.* Sigue arremetiendo contra la juventud literaria en *Literatura* (1896), último folleto de la fecunda etapa valenciana: "La juventud española es frívola, superficial; no toma en serio el arte, ni el derecho, ni las grandes cuestiones de la vida" *(OC,* I, 288). Hasta los "buenos" —Altamira, Galdós, Fray Candil, Bonafoux y Eusebio Blasco— tienen sus defectos: falta de disciplina y método y exceso de lirismo.

Aquí sólo he podido dar una visión muy somera del contenido de los primeros folletos del joven Martínez Ruiz. Es material accesible al público interesado gracias a haber sido incluido en el primer tomo de *Obras Completas* (Madrid, 1947). Será desde luego indispensable para los que quieran conocer la formación personal y artística del autor de *La voluntad* adentrarse un poco en los escritos valencianos citados. No obstante la parquedad de nuestras alusiones, éstas evidencian el cambio psicológico que se ha operado en Valencia en aquel tímido y solitario colegial surgido en Monóvar y recriado en Yecla. Sabemos que José Martínez Ruiz está formado; su vocación es clara, y todas las apariencias son de que el escritor pisa fuerte y está seguro de sí mismo. Valencia no basta, sin embargo. La gloria hay que buscarla en la villa y corte. Martínez Ruiz, joven con energía, convicción, ambición y talento, no tendría más remedio que probar fortuna en Madrid.

El futuro Azorín llega a Madrid —ciudad que al fin adopta como suya y donde va a vivir, con algunas interrupciones, hasta el 4 de marzo de 1967, fecha de su muerte— el 25 de noviembre de 1896. Es entonces, en aquel mismo otoño, cuando llegan a la capital Valle-Inclán y Manuel Bueno. Baroja ya se había avecindado en Madrid y Maeztu llegaría a principios del año siguiente. Estos jóvenes, coetáneos, no tardarán en intimar y en constituir, por una serie de coincidencias ideológicas y estéticas, el grupo más tarde llamado del "Noventa y Ocho". Sus miembros, por aquellos años, buscaban como medio de expresión más inmediata y de más fácil comunicación las redacciones de los periódicos. Una carta de Luis Bonafoux presenta a José Martínez Ruiz a Ricardo Fuente, director de *El País,* diario progresista que abre sus columnas al anarquista de Monóvar. Desde diciembre hasta mediados de febrero de 1897 aparecen artículos de Martínez Ruiz, casi a diario, en el periódico. No abdica de sus ideales; ataca las instituciones, los valores consagrados, no respeta ni la política ni las letras de España, y su ofensiva es tan temeraria, que no hay más remedio, después de haber escrito un artículo preconizando el amor libre, que expulsarle de la redacción de *El País*. Nos relata las desilusiones de su primera salida en el folleto *Charivari (Crítica discordante)*, de 1897, el primero de varios diarios cuya materia y forma van a figurar en la elaboración de *La voluntad*. El único aliento que recibe en estos meses es un "Palique" de Clarín en que el gran crítico elogia la labor del futuro Azorín. [4] Este "espaldarazo", como lo llama Gómez de la Serna en su libro *Azorín*, se convierte en una fuerza dirigente en los primeros años de su carrera madrileña. Algunos críticos han dicho —y me parece que con razón— que la obra de Clarín (sobre todo *Cartas a Hamlet*), su interés personal en el talento de Martínez Ruiz y su muerte en 1901 han inspirado, al menos en parte, la contrafigura de Yuste en *La voluntad*. No obstante, como temía represalias por los ataques, en algunos casos libelos, que salieron en *Charivari* contra varias personas, sobre todo Joaquín Dicenta, Martínez Ruiz se va de Madrid para pasar algunos días en Córdoba, y luego unos meses probablemente en Monóvar.

Por lo de *Charivari*, o por otras razones, decide no publicar un librito de cuentos revolucionarios, sátiras sociales y fragmentos teóricos de política y sociología anarquistas— ya aparecidos en la prensa— que tenía preparado con el título de *Pasión*. Y en este mismo verano de 1897 declara su adhesión a los principios federalistas —pero siempre en plan de acabar con la opresión de la clase obrera— a través de una serie de colaboraciones en *La Federación* de Alicante. [5]

El hecho es que no vuelve a Madrid hasta fines de setiembre o principios de octubre cuando empieza una co-

---

[4] Cruz Rueda reproduce el "Palique" de Alas en su *Semblanza de Azorín*, (p. 19); la relación epistolar entre los dos críticos se documenta, en parte, por Gómez de la Serna, *Op. cit.*: y José M. Martínez Cachero estudia su amistad a fondo en "Clarín y Azorín (Una amistad y un fervor)", *Archivum*, III, 1953, pp. 159-176.

[5] Véase los artículos de R. Pérez de la Dehesa, "Un desconocido libro de Azorín: *Pasión (cuentos y crónicas)*, 1897", *Revista Hispánica Moderna*, XXXIII, 1967, pp. 280-284; y "Azorín y Pi y Margall", *Revista de Occidente*, 78 (setiembre, 1969), pp. 353-362.

laboración en *El Progreso,* que durará hasta abril de 1898. *El Progreso* es el diario republicano de Alejandro Lerroux que cuenta en este tiempo con colaboraciones de Unamuno y Maeztu. Aunque las "Crónicas" de Martínez Ruiz son de tema político y social, siempre en tono revolucionario, también actúa como crítico de teatro en sus "Avisos de Este".

A fines de 1897 aparece en los escaparates de Madrid el tomito *Bohemia (Cuentos).* Comienza con una sección titulada "Fragmentos de un diario", que, ya que llevan las fechas 11, 12, 13, 17, 19, 21, 22 y 23 de marzo, fechas omitidas en *Charivari,* deben pertenecer a la redacción primitiva de la "crítica discordante". No hubieran contribuido al tono polémico del primer librito, sino más bien a un sentimiento de patetismo por el autor, porque en estas páginas de *Bohemia* Martínez Ruiz revela detalles de su lucha por la vida: "No he podido renovar mi abono de cincuenta pesetas en el restaurante de la calle Montera. Sólo tengo tres duros; con ellos he de pasar todo el mes. ¿De qué modo? No lo sé, comeré lo que pueda..., pan sólo... Continúo comiendo mis veinte céntimos de pan. Al principio he notado sequedad en el estómago y en la cabeza. También me he encontrado más flexible, más *vaporoso;* pero ahora lo que siento es debilidad. Casi no puedo escribir". Aparte de dos descripciones de paisaje, donde apunta por primera vez el gusto contemplativo del futuro Azorín, el resto de *Bohemia* consta de cuentos dialogados sobre temas que le permiten desarrollar su vena cínica. El joven escritor está triste y siente impaciencia y amargura contra el ambiente que le niega la fama.

Todavía colaborando en *El Progreso,* al principio de 1898, manda algunos artículos sobre "los infames de Montjuich" a la hoja anarquista, *La Campaña,* que dirige Luis Bonafoux en París; y otros aparecen en *Madrid Cómico,* un semanario ilustrado; son cuadros satíricos de Madrid, crítica teatral y artículos en contra del sistema parlamentario. En este mismo año salen dos folletos suyos: *Soledades,* dedicado a Leopoldo Alas, una miscelánea de cuentos, pensamientos en la forma de máximas y ensayitos sobre la moral en que vemos citados más de una vez a Schopenhauer y Montaigne; y *Pecuchet, Demagogo (Fábula)*, una sátira al estilo de Flaubert contra el revolucionario (José Nakens) superficial e insincero.

El año 1899 marca una consolidación de la confianza de Martínez Ruiz en su capacidad de escritor. Hasta ahora sólo ha publicado artículos periodísticos y unos folletos breves, inacabados; su aprendizaje ha sido fructífero, sus trabajos son comentados, nadie duda de que es uno de los jóvenes que más promete, pero queda el hecho de que no ha escrito un libro maduro. Martínez Ruiz abandona, por lo visto, el periodismo en este año —ya que sólo tenemos noticias de dos artículos en *Revista Nueva*, de Luis Ruiz Contreras, en setiembre y octubre, y uno de diciembre en *Vida Nueva*. Sospechamos que habría de dedicarse plenamente a los dos libros más sustanciales de su carrera naciente: *La sociología criminal*, publicado en 1899, y *Los hidalgos*, publicado al principio de 1900. El primero es una obra bien estudiada y documentada sobre la filosofía del Derecho Penal, tema entonces de enorme interés para los anarquistas. *Los hidalgos (La vida en el siglo XVII)*, que recibe elogios de los críticos, es la primera y más importante parte de *El alma castellana (1600-1800)*, también de 1900. En ello, con la ayuda de minuciosa investigación de fuentes históricas cuidadosamente identificadas, Martínez Ruiz, con pincel que presagia al maduro Azorín, retrata la vida y las costumbres del siglo XVII español. Dos capítulos de esta obra, el IX y el X sobre "Los conventos" y "El misticismo", tendrán su importancia en la elaboración de Justina en *La voluntad*.

En los años que siguen, 1900-1902, la actividad social y literaria de Martínez Ruiz aumenta considerablemente, afirmando así su personalidad —algo ambigua y paradójica ahora— de escritor. Reanuda su colaboración en varios periódicos y revistas: *Madrid Cómico, La Correspondencia de España, Electra, Arte Joven, Juventud, Madrid*; y revela una vez más una atracción al pasado de su país, característica de los escritos del artista maduro, con la publicación de *El alma castellana*, ya mencionado, y el dra-

ma histórico sobre la honra, *La fuerza del amor* (1901),
con prólogo de Pío Baroja. Pero más importante todavía
es el hecho de intimar en estos años con Baroja y Ramiro
de Maeztu, escritor ya con cierto renombre por su libro de
regeneración *Hacia otra España* (1899). Llamados los
"Tres", su participación conjunta en varias protestas y
acontecimientos políticos y literarios iban a dar posibilidades de definición a la llamada generación de 1898. En
diciembre de 1900, Martínez Ruiz hace con Baroja un viaje a Toledo que despierta en ellos una serie de sensaciones diversas: admiración por El Greco, conciencia de la
tristeza de la vida provincial e intensificación de su actitud
anticlerical. En marzo de 1901 publican juntos el único
número de *Mercurio,* que recoge sus impresiones en Toledo. En este año Baroja está escribiendo su primera novela importante. *Camino de perfección,* y Martínez Ruiz
pasa meses tomando apuntes en la biblioteca del Instituto
de San Isidro, el antiguo Colegio Imperial de los Jesuitas,
para su novela *La voluntad.* Estas dos novelas gemelas,
publicadas el mismo año, obras de amigos inseparables,
aunque de carácter distintos, reflejan toda la tendencia de
su generación. En febrero de 1901, los dos organizan juntos la visita a la tumba de Larra en homenaje a este gran
rebelde y escritor satírico. 1901 es el año anticlerical, el
año infectado por los temores de los liberales ante la reacción de la Unión Conservadora, el gobierno de Silvela
dominado por la política neo-católica de Polavieja y de
Pidal y Mon. El estreno de *Electra,* el drama de Pérez
Galdós, el 30 de enero de 1901, sirve de bandera a la
actitud de los jóvenes intelectuales, y a pesar de algunos
momentos de duda, Martínez Ruiz participa entusiástica-
mente en el año anticlerical. [6] En la hoja *Mercurio,* el
futuro Azorín y Baroja anuncian la próxima publicación
de un libro, *La iglesia española,* libro que nunca aparece,

[6] Véase nuestro artículo "Galdós' *Electra*: A Detailed Study
of its Historical Significance and the Polemic between Martínez
Ruiz and Maeztu", *Anales Galdosianos,* Universidad de Pittsburgh,
1, 1966, pp. 131-141.

pero el fragmento publicado por Martínez Ruiz, con el título "Los jesuitas", en la revista *Electra* (6-IV-1901) demuestra la naturaleza violenta de la obra, sin duda no sólo concebida sino también escrita en parte. En 1902, los "Tres" intervienen públicamente en un caso de "moralidad administrativa" en Málaga y buscan el apoyo de grandes políticos. La campaña, llevada a través de las páginas de *Juventud,* una revista que fundaron para propósitos semejantes, y su fracaso, se narran en *La voluntad.*

Al lado de un resumen de la biografía cronológica y exterior de José Martínez Ruiz, me parece urgente, para una comprensión más clara de la novela aquí publicada, un comentario algo más hondo sobre sus ideas, porque si *La voluntad* es una novela autobiográfica, lo es tanto por su ideología y psicología como por los elementos episódicos. Toda la generación de 1898 se explica por la reacción de la juventud frente a las inconsistencias del ambiente social y político de la Restauración. El Desastre en sí no ha sido más que un símbolo; esto se puede ver en la patente falta de interés en la guerra, que hasta sorprende, en los escritos tanto de Baroja como del futuro Azorín. El problema que se les plantea es mucho más amplio, con un alcance más universal, más humano. Fijémonos en lo que representaría para un joven sensible, nutrido de lo más actual del pensamiento europeo, el encontrarse delante de una estructura política y social caracterizada por frivolidad y falta de conciencia: la burla del sistema parlamentario, el caciquismo, la inmoralidad administrativa fomentada por el "turno de los partidos", la desnivelación del presupuesto nacional y la humillante derrota de Santiago. Y si la Restauración llevó a España la paz y cierta estabilidad desconocida en el siglo XIX, su política tenía que ofender la conciencia humana y culta. La primera actitud de estos jóvenes ha sido de un deseo y entusiasmo activos para enderezar el mal, para influir en la opinión pública, efectuando así los cambios necesarios. Y al fracasar —y el fracaso en la actividad pública es parte tan importante de la generación de 1898 como sus logros ideológicos y artísticos—, por falta de viabilidad o por la misma resistencia a un cambio por parte de los que dominan, vuelven hacia la filosofía para defender su condición humana desde la vertiente metafísica. Este consuelo lo encuentran en la filosofía post-kantiana o romántica. Tal vez podría ser la definición de la actitud psicológica de la juventud intelectual a la vuelta del siglo. Ahora nos conviene estudiar la línea de pensamiento que siguió el joven Martínez Ruiz para rectificar la situación social como la veía él.

Nuestro periodista era un anarquista convencido; no un anarquista literario, ni un pensador que se caracteriza por un anarquismo de ideas, sino un teórico de una de las doctrinas socialistas más populares hacia fines del siglo XIX. Está influido principalmente por dos libros, *La conquista del pan*, del príncipe Kropotkin, y *El dolor universal*, del ex-jesuita Sebastián Faure. El copioso comentario de Martínez Ruiz sobre estos tratados anarquista-comunistas y la insistencia en casi todos sus artículos de índole social anteriores a *La voluntad* en las ideas expresadas en ellos, nos señala el mejor camino para acercarnos a la manera de pensar del joven intelectual. Sostienen los dos sociólogos que la causa del dolor humano, de todos los males físicos e intelectuales, no está en la Naturaleza, sino en las instituciones sociales, cuyo principio operante es la Autoridad. Hay que cambiar, pues, el organismo social, y el lema por el que se realizará este fin es: "Instaurar un medio social que asegure a cada individuo toda suma felicidad adecuada en toda época al desarrollo progresivo de la humanidad". Martínez Ruiz acepta sin reserva el lema que cita muchas veces a lo largo de sus artículos, y, por cierto, toda la filosofía determinista que implica. ¿En qué consiste el medio social que tenemos que derrumbar?, se puede preguntar, o dicho de otra manera, ¿cuáles son las instituciones que coartan el libre desarrollo de la actividad humana? Para Martínez Ruiz, siguiendo, claro está, el pensamiento de Faure, las instituciones que más estorban los derechos del hombre son la Patria, la Iglesia, el Estado y el Matrimonio —todos entes sociales que se mantienen por la fuerza de los más y por la debilidad, la inercia, mejor, de los menos. En un artículo "Todos fuertes",

publicado en *Juventud* el 15 de marzo de 1902, escribe:
"No quiero que haya fuertes y débiles. Hagamos desaparecer la desigualdad del medio y tendremos el bienestar para todos". El Estado, según Martínez Ruiz, se apoya en el parlamento y su sistema de Derecho en que tienen su origen instituciones como el matrimonio y leyes como *la ley de represión anarquista*. Critica muy a menudo el sufragio universal, que no es según él, tal cosa en España; y ataca la falta de sinceridad y el egoísmo parlamentarios. Con frecuencia satiriza los anhelos carnales de los clérigos, y considera que la educación religiosa embrutece al pueblo. Creyendo en la innata bondad de todo ser humano, explotado o privilegiado, Martínez Ruiz opina que en la nueva sociedad no se han de buscar reivindicaciones sino la dicha para todos. Así, inspirado por las palabras de Ernest Renan, Martínez Ruiz quiere convertir la moral en derecho y elevar el anarquismo a un nuevo cristianismo. Sin embargo —y aquí el tono revolucionario—, para restablecer el derecho, Martínez Ruiz cree que hay que apelar a la fuerza, no a la súplica. Como crítico de teatro, entonces, el escritor piensa más que nada, en estos años, en el papel de una obra dramática en la revolución social, y tiene poca paciencia con *el arte por el arte*. En resumen, no cabe duda que todo el peso del primer periodismo de Martínez Ruiz cae en la propaganda anarquista para mejorar la futura situación de España. [7] A pesar de lo dicho, sin embargo, no queremos que tenga el lector la impresión de que había una completa ausencia de contradicción espiritual en los artículos del joven; sí, los hubo y brota a la superficie en el conflicto interno de Antonio Azorín en *La voluntad*. Dentro del contexto de lo dicho, buen ejemplo de la insatisfacción, del sentimiento de fracaso, es el retrato de Pi y Margall que nos da el autor en

[7] Lo anterior sobre la ideología del joven Martínez Ruiz es un resumen de nuestro artículo, "José Martínez Ruiz (Sobre el anarquismo del futuro Azorín)", *Revista de Occidente*, 36, feb., 1966, pp. 157-174.

la novela. Este ilustre pensador y político fue el padre del anarquismo en España y Martínez Ruiz dedica varios artículos a elogiarle y a sus ideas. Hay que recordar también que el futuro Azorín se había adherido al Partido Federal de Alicante de 1897 a 1900. Sin embargo, el protagonista de *La voluntad* sale de su entrevista con Pi y Margall preguntándose sobre la ineficacia de su papel en la historia.

Ahora bien, se vislumbra ya en 1897 y 1898, por razones antes expuestas, la posibilidad de una lucha interior en Martínez Ruiz: un conflicto entre su actividad pública de intelectual y su naturaleza aparentemente contemplativa y solitaria. Todo esto se ve en la diferencia del tono de sus artículos militantes y los fragmentos de su diario publicados en *Bohemia, Soledades* y *Diario de un enfermo* (1901) —libro este último que comentaremos más adelante por tener aplicación directa a la composición de *La voluntad*. El origen de esta bifurcación de personalidad es difícil de puntualizar. Es un problema delicado y no queremos poner en cuestión la sinceridad de sus escritos de los primeros años. Tal vez entendiera que contrariaba su psicología personal, tal vez despertara en él una consciencia literaria y artística que sus preocupaciones sociales estorbaban, o tal vez se sintiera fracasado en su búsqueda para la gloria en el mundo de las letras. De todos modos, se refugia en la metafísica y parece optar por la realidad individual, abandonando así la fe en las posibilidades de corregir los males sociales.

Diario de un enfermo es una preconcepción en forma literaria del protagonista de *La voluntad*. Hasta pudiéramos decir que es el primer intento de escribir lo que muy poco después va a ser la primera novela de Martínez Ruiz. En esta pre-novela, pues, encontramos la historia íntima, en forma de diario, de un hombre que medita angustiosamente sobre la inanidad de la lucha vital y de un escritor que no puede reconciliar la contemplación de la vida y la participación activa en ella: la antinomia entre vida e inteligencia que vemos luego en el protagonista Antonio

Azorín.[8] Ante el conflicto su voluntad se disuelve. Se relatan las visitas al cementerio de San Nicolás y a Toledo que reaparecen en *La voluntad*; y la descripción, aunque breve, de un pueblo manchego, Lantigua, se asemeja a la de Yecla en la novela. Después de unas andanzas románticas sentimentales en que le atrae el eterno femenino más que la sensualidad de la mujer, se casa; y su mujer, que había representado su Ideal, se le muere, dejándole otra vez en un estado de angustia. Todo en esta historia lleva al suicidio inevitable del protagonista (final suprimido en la única edición, después de la príncipe, de que dispone el lector, la de las *Obras Completas*), y con esto precede a su hermano espiritual, Andrés Hurtado, de *El árbol de la ciencia* de Baroja. El problema dual del autor-filósofo, tema principal en muchas obras de Azorín como nos ha enseñado el profesor Leon Livingstone en sus trabajos, que se plantea en *Diario de un enfermo* surge otra vez en *La voluntad* donde la eliminación del suicidio del protagonista (posibilidad quizá hasta esperada por el lector) representa un paso hacia la solución del conflicto. Una vez dado el paso —paso tan importante para el artista, ahora novelista, como para el hombre— el conflicto se resuelve rápidamente a través de *Antonio Azorín* (1903), *Las confesiones de un pequeño filósofo* (1904) y la adopción definitiva, en 1904 del seudónimo Azorín, símbolo de una nueva orientación vital, de un hombre que ha muerto para volver a nacer. El 17 de enero de 1904, días antes de emplear por primera vez el seudónimo nuevo, Martínez Ruiz publica, en *Alma Española,* un artículo, "Todos frailes", en que dice que va a escribir un ataque anticle-

---

[8] Pilar de Madariaga estudia inteligentemente *Diario de un enfermo* en su tesis doctoral, *Las novelas de Azorín, Estudio de sus temas y de técnica* (Middlebury College, 1949); así también Martínez Cachero en el capítulo "Vísperas", de *Las novelas de Azorín* (Madrid, 1960), donde crea la expresión tan clave para una comprensión de Azorín: antinomia inteligencia-vida. Leon Livingstone considera *Diario* desde el punto de vista de técnica novelística en "The Esthetic of Repose in Azorin's *Diario de un enfermo*", *Symposium*, XX, 1966, pp. 241-253.

rical, luego describe sus vacilaciones y termina confesándonos que le faltan ya fuerzas: "¿Decía que todos llevamos dentro de nosotros un fraile? Llevamos la tristeza, la resignación, la inercia, la muerte del espíritu que no puede retornar a la vida".

Sin embargo, si *La voluntad* es autobiográfica, hasta cierto punto un *roman à clef*, y si es la novela de la generación de 1898, un verdadero tratado que casi solo define las preocupaciones e ideales del grupo, queda el hecho de que aquí es cuestión de una novela, de una obra de arte, también representativa de una visión artística noventayochesca. Es significativo que esta primera novela de Martínez Ruiz demuestra la convicción de que está armado para lanzarse definitivamente al mundo del arte; y la forma que escoge representa una conciencia artística de mérito, demasiado a menudo ofuscada.

La novela "La voluntad"

Con la publicación en 1902 de *Camino de perfección* por Baroja, *Sonata de otoño* por Valle-Inclán, *Amor y pedagogía* por Unamuno y *La voluntad* por Martínez Ruiz (las dos últimas en la misma colección, "Bibliografía de Novelistas del Siglo xx", Barcelona, Henrich y Cía.), la novela española cambia de rumbo y se abren nuevas posibilidades de expresión que van a salvar la ficción ya estancada del siglo xix. Si España fue un país atrasado, desde el punto de vista europeo, en cuanto a las nuevas ideas sociales y políticas, lo fue también en su expresión literaria. No vamos a detenernos en este breve estudio preliminar a comentar largamente la diferencia entre la novela en boga, la realista, y la nueva novela de 1902 —tema ya suficientemente estudiado—,[9] pero sí conviene recordarle

[9] Manuel Durán, "La técnica de la novela y el 98", *Revista Hispánica Moderna*, XXIII, 1957, pp. 14-27; A. Zamora Vicente, "Una novela de 1902", *Sur*, 226, enero-feb. 1954, pp. 67-78; y Martínez Cachero, en el capítulo "Medio siglo de novela española", *Op. cit.*

al lector que *La voluntad* y sus coetáneas representan una ruptura con los cánones decimonónicos de la novelística. El protagonista egoísta y desilusionado, común a las cuatro novelas, es símbolo de cierto *mal du siècle* intelectual, pero estos jóvenes escritores reaccionaban también en contra de la literatura de la época en que les tocó vivir; y no sólo por su contenido, sino también por su forma. Lo hicieron de una manera demoledora, algunas veces injustamente si se quiere, pero con una visión bastante exacta de las deficiencias de la novela del siglo XIX para expresar las crisis del siglo XX. Ya no se podría mirar el mundo de arriba a abajo, de izquierda a derecha sin perder un detalle, o contemplar la vida cronológicamente desde la niñez a la madurez, colocando episodio tres episodio para acabar con todo resuelto, con todos los cabos atados. El hombre ya no concebía la vida de tal manera. Ahora bien, el artista, el genio creador, siempre se adelanta a su público; y si entre un pequeño círculo artístico e intelectual, más o menos de su misma generación, se concretaron las reputaciones de los cuatro novelistas con la publicación de estas novelas, éstas pasaron casi inadvertidas para el lector general, más aficionado a Galdós, Pardo Bazán, Palacio Valdés, Octavio Picón y Blasco Ibáñez, sin duda los novelistas más leídos hasta los años veinte. No es que los nuevos novelistas no gustaron, es que sencillamente la crítica no se ocupó de ellos. A pesar de lo que dice Azorín en *Madrid* (III), *La voluntad* no fue menospreciada a su aparición (con la posible excepción de Fray Candil, quien en su artículo de *Nuestro Tiempo,* al considerar seriamente la novela, destaca algunos de sus defectos); al contrario, las reseñas que hemos podido ver son, en general, elogiosas. Lo que pasa es que sólo había tres, número ridículo si lo comparamos con la cantidad de críticas en torno a las obras de los "famosos". Desde nuestra perspectiva actual, contemplando el panorama de la fama posterior de estos ahora célebres escritores, muchos cometemos el error de pensar que nacieron súbitamente, sin tribulaciones, a la fama inmediata e inquebrantable. Y no fue así. Tampoco estas cuatro novelas fueron un éxito de venta. Sin embar-

go, son obras importantes porque son los momentos inci-
pientes de la innovación artística, cuando el artista no ha
podido amalgamar totalmente teoría y creación, que a veces nos enseñan más lo que es el arte.

La crisis de Martínez Ruiz, entonces, que se expresa
en *La voluntad* no es sólo la del pensador, sino también
la del novelista. Y el dualismo de la existencia exterior del
protagonista Antonio Azorín y su propensión a un continuo autoanálisis tiene su paralelo en la novela en el siempre presente protagonista como novelista incapaz de se-
parar creación y teoría. "Yo soy rebelde de mí mismo"
(III, Cap. II): el *yo* agresivo se enfrenta con el *mí* contemplativo y el ser está dividido sin esperanza y reducido al
papel de espectador de su propia existencia.[10] Y Yuste
dice: "Observar es sentirse vivir. Y sentirse vivir es sentir la muerte, es sentir la inexorable marcha de todo nuestro ser y de las cosas que nos rodean hacia el océano misterioso de la Nada..." (I, Cap. XXV). Martínez Ruiz busca la forma adecuada para reflejar la crisis de su protagonista: "Esta misma coherencia y corrección antiartísti-
cas —porque es cosa fría— que se censura en el diálogo...
se encuentra en la fábula toda... Ante todo, no debe haber fábula... la vida no tiene fábula: es diversa, multiforme, ondulante, contradictoria... todo menos simétrica,
geométrica, rígida, como aparece en las novelas. Y por
eso, los Goncourt, que son los que, a mi entender, se han
acertado más al *desiderátum,* no dan *una vida,* sino fragmentos, sensaciones separadas... Y así el personaje, entre
dos de estos fragmentos, hará su vida habitual, que no
importa al artista, y éste no se verá forzado, como en la
novela del antiguo régimen, a contarnos tilde por tilde,
desde por la mañana hasta por la noche, las obras y los
milagros de su protagonista... cosa absurda, puesto que
toda la vida no se puede encajar en un volumen, y bastante haremos si damos diez, veinte, cuarenta sensacio-

---

[10] Véase el artículo clave de Leon Livingstone, "The Pursuit
of Form in the Novels of Azorin", *PMLA,* LXXVII, marzo, 1962,
pp. 116-133.

nes..." (I, Cap. XIV). Es que el impulso lírico y romántico del futuro Azorín de sentirse continuamente en tensión con la realidad circundante le lleva a romper con la tradición de la novelística española y buscar una nueva forma de expresión. La encuentra —como casi todo lo nuevo se hallaba por esta generación extranjerizante— en la novela francesa de los hermanos Goncourt, creadores de la novela impresionista, la novela de fragmentos de vida, de sensaciones separadas. Tampoco se podría decir, como algunos, que la dependencia azoriniana es puramente formal, y no afecta en modo alguno a la elección del material novelesco y al modo de tratarlo. Las semejanzas entre *La voluntad* y la primera parte de *Charles Demailly* (1851) de los Goncourt —novela además publicada en folletín en *Revista Nueva* (1899), revista que, ya sabemos, reunió a los escritores de la generación— son sorprendentes y pasan de ser meramente formales: el hipersensible periodista frustrado, rechazado por sus excesos, que escribe una novela, sus amores románticos e idealistas, la vida de los periódicos y las redacciones, escenas de las calles de París, el uso de la forma epistolar, etc. Pero, aquí no se trata de estudiar influencias sino de destacar el hecho de que *La voluntad* se componía en la sombra de cierta tradición establecida, si no en España por lo menos en el resto de Europa: de un lado, la prosa impresionista de los Goncourt, Alphonse Daudet y Anatole France, y del otro la literatura de los diarios confesionales en que se juega con ideas, ya practicada por Martínez Ruiz, y ejemplificada por el *Journal intime* de Amiel, libro también mencionado no pocas veces por el joven escritor. Ahora bien, a mediados del siglo xx no queremos caer en la frivolidad de hacernos la pregunta de que si *La voluntad* es una novela o no, juzgando equivocadamente a base de la preceptiva de la novela clásica. La novela es una forma proteica y cambiante cuyo propósito básico es ordenar artísticamente, y en prosa, la vida, psicológica o física, de un hombre o de un grupo de seres humanos de tal forma que el lector experimente algo con respecto a la condición humana. Cambia, pues, la forma según varía la visión de la realidad y la tarea del novelista es encontrar la forma que mejor se ajuste a la narración de la historia y a la psicología de su protagonista. Con esto prescindamos de la posibilidad de una discusión estéril y pasemos a un comentario de la forma de *La voluntad*.

La voluntad tiene abundantes alusiones autobiográficas y hay muchos detalles del escenario que son reales y que Martínez Ruiz ha observado y quizá experimentado. A primera vista, la novela parece consistir en un gran "collage" de documentos (artículos periodísticos, párrafos de otros libros, circulares políticas, etc.), de los cuales todos, efectivamente, pueden relacionarse, de alguna forma u otra, con la vida intelectual de Martínez Ruiz. La obra es una mina de información histórica, y si he tratado de identificar los documentos en las notas a esta edición ha sido para demostrar la inspiración del novelista en otros escritos —característica de la literatura española de este siglo— y para estudiar la orientación ideológica de la generación de 1898. Su función en la novela, sin embargo, asume el papel simbólico del fondo de la realidad contra la cual reacciona el protagonista —protagonista, como sabemos ahora, inspirado en el estado anímico del autor y que refleja una crisis real para él, aunque los episodios no hayan sido siempre vividos por él.

Por otro lado, no debemos caer en la trampa de confundir autobiografía con novela. La forma que da el artista a sus experiencias es lo que más nos interesa ahora. Si el padre Lasalde existía de verdad y si fue hasta profesor de Martínez Ruiz en el colegio de Yecla, como sabemos, y si vivió el joven ocho años en el pueblo mencionado, ninguno de los dos —las experiencias de Antonio Azorín en Yecla o las palabras del padre— corresponde a la realidad de los hechos. En la novela se nos presenta el protagonista ya en el momento de formular sus ideas sobre la existencia y sobre su vida en particular; y no son las experiencias o las observaciones de un colegial sino de un joven que ha pasado años universitarios en Valencia y que ha experimentado los altibajos de la vida en Madrid. De hecho, casi todos los personajes de la primera parte

se toman de la vida real del Yecla de la época. Yuste bien
podría inspirarse en el abuelo paterno del autor, José Martínez Yuste, muerto en 1878, importante notario de la ciudad que había cursado Filosofía y que al final de su vida
había venido a menos.[11] Pero otra vez lo que hace el autor es volver sobre su vida para buscar elementos auto-
biográficos que puedan explicar su condición de ahora, y
así cambia los hechos, los trata artísticamente, elevándo-
los, en estos casos, a un nivel simbólico. También parece
que la yeclana sor Carmen Cano-Manuel y Maza de Liza-
na, cuyo ingreso en el convento de las Concepcionistas
Franciscanas en 1892 causó comentario de que hablaremos
en seguida, dio pie a la creación de Justina. No es el caso,
sin embargo, que Martínez Ruiz tuviera relaciones importantes con la verdadera Carmen Cano-Manuel; poco dado
a la pasión amorosa, sueña mucho —y con mucha sen-
siblería— a través de las páginas de *Diario de un enfermo*
y *La voluntad* con el ideal femenino. Se aprovecharía del
personaje y del acontecimiento verdaderos, elaborando a
Justina en la novela, para agravar el destino trágico de su
protagonista y para pintar el resultado del misticismo español que ve con una mezcla de admiración y tristeza.
Libre de sensualidad, para él la mujer representa la vida
normal, de rutina, de matrimonio tranquilo (hasta pudiéramos decir, "lo normal"). No siente un amor romántico
y apasionado por Justina o Iluminada, ni por la toledana
que observa comprando mazapán y con quien sueña casarse y vivir una vida sencilla y metódica (II, Cap. IV). Se
siente más atraído a Justina porque el clérigo se opone a
sus amoríos; Iluminada le interesa porque le ayudaría con
"su voluntad espontánea y libre" a complementar su personalidad.

[11] Cf. Miguel Ortuño Palao, "Yecla y sus personajes en la
obra de Azorín", *Conferencias pronunciadas con motivo del homenaje nacional al maestro Azorín* (Alicante, 1972). Muchos datos sobre Yecla que se manejan en esta edición se deben a la
generosidad de nuestro amigo Ortuño Palao.

Vamos a ver también que Martínez Ruiz, partiendo de experiencias y observaciones personales, noveliza las relaciones entre Puche, Justina y Azorín de tal modo que constituyan un comentario crítico sobre el orden social en los pueblos españoles. Según lo que hemos podido averiguar sobre la vida en Yecla a la vuelta del siglo, Puche podría ser el cura Pascual Puche Martínez (tío del escritor J. L. Castillo Puche), miembro de una familia casi caciquil que se veía como guardián de las ideas tradicionalistas y religiosas en la comarca. Esta familia reñía a menudo con José Martínez Soriano, notario liberal y tío de Martínez Ruiz; y los primeros escritos anarquistas e irreligiosos de nuestro autor hicieron que fuese considerado entre muchos yeclanos alrededor de 1900 como personaje peligroso. Otros creen que el Puche de la novela representa al párroco de la Iglesia Nueva de Yecla, Francisco Azorín Bautista. Por lo menos fue él quien impulsó a ingresar en el convento a sor Carmen Cano-Manuel. Según testimonio fidedigno, ella había sido novia poco antes de meterse monja y su vocación religiosa fue estimulada por los consejos de don Francisco. De todos modos, lo importante es que algunos curas se resistían a que una chica del pueblo se casase con un chico de opiniones liberales, llegando en más de una ocasión a convencer a la joven que se metiese monja. De ahí se puede decir que Martínez Ruiz crea el triángulo Puche-Justina-Azorín no sólo para desarrollar o revelar la personalidad de su personaje principal, sino también para abogar por un cambio en la sociedad, en el "medio"— tema importante a lo largo de la novela.

En realidad, Antonio Azorín no existe en la primera parte de la novela, no ha nacido al mundo todavía. Todo le viene de fuera: los monólogos de Yuste, las conversaciones que presencia entre el padre Lasalde y Yuste, sus lecturas que se reflejan además en las ideas de los dos maestros, y la muerte de Justina y de Yuste. No hace más que leer y pasearse; es pasivo, contempla, escucha las ideas de otros sin contestar; se va formando, pero no por expe-

riencia sino por ideas: todo está en los libros. Vemos en
seguida que el marco ideológico de la novela es tan importante como la frustración del protagonista. En efecto,
se enlazan tanto que llegan a ser inseparables. En la primera parte no hay personajes de carne y hueso sino ideas
encarnadas, casi sin pretensiones de parte del autor a dar-
les atributos humanos. Y las ideas que salen de la boca
de Yuste, Lasalde y Puche son las ideas del propio pro-
tagonista-autor, sacadas de su lectura desordenada. Hasta
podríamos decir que los personajes principales representan libros u otros autores: Yuste, Schopenhauer, Montaigne y los anarquistas; Lasalde, las utopías de Tomás Moro
y Campanella y Gracián; y Puche, la Biblia. ¡Qué irresoluto el pesimismo que invade cada frase suya y que no
deja lugar a una salvación metafísica o social en este mundo! Según Puche, la vida es triste, el dolor es eterno, el
mal es implacable..." (I, Cap. II). Yuste, más nihilista aún,
"extiende ante los ojos del discípulo hórrido cuadro de todas las miserias, de todas las insanias, de todas las cobardías de la humanidad claudicante": "Todo pasa, Azorín;
todo cambia y perece" (I, Cap. III); "La propiedad es el
mal... Si el medio no cambia, no cambia el hombre" (I,
Cap. V); "...todo ha de acabar, disolviéndose en la nada,
como el humo, la gloria, la belleza, el valor, la inteligencia" (I, Cap. VII); "todo es igual, todo monótono, todo
cambia en la apariencia y se repite en el fondo" (I, Capítulo XXII). En fin, las ideas y el ambiente que han formado el espíritu de Antonio Azorín, el *mí* interior del
protagonista, dejan poca esperanza de que vaya a poder
resolver su actitud nihilista. A Madrid va armado con una
sola contestación, el único consejo duradero del maestro:
"La sensación crea la conciencia; la conciencia crea el
mundo. No hay más realidad que la imagen, ni más vida
que la conciencia (I, Cap. III). Tardará mucho en apren-
der el valor de este subterfugio para la tranquilidad vital.

El protagonista aparece, en la segunda parte de la novela, en primer plano como el *yo* rebelde, como el joven
que intenta imponerse sobre sus circunstancias. Pero pronto la vanidad y la frivolidad de la vida madrileña com-

prueban el tema de las disertaciones librescas de Yuste y
su pesimismo instintivo se consolida, disgregándose al mismo tiempo su voluntad: "Su espíritu anda ávido y perplejo de una parte a otra; no tiene plan de vida; no es
capaz del esfuerzo sostenido; mariposea en torno a todas
las ideas; trata de gustar todas las sensaciones. Así en perpetuo tejer y destejer, en perdurables y estériles amagos,
la vida corre inexorable sin dejar más que una fugitiva
estela de gestos, gritos, indignaciones, paradojas..." (II,
Cap. I). El grito, la indignación y la paradoja caracterizan
su actividad y todo resulta inútil, un fracaso: la interven-
ción social no trae reformas, la fama literaria no se con-
sigue. Se siente envuelto en la danza frenética hacia la
muerte. El novelista contribuye artísticamente a la neu-
rastenia del joven protagonista con las maravillosas descripciones de las calles madrileñas en que se destaca el
ruido como elemento desgarrador —aspecto de la vida
española que no tiene poco que ver con la nerviosidad de
otro romántico, Mariano José de Larra. Así, con el contraste entre la emoción producida por el paisaje de Yecla
y las escenas callejeras de Madrid, Martínez Ruiz ha puesto de relieve toda la diferencia entre el *mí* de la primera
parte y el *yo* de la segunda. Poco a poco Antonio Azorín
pierde la capacidad y las fuerzas de actuar, refugiándose
en un destructivo análisis de su condición: el hombre-reflexión se va desarrollando a expensas del hombre-voluntad. El viaje a Toledo le entristece y le permite generalizar
sobre su estado: su destino particular ha de ser el de todos
los españoles si no se cambia el medio: "Estos pueblos
tétricos y católicos no pueden producir más que hombres
que hacen cada hora del día la misma cosa, y mujeres vestidas de negro y que no se lavan... ¡Esto es estúpido! la
austeridad castellana y católica agobia a esta pobre raza
paralítica... Hay que romper la vieja tabla de valores morales, como decía Nietzsche" (II, Cap. IV). Si ni Antonio
Azorín ni el mismo Martínez Ruiz podrían adherirse a su
plan de vida, las palabras citadas son simbólicas de la
gran lección de la generación de 1898. Y hay que recordar, en relación con esto, que para Antonio Azorín su vi-

sión metafísica está hondamente arraigada en su situación histórica: España, su medio, es la causa y el resultado de su pesimismo.

Por falta de fe en el progreso o por falta de audacia —de todos modos por la voluntad quebrantada— Antonio Azorín decide salir de Madrid, símbolo esto de un fracaso irremediable del hombre de acción. Acaba victoriosa la *Voluntad* de Schopenhauer, esta fuerza negra, sustancia del universo, que juega inconscientemente con la vida humana, sobre la *Voluntad* de Nietzsche, la afirmación de la personalidad. Para escaparse del abismo, va al campo de Alicante en busca de la *ataraxia,* y si sus ideas sociales y políticas, bien grabadas por sus lecturas y observaciones, no le dejan en total paz, llega por lo menos a sonreír de los sistemas filosóficos, y le invade cierta indiferencia: "Noto en mí un sosiego, una serenidad, una clarividencia intelectual que antes no tenía... No sé, no sé; lo cierto es que no siento aquella furibunda agresividad de antes, por todo y contra todo, que no noto en mí la fiera energía que me hacía estremecer en violentas indignaciones... En el fondo me es indiferente todo" (III, Cap. II). Al casarse con Iluminada, en el Epílogo, y entregarse a la voluntad de su mujer y a la monótona vida diaria de Yecla, simbólicamente se muere el protagonista y así, para Martínez Ruiz, también el futuro de España. O quizá decida el autor que el camino es otro.

Ahora volvamos sobre la evolución del artista-filósofo para ver cómo llega a ser el Azorín de la contemplación de los paisajes, habitantes y literatura de su país. Tal evolución es uno de los aspectos más interesantes de la trilogía *La voluntad, Antonio Azorín* (1903) y *Las confesiones de un pequeño filósofo* (1904), y ha sido hondamente estudiada por la profesora Anna Krause en su *Azorín, el pequeño filósofo: Indagaciones en el origen de una personalidad literaria.* Según la profesora Krause, *La voluntad,* sobre todo la primera parte, es una proyección en ficción del ensayo de Nietzsche, "Schopenhauer como educador". Igual que Nietzsche, sin embargo, Martínez Ruiz (Antonio Azorín) no puede aceptar la derrota metafísica del pesimista alemán y se rebela contra su tiempo para crear nuevos valores —destruye para crear. Su fracaso le lleva a ver la vida como una danza de muerte, como una existencia determinada por la concatenación de causa y efecto, y se obsesiona por la hipótesis nietzscheana de la Vuelta Eterna (Eterno Retorno). Parece, sin embargo, que el nihilismo del final de *La voluntad* no es la última palabra. Un tono afirmativo que anuncia la salvación de Martínez Ruiz, si no de Antonio Azorín, es la fe en el *yo* íntimo como realidad única y suprema. El hecho es que ya en la última página de *La voluntad* el autor anuncia "La segunda vida de Antonio Azorín", novela que, sospechamos, está escribiendo antes de terminar *La voluntad* y que aparece en 1903 con el título de *Antonio Azorín (Pequeño libro en que se habla de la vida de este peregrino señor).* Los resultados del descubrimiento de la supremacía del *yo* asocial, que contribuye a una armonía psíquica con respecto a la realidad externa, se revelan en la serenidad apolínea de *Antonio Azorín* contrastada con el fervor dioníseo de *La voluntad.* La elevación del espíritu llega a su colmo en *Las confesiones de un pequeño filósofo,* novela en que Azorín emerge como "el pequeño filósofo", el poeta filosófico o el filósofo poético que vuelve a su niñez en el colegio de Yecla en busca tranquila de su *yo* idealista. Yecla ya no es el pueblo claramente simbólico de la decadencia social y moral, sino que lo encontramos trasfundido de poesía. En fin, pasa Azorín de Schopenhauer (el pesimismo) a Nietzsche (la rebeldía del *yo* ante su ambiente), y finalmente a la resignación melancólica y escéptica aprendida en Montaigne, autor cuyas posibilidades como maestro se vislumbran en la primera parte de *La voluntad* y luego se realizan en la tercera.

Es verdad que en las tres partes de la novela, el autor emplea tres puntos de vista distintos en la narración. Se aprovecha con conciencia de esta técnica siempre importante para el éxito de la coincidencia de forma y contenido en la novela. Es decir que la primera parte está escrita en la tercera persona desde el punto de vista de un narrador ajeno a lo que pasa en la novela. Es la parte más

objetiva de la presentación de Antono Azorín, la parte
más intelectual. En la segunda parte, cuando surge el protagonista como personalidad, se sigue escribiendo en la
tercera persona pero se refiere siempre a las acciones o
sensaciones de Antonio Azorín, y muchas veces hay largos
segmentos sobre lo que piensa. Como en las primeras páginas de la novela, cuando vemos el pueblo desde lejos y nos
vamos acercando, como en movimiento, a las calles, las
casas y luego su interior, a través de la novela vamos pe-
netrando en el espíritu de Antonio Azorín. En la tercera
parte todo se escribe en primera persona, como si fuera
un diario del protagonista, y el lector presencia la posibilidad de una solución al problema vital, la comprensión
de las últimas palabras de Yuste, que se repiten a través
de la novela: "No hay más realidad que la imagen, ni
más vida que la conciencia", la supremacía del *yo* —concepto que desemboca en la orientación contemplativa que
está presente en *Antonio Azorín* y que predomina en *Las
confesiones de un pequeño filósofo*. El tono de la novela,
a partir de los momentos angustiosos en Madrid, ha ido
descendiendo al paso del proceso que armoniza lo espiritual del protagonista.

Pero si aceptamos la teoría propuesta por la profesora
Krause, el Epílogo parece estorbar la arquitectura de la
novela, y hasta cierto punto una conclusión satisfactoria
sobre su significación. Dentro del contexto de un autor
que ha resuelto la antinomia acción-contemplación difícilmente se explican estas tres cartas de José Martínez Ruiz
a Pío Baroja que forman las últimas páginas de *La voluntad*. Están llenas de sociología y economía del campo
y su influencia nefasta sobre Antonio Azorín, y parecen
desmentir el equilibrio contemplativo y escéptico logrado
por el protagonista al final de la tercera parte.

Pues tenemos que preguntarnos ¿con qué propósito
puso el autor este epílogo a la novela? Se ha argumentado
que ofrece un punto de vista más, el de José Martínez
Ruiz observador de su protagonista, así completando el
cuadro de la vida de Antonio Azorín. Esto sería un desdoblamiento del personaje ya que Antonio Azorín y José

Martínez Ruiz son el mismo, al menos con respecto al problema de escritor-hombre que, creemos, se noveliza aquí. Pero el problema se complica porque si el artista encuentra una solución, el hombre no tiene salida. Y es mi parecer que la clave para entender lo que escribió Martínez Ruiz —y otros de su generación— es reconocer que en sus obras se refleja una crisis intelectual que se caracteriza por un vaivén entre reforma social y contemplación metafísica. [12] Hemos visto en la novela la intención del novelista de dar una trascendencia a sus experiencias personales para que cobre un valor para toda la juventud española. Y no hay duda de que es en el Epílogo, más que en otra parte de la novela, donde Antonio Azorín se convierte más claramente en un personaje representativo de toda España, tal como la veía la generación de 1898.

Ahora bien, Antonio de Hoyos, en *Yecla de Azorín*, dice que estas cartas de Martínez Ruiz a Baroja han existido de verdad, que él las vio en manos de don Pío (p. 115-116). ¿Ejercicios literarios?; quizás, pero un tal Antonio Azorín, que documento por primera vez en una nota a esta edición, también existió. Sabemos poco de él; sólo que fue un maestro de escuela en Yecla que murió *joven* en 1904. Lo que escribo a continuación es pura conjetura pero la posibilidad fascina. En un pueblo como Yecla, es posible que Martínez Ruiz haya conocido al verdadero Antonio Azorín, tal vez más o menos de su edad. Y ¿si fue un chico inteligente que prometía en algún momento de su vida y que Martínez Ruiz observó en una de sus múltiples visitas a Yecla como apático y ya arrinconado por la vida monótona de los pueblos? El joven periodista, como sabemos, era muy dado a observaciones sociológicas y no es difícil imaginar que hubiera escrito semejantes cartas de Baroja sobre el caso. Si también tomamos en cuenta el prurito de Martínez Ruiz de aprovecharse de artículos periodísticos, escritos para otras ocasiones, en la elaboración de *La voluntad,* cabrá la posibilidad de que, después

---

[12] Véase nuestro libro *La crisis intelectual del 98* (Madrid, 1976).

de apropiarse del nombre de "una vida opaca" para su
protagonista autobiográfico, haya insertado material "histórico" para demostrar hasta dónde podría ir a parar la
juventud española si "no se cambia el medio".

Sea lo que sea, Martínez Ruiz no resuelve sus con-
tradicciones vitales en *La voluntad,* ni las resuelve en *Antonio Azorín.* En otro lugar creo haber documentado que
una cuidadosa lectura de la segunda novela tampoco demuestra —como se ha mantenido— que el joven autor ha
salido de su crisis intelectual, optando ya definitivamente
por el "escepticismo amable" de Montaigne; sigue preocupado por la necesidad de efectuar cambios en la realidad socio-económica. Es más: ahora sabemos que gran
parte de *Antonio Azorín* se escribió con anterioridad a
La voluntad. [13]

Queda constatado que es el personaje principal que
da motivación, tema y unidad a la novela, pero es un personaje a quien no le pasa nada, a quien le falta una vida
exterior, una "historia". La experimentación es atrevida,
y Martínez Ruiz, en busca de la nueva forma, se plantea
problemas difíciles de novelística. En primer lugar pres-
cinde de lo episódico para dar más énfasis a las sensaciones íntimas del protagonista. El argumento de la novela se reduce a un esqueleto: sólo sabemos que Antonio
Azorín vivió en Yecla donde leía y charlaba con algunos
intelectuales, que se enamoró y que se le murieron su novia y su maestro. Luego va a Madrid donde escribe en los
periódicos, hace un viaje a Toledo, se siente deprimido,
y vuelve a Yecla donde se casa. Ninguno de los episodios
en sí le afecta directamente. Muchas veces también desprecia el Martínez Ruiz novelista la oportunidad de aprovecharse de un acontecimiento lleno de sugerencia dramática: esto habría sido crucial para el novelista del siglo XIX.
Por ejemplo, nos arrastra Martínez Ruiz al *climax* de la
ruptura entre Justina y Antonio Azorín, y la escena pasa
en silencio, sin palabras, sin discusión, casi inadvertida:

[13] Cf. el prólogo a nuestra edición de *Antonio Azorín* (Barcelona, 1970).

"Y llega lo *irreparable,* la ruptura dulce, pero absoluta, definitiva" (I, Cap. XV). Y no dice más el autor. Propiamente hablando, tampoco hay diálogo en la novela. Antonio Azorín no dialoga ni con Yuste, ni con Enrique Olaiz, ni con nadie: el contrincante siempre tiene la palabra, convirtiéndolo todo en monólogo. Azorín y Justina sencillamente no se hablan en toda la novela. En fin, el novelista ha conseguido eliminar, o reducir a un mínimo, todos los elementos de la narración: argumento, dramatismo y diálogo. Sin embargo, el "revoltijo de ideas" corresponde —si se mira con algo de comprensión— a una sola concepción metafísica del mundo, y gracias a esto y a algunas imágenes empleadas a través de la novela (la presencia de la Iglesia de Yecla como símbolo en momentos claves, las visitas a los cementerios, el *leit-motif* de los colores blanco y negro), las sensaciones y las ideas —el drama interior— del protagonista nos convencen como materia digna de una obra de arte.

Además del gran número de capítulos paralelos en su concepción,[14] hay otros elementos de estructura artística, evidentemente consciente de parte del autor, que presta una unidad orgánica a la obra y a las sensaciones e ideas sueltas del protagonista. Siempre hay una fuente libresca enmarcada por un paisaje que contribuye al tono de las ideas expresadas, y, claro está, al estado psicológico del protagonista. En la primera parte, Yuste, desdoblamiento de Antonio Azorín, es, como ya se ha dicho, "Schopenhauer como educador", el metafísico cuyas palabras se basan, en general, en conceptos post-kantianos, semejantes a la obra principal del pesimista alemán, *El mundo como voluntad y como representación.* Y el escenario es Yecla, pueblo tétrico, sombrío y dominado por el clero,

---

[14] Sergio Beser ha estudiado muy cuidadosamente la estructura de los capítulos de *La voluntad,* su paralelismo y su relación con la temática de la novela en su artículo, "Notas sobre la estructura de *La voluntad", Boletín de la Sociedad Castellonense de Cultura,* XXXVI, julio-sept., 1960, pp. 169-181. Sus conclusiones confirman la fuerte voluntad de construcción de parte de Martínez Ruiz.

reflejo de la concepción que tiene Schopenhauer de la vida.
La segunda parte se domina por las ideas morales de Nietzsche, sacadas de *La philosophie de Nietzsche* por Henri
Lichtenberger, y las descripciones de las calles de Madrid
sirven como fondo a la agresividad y la revuelta necesa-
rias para triunfar en la vida. Finalmente llegamos al paisaje místico de dulce sosiego del campo de Jumilla que
amolda el espíritu a reaccionar más escépticamente ante
las lecturas. He reducido todo esto a un esquema —sin
entrar en detalles y corriendo el riesgo de simplificar demasiado— para demostrar que con esta novela estamos
dentro de un mundo ordenado artísticamente y que hay
ciertos principios con el que el artista comunica con nosotros los lectores.

Otra técnica— de la misma índole— que emplea Martínez Ruiz muy a menudo para elaborar su obra es poner
de relieve a sus personajes por una descripción de los libros y pinturas que tienen. Así es que la presentación de
Puche, "un viejo clérigo... que tiene palabra dulce de iluminado fervoroso y movimientos resignados de varón probado en la amargura", se describe, entre otros cuadros de
santos, un lienzo de San Francisco; y su conversación está
tejida de varias citas de la Biblia (I, Cap. II). La casa de
Yuste, "de palabra enérgica, pesimista, desoladora, colérica, iracunda —en extraño contraste con su beata calva
y plácida sonrisa", está llena de libros, entre los cuales
se destacan tres tomos de Schopenhauer; y pasea delante
de un cuadro triste de la pintora flamenca, Ana van Cronenburch, descrito en detalle por el autor (I, Cap. III). Al
ver al mismo Antonio Azorín por primera vez en la novela, está leyendo a Montaigne en una sala donde hay cuadros de Van Dyck, Goya, Velázquez y una estampa del
siglo XVII en que aparece el mundo con sus vicios y pecados (I, Cap. VII). Las estatuas del Cerro de los Santos
y los libros sobre las utopías eclipsan —o mejor dicho
forman— toda la personalidad del padre Lasalde (I, Capítulo XVI). Justina en su celda lee un libro y contempla
"con mirada ansiosa, suplicante" un cuadro con el rótulo:
Idea de una religiosa mortificada, en que Martínez Ruiz

escribe más de una página de descripción (I, Cap. XXIII). En la segunda parte, Madrid se convierte en una gran litografía de Daumier y Toledo se ve a través de los cuadros de El Greco. Así es a través de toda la novela, y apunta en esta obra uno de los rasgos más constantes del arte de Azorín: la intuición de emplear otras obras de arte como marco de referencia para su propia creación. Y en la novela, esta técnica sirve para aislar las experiencias, para fijar las sensaciones pictóricamente en la mente del lector. Si añadimos el hecho de que la narración no continúa a través de capítulos consecutivos, sino que se interrumpe por un constante vaivén de sensaciones e ideas, tal estética llevará, desde el punto de vista del siglo XIX, a una forma de anti-novela.

Es evidente que Martínez Ruiz —por las ideas radicales y utópicas de sus personajes y por la forma experimental de la novela— busca la innovación en *La voluntad*. No menos innovador, sin embargo, quiere el novelista que sea su estilo: ruptura con la retórica del siglo XIX, intento de afirmar ideas con fórmulas expresivas desusadas hasta entonces. Es decir que el estilo de *La voluntad* se acomoda a la forma y al tema; o, si queremos, la insistencia en la innovación estilística no le permite al futuro Azorín desenvolver una narración clásica. Sin pretender entrar en el fondo de la cuestión, pues sería excedernos de los límites de esta introducción, sí debemos tener en cuenta algunos detalles: Martínez Ruiz evita el uso de las oraciones relativas y construcciones de gerundio y de participio para que el lenguaje deje una impresión más directa en el lector, sin necesidad de recurrir a conexiones lógicas. Así es que raras veces nos encontramos, en la prosa de este libro, con las conjunciones *(que, puesto que, aunque,* etc.); se limita el prosista a frases sencillas y cortas con predilección por la yuxtaposición asindética. Basta escoger cualquier descripción de *La voluntad* para ilustrar esto: "Hace una tarde gris, monótona. Cae una lluvia menuda, incesante, interminable. Las calles están desiertas. De cuando en cuando suenan pasos precipitados sobre la acera, y pasa un labriego envuelto en una manta. Y las horas transcurren lentas, eternas…" (I, Cap. XIV).

La prosa del futuro Azorín rebosa sonidos y colores con función descriptiva, y por eso se destaca el uso de muchos adjetivos que matizan las varias posibilidades impresionistas. Nos hallamos ante una plétora de adjetivos de color como *amarillento, ocre, ambarina, negruzco, nacarada, cenicientas, blanquecino, semiblanco, lechoso, verdoso, verdeante, rojizo, jaspeado,* etc.; y otros de sonido como *chirriantes, metálicos, sonoro,* etc. Si la variedad del adjetivo es importante para la prosa azoriniana, también lo es su sonoridad. La cantidad de adjetivos que terminan en *-oso* e *-ino* en *La voluntad* resulta sorprendente. Y no sólo revive el autor palabras muy pocos usadas como *sedoso, vagaroso, abundoso,* etc., sino emplea neologismos, como *negroso, esplendoroso, ombrajoso, sobrajoso, onduloso, sonoroso, patinoso,* etc. Esta sonoridad se intensifica más con el uso añadido de adjetivos en *-ante: joyante, radiante, crepitante, claudicante, jadeante, acompañante,* etcétera. [15] Algunos han dicho que esta cualidad estorba en la prosa novelística, que hay que evitar las asonancias y las consonancias. Y existen momentos en el estilo de esta novela cuando las tendencias modernistas de Martínez Ruiz le llevan a frases a que no estamos acostumbrados en la prosa: "*un perro ladra con largo y plañidero ladrido*" (I, Cap. I; parece demasiado rebuscado el efecto producido por la doble aliteración de los sonidos de *l* y *r,* consonantes además fácilmente asimiladas).

Pero si hay ejemplos —entre otros, el uso exagerado en varias ocasiones de cinco adjetivos para calificar un sustantivo— de un prosista inconsciente, existen también los casos de un escritor sumamente consciente de la len-

---

[15] Hans Jeschke, en *La generación de 1898,* fue el primero en estudiar científicamente el vocabulario y la sintaxis de Azorín (pp. 132 y ss.), y aprovechándome de algunas de sus conclusiones, intento aquí orientarlas hacia una mejor comprensión de *La voluntad.* Julio Casares, en su capítulo sobre Azorín en *Crítica profana* (1916), es más parcial y su comentario acusa un prejuicio en favor de los valores gramaticales y retóricos del siglo XIX.

gua y su gramática, y cómo se puede emplear en función de expresividad, hasta de estilística. La anteposción del adjetivo es una de las características más destacadas del estilo del maduro Azorín y la frecuencia de su uso se vislumbra ya en *La voluntad*: casi no hay página en toda la novela donde no se pueda observar: "La verdura impetuosa de los pámpanos repta por las blancas pilastras, se enrosca a las carcomidas vigas de los parrales, cubre las alamedas de tupido toldo cimbreante, desborda en tumultuosas oleadas por los panzudos muros de los huertos, baja hasta arañar las aguas sosegadas de la ancha acequia exornada de ortigas. Desde los huertos, dejando atrás el pueblo, el inmenso llano de la vega se extiende en diminutos cuadros de pintorescos verdes, claros, grises, brillantes, apagados, y llega en desigual mosaico a las nuevas laderas de las lejanas pardas lomas" (I, Cap. XII). Es más; Martínez Ruiz casi favorece la anteposición de adjetivos de color: "El cielo, de verdes tintas pasa a encendidas nacaradas tintas" (I, Cap. I), *blanquecinas vetas, negras placas,* etc.; y de otros de carácter altamente descriptivo: *sutil metafísica, elzevirianos tipos,* etc. En el caso atributivo del adjetivo (*amarillentas calabazas, blancas nubes, rojos ladrillos,* etc.) la anteposición es normal en la prosa, pero cuando se trata de un adjetivo generalmente descriptivo o analítico tal posición indica una valoración subjetiva de parte del escritor, describe lo que para él es un elemento ya inherente en el objeto. Ya que no distingue objetivamente (que tal es el propósito de la pos-posición), pierde su identidad como adjetivo y se incorpora a la realidad del sustantivo. [16] Ahora es el sustantivo, enriquecido, sí, en su poder sugestivo, en que fijamos la atención. Hans Jeschke dice que este giro hacia la valoración subjetiva, caracte-

---

[16] Esta insistencia en la anteposición del adjetivo de valor descriptivo o analítico no se da en la prosa de Galdós, Pereda, Valera, etc., y es curioso como Salvador Fernández, en su importante libro *Gramática española* (Madrid, 1950), la admite con más comprensión que los gramáticos clásicos (pp. 145-148). El estudio de Fernández se ha hecho a base de textos del siglo XX, y puesto que el fenómeno que describimos aquí es ya hasta cierto

rística de toda la generación de 1898, depende de su concepción escéptica del mundo y de su consciente voluntad de relativizar y transmutar todos los valores (p. 138). El hecho es que el sustantivo asume más peso en la transmisión lingüística de la impresión. Y la reducción azoriniana de las funciones gramaticales a la concentración en el valor del sustantivo no se detiene aquí.

El verbo en la prosa de Martínez Ruiz casi nunca pasa de cumplir la sencilla necesidad copulativa. La expresión temporal le interesa poco; todo está —para él— presente en la imaginación porque después de todo es la sensación del momento que más le atrae. Y si quiere evocar el pasado, lo hace, no a través del verbo, sino desenterrando un nombre pintoresco o arcaico. Podemos ver también, por ejemplo en la primera página de la primera parte de *La voluntad,* que la expresividad del verbo se limita a definir la acción normal de su sujeto: *una campana toca; la niebla se extiende; una tos rasga; los golpes de una maza resuenan.* Aún más interesante es la manera en que el escritor evita la forma adverbial, sobre todo la que termina en *-mente,* empleando más bien un adjetivo predicativo en función adverbial: "una campana toca lenta, pausada, melancólica"; "una voz grita colérica"; "la campana tañe... pesada"; "la calle... desciende ancha"; "los ojos miran vagarosos y turbios"; "la llanura se esfuma tétrica", etc. Los ejemplos de este uso son tan frecuentes en la novela como los de los adjetivos antepuestos, y hasta vemos el siguiente: "sus frases discurren untuosas, benignas, mesuradas, enervadoras, sugestivas". (I, Cap. II). Parece, entonces, que la fuerza de la atracción del sujeto es más poderosa que la del predicado. Puesto que Martínez Ruiz quiere fijar la impresión de un fenómeno más que expresar su discurso dinámico en el tiempo, se tiende a una estrecha relación entre el sujeto y el predicado tanto conceptual como gramatical; y la construcción nominal del adjetivo que, enlazado al sujeto pero en función predica-

---

punto práctica general (si no con la misma intensidad) en la prosa castellana, las innovaciones de Martínez Ruiz y sus coetáneos asumen más importancia aún.

tiva, tiene significado adverbial se prefiere a la construcción de orientación verbal con la forma adverbial en -*mente*. [17]

Con este breve análisis descriptivo de la prosa de *La voluntad* podemos ver bastante claramente los principios de la revolución que llevó el futuro Azorín ante los tribunales de la retórica del siglo XIX. Por cierto, en esta novela presenciamos los albores del estilista admirado por todos, del escritor que, según Gabriel Miró, fue el primero en ir desde el párrafo a la palabra. Conviene dejar constatado, no obstante, que el estilo de *La voluntad* es muy desigual. Si el Martínez Ruiz de esta novela se muestra como artista de la prosa en sus descripciones del paisaje —las cuales se prestan más a su novísima visión impresionista—, la parte ideológica del libro se caracteriza más bien por un estilo periodístico. Claro, preciso y directo, eso sí, pero con todos los defectos del periodismo llevado a la novela.

E. INMAN FOX

---

[17] Véase Jeshcke, p. 141. Esta característica también se apunta en los novelas de los Goncourt (G. Loesche, *Die impressionistische Syntax der Goncourts*, Nürnberg, 1919).

NOTICIA BIBLIOGRÁFICA

Ediciones principales de *La voluntad* por J. Martínez Ruiz:

1. Primera edición: Barcelona, Henrich y Cía., 1902.
2. Segunda edición: Madrid, Renacimiento, 1913. Lleva la firma Azorín, como todas las ediciones posteriores.
3. Tercera edición: Madrid, Caro Raggio, 1919.
4. Cuarta edición: Madrid, Biblioteca Nueva, 1940. Se han hecho varias reimpresiones de ésta, siempre suprimiendo partes de las ediciones anteriores.
5. En el primer tomo de las *Obras completas,* Madrid, Aguilar, 1947. El texto es el de la cuarta edición.
6. En las *Obras selectas,* Madrid, Biblioteca Nueva, 1943, reimpresa en 1953 y 1962. El texto es el de la cuarta edición.
7. En el segundo tomo de *Las mejores novelas contemporáneas,* Barcelona, Planeta, 1958. El texto es el de la cuarta edición.

BIBLIOGRAFÍA SELECTA SOBRE EL AUTOR

YA que una bibliografía completa sobre las obras de Azorían podría alcanzar muy fácilmente 5.000 fichas, la que sigue sólo pretende recoger todos los estudios de valor, hasta los más minuciosos, en torno a los escritos de Martínez Ruiz y los más significativos sobre Azorín en general. El lector que quiera investigar con más detalle el arte azoriniano después de 1904 puede recurrir a la bibliografía de Ángel Cruz Rueda, incluida en las *Obras selectas* de Azorín, y la de Joaquín Entrambasaguas en su estudio biográfico-crítico.

Abbott, James H. *Azorín y Francia.* Madrid, 1973.

Alfonso, José. *Azorín íntimo.* Madrid, 1950.

——. *Azorín. En torno a su vida y a su obra.* Barcelona, 1958.

Amorós, Andrés. "El prólogo de *La voluntad* (Lectura)". *Cuadernos Hispanoamericanos,* 226-227, oct.-nov., 1968, pp. 339-354.

Arjona, Doris King, "*La voluntad* and *abulia* in Contemporary Spanish Ideology". *Revue Hispanique,* LXXIV, 1928, pp. 573-670.

Azorín. *Artículos olvidados de J. Martínez Ruiz (1894-1904),* edición, estudio y notas de J. M. Valverde. Madrid, 1972.

Barja, César, "Azorín". En su: *Libros y autores contemporáneos.* Madrid, 1935.

Baroja, Pío. *Juventud, egolatría.* Madrid, 1917 y en sus: *OC,* V.

——. *Final del siglo XIX y principios del XX.* Madrid, 1945 y en sus: *OC,* VII.

——. "Prólogo a *La fuerza del amor* de Martínez Ruiz". En sus: *OC*, VIII, pp. 936-939.

Baroja, Ricardo. "José Martínez Ruiz (Azorín)". En su: *Gente del 98*. Barcelona, 1952.

Beser, Sergio. "Notas sobre la estructura de *La voluntad*". *Boletín de la Sociedad Castellonense de Cultura*, XXXVI, julio-sept., 1960, pp. 169-181.

Blanco Aguinaga, Carlos. "Escepticismo, paisajismo y los clásicos: Azorín o la mistificación de la realidad". *Insula*, núm. 247, junio, 1967.

——. *Juventud del 98*. Madrid, 1970.

Bleiberg, Germán. "Algunas revistas literarias hacia 1898". *Arbor*, XI, 1948, pp. 465-480.

Campos, Jorge. *Conversaciones con Azorín*. Madrid, 1964.

——. "Hacia un conocimiento de Azorín. Pensamiento y acción de José Martínez Ruiz". *Cuadernos Hispanoamericanos*, 226-227, oct.-nov., 1968, pp. 114-139.

Candil, Fray. Seud. de Emilio Bobadilla. "Impresiones literarias. *La voluntad* por J. Martínez Ruiz". *Nuestro Tiempo*, Madrid, 19, II, 1902, pp. 92-99.

Cano, José Luis. "Azorín en *Vida Nueva*". *Cuadernos Hispanoamericanos*, 226-227, oct.-nov., 1968, pp. 423-435.

Cansinos-Assens, Rafael. "Martínez Ruiz (Azorín)". En su: *La nueva literatura*. Madrid, 1925, I, pp. 87-107.

Casares, Julio. "Azorín (José Martínez Ruiz)". En su: *Crítica profana*. Madrid, 1916; también en Col. Austral.

Cejador y Frauca, Julio. *Historia de la lengua y literatura castellana*. Madrid, 1919, X, pp. 291-312.

Clavería, Carlos. "Sobre el tema del tiempo en Azorín". En su: *Cinco estudios de literatura española moderna*. Salamanca, 1945, pp. 49-67.

Cruz Rueda, Ángel. "Semblanza de Azorín". En: Azorín, *Obras selectas*. Madrid, 1943.

——. "Nuevo retrato literario de Azorín". En: Azorín, *Obras completas*. Madrid, 1947, I.

Denner, Heinrich. *Das stilproblem bei Azorín*. Zurich, 1932.

Díaz-Plaja, Guillermo. *Modernismo frente a Noventa y Ocho*. Madrid, 1951.

Durán, Manuel. "La técnica de la novela y el 98". *Revista Hispánica Moderna*, XXIII, 1957, pp. 14-27.

Enguídanos, Miguel. "Azorín en busca del tiempo divinal". *Papeles de Son Armadans*, XIV, 1959, pp. 13-32.

Entrambasaguas, Joaquín. "Estudio biográfico-crítico de José Martínez Ruiz (1873)", prólogo a la edición de *La voluntad* en *Las mejores novelas contemporáneas*. Barcelona, 1958, II.

Fernández Almagro, Melchor. "José Martínez Ruiz". En su: *En torno al 98 (Política y literatura)*. Madrid, 1948.

Ferreres, Rafael. *Valencia en Azorín*. Valencia, 1968.

Fox, E. Inman. *Azorín as a Literary Critic*. New York, 1962.

——. "Azorín y la evolución literaria". *Insula*, núm. 192, nov., 1962.

——. "Una bibliografía anotada del periodismo de José Martínez Ruiz (Azorín): 1894-1904". *Revista de Literatura*, XXVIII, 55-56, 1965, pp. 231-244.

——. "José Martínez Ruiz (Sobre el anarquismo del futuro Azorín)". *Revista de Occidente*, 36, feb., 1966, pp. 157-174.

——. "Galdós' *Electra*: A Detailed Study of its Historical Significance and the Polemic between Martínez Ruiz and Maeztu". *Anales galdosianos*, Universidad de Pittsburgh, I, 1966, p. 131-141.

——. "Lectura y literatura (En torno a la inspiración libresca de Azorín)". *Cuadernos Hispanoamericanos*, 205, enero, 1967, pp. 5-27.

——. *La crisis intelectual del 98*. Madrid, 1976.

García Mercadal, José. *Azorín. Biografía ilustrada*. Barcelona, 1967.

Gamallo Fierros, Dionisio. *Hacia una bibliografía cronológica en torno a la letra y el espíritu de Azorín*. Madrid, 1956.

Gómez de Baquero, Eduardo (Andrenio). "Revista literaria: *La voluntad* de Martínez Ruiz". *El Imparcial*, 21 de julio de 1902.

Gómez de la Serna, Ramón. *Azorín*. Buenos Aires, 1942.

González-Ruano, César. "*La voluntad*. Gracián, Maquiavelo, Nietzsche y Taine en Azorín". En su: *Azorín, Baroja. Nuevas estéticas y otros ensayos*. Madrid, 1923.

González Serrano, Urbano. "Martínez Ruiz". En su: *Siluetas*. Madrid, 1899.

Granell, Manuel. *Estética de Azorín*. Madrid, 1958.

Granjel, Luis S. *Retrato de Azorín*. Madrid, 1958.

——. *Panorama de la Generación del 98*. Madrid, 1959.

Gullón, Ricardo. "La primera carta de amor de Azorín y otras epístolas". *Insula*, 199, junio, 1963.

Hoyos, Antonio de. *Yecla de Azorín*. Murcia, 1954.

Jeschke, Hans. *La generación de 1898 (Ensayo de una determinación de su esencia)*. 2.ª ed. esp. Madrid, 1954.

Krause, Anna. *Azorín, The Little Philosopher (Inquiry into the Birth of a Literary Personality)*. Berkeley, 1948. University of California Publications in Modern Philology, vol. 28, núm. 4; traducción al español de Luis Rico Navarro, *Azorín, el pequeño filósofo: Indagaciones en el origen de una personalidad literaria*. Madrid, 1955.

Laín Entralgo, Pedro. *La generación del noventa y ocho*. Madrid, 1945.

Livingstone, Leon. "The Pursuit of Form in the Novels of Azorín". *PMLA*, LXXVII, marzo, 1962, pp. 116-133.

——. "The Esthetic of Repose in Azorín's *Diario de un enfermo*". *Symposium*, XX, 1966, pp. 241-253.

——. *Tema y forma en las novelas de Azorín*. Madrid, 1970.

Madariaga, Pilar de. *Las novelas de Azorín. Estudio de sus temas y de su técnica*. Middlebury College (EE. UU.), 1949. (Tesis doctoral inédita.)

Maravall, José Antonio. "Azorín. Idea y sentido de la microhistoria". *Cuadernos Hispanoamericanos*, 226-227, oct.-nov., 1968, pp. 28-77.

Martínez Cachero, José María. "Clarín y Azorín (Una amistad y un fervor)". *Archivum*, III, 1953, pp. 159-176.

——. *Las novelas de Azorín*. Madrid, 1960.

Martínez del Portal, María. "Yecla en Azorín, Baroja y Castillo Puche". *Monteagudo* (Murcia), 27, 1959, pp. 1-19.

Martínez Ruiz, José (Azorín). *Antonio Azorín*, edición, prólogo y notas de E. Inman Fox. Barcelona, 1970.

Montoro, Antonio. *¿Cómo es Azorín?* Madrid, 1953.

Mulertt, Werner. *Azorín (José Martínez Ruiz). Contribución al estudio de la literatura española a fines del siglo XIX*, versión española con adiciones de Juan Carandell Pericay y Ángel Cruz Rueda. Madrid, 1930.

Nora, Eugenio G. de. *La novela española contemporánea*. Madrid, 1958, I, pp. 231-261.

Ortega y Gasset, José. "Azorín o primores de lo vulgar". En su: *El Espectador*. Madrid, 1917. Y en sus: *OC*, II, pp. 157-191.

Ortuño Palao, Miguel. "Un seudónimo preazoriniano". *Idealidad* (Alicante), núm. 183, junio, 1973.

——. "Yecla y sus personajes en la obra de Azorín". *Confe-*

rencias pronunciadas con motivo del homenaje nacional al maestro Azorín. Alicante, 1972.

Paniagua, Domingo. *Revistas culturales contemporáneas.* Madrid, 1964.

Pérez de la Dehesa, Rafael. "Un desconocido libro de Azorín: *Pasión (cuentos y crónicas), 1897". Revista Hispánica Moderna,* XXXIII, 1967, pp. 280-284.

——. "Azorín y Pi y Margall". *Revista de Occidente,* 78, septiembre, 1969, pp. 353-362.

Rand, Marguerite. *Castilla en Azorín.* Madrid, 1956.

Reding, Katherine P. *The Generation of 1898 as seen through its Fictional Hero.* Smith College Studies, EE. UU., 1936.

Ribbans, Geoffrey. "Riqueza inagotada de las revistas literarias modernas". *Revista de Literatura,* XIII, 1958, pp. 30-47.

Rico Verdú, José. *Un Azorín desconocido.* Alicante, 1973.

Risco, Antonio. *Azorín y la ruptura con la novela tradicional.* Madrid, 1980.

Ruiz Contreras, Luis. *Memorias de un desmemoriado.* Madrid, 1946.

Seeleman, Rosa. "The Treatment of Landscape in the Novelist of the Generation of 1898". *Hispanic Review,* IV, 1936, pp. 226-238.

Smith, Paul. "Seven Unknown Articles by the Future Azorín". *Modern Language Notes,* 85, marzo, 1970, pp. 250-261.

Serrano Poncela, Segundo. *El secreto de Melibea y otros ensayos.* Madrid, 1959, pp. 109-189.

Solotorevsky, Myrna. "Notas para el estudio intrínseco comparativo de *Camino de perfección* y *La voluntad". Boletín de Filología,* Universidad de Chile, XV, 1963, pp. 111-164.

Torre, Guillermo de. "La generación española de 1898 en las revistas del tiempo". *Nosotros,* XV, 1941, pp. 3-38.

Torre Murillo, José Luis. "Azorín, periodista". *Gaceta de la Prensa Española,* nov.-dic., 1957.

Valverde, José María. *Azorín.* Barcelona, 1971.

Zamora Vicente, A. "Una novela de 1902". *Sur,* 226, enero-feb., 1954, pp. 67-78.

Zeda. Seud. de Francisco Fernández Villegas. "*La voluntad,* por J. Martínez Ruiz". *La Lectura,* Madrid, II, 2, mayo-agosto, 1902, pp. 264-266.

NOTA PREVIA

La voluntad se publicó por primera vez en la serie "Biblioteca de Novelistas del siglo XX" de Henrich y Cía., Barcelona, en 1902. La segunda edición es de 1913 (Madrid, Renacimiento) y lleva la firma de Azorín. Agrega el autor una nota, "Desde la colina en 1913", en que dice "era otra la sensibilidad del autor cuando escribió estas páginas; hoy tendría que modificar bastante, tanto de la técnica como de la ideología, en este libro". Sin embargo, rechaza la posibilidad de retocar la novela: "Respetemos estrictamente nuestra obra pretérita". La tercera edición, publicada por la editorial Caro Raggio en 1919, conserva el texto de 1902, pero en la cuarta (Biblioteca Nueva, 1940), fueron suprimidas partes de la novela. Es esta última edición la que ha servido de texto para las únicas ediciones de la novela accesibles al lector general: las sucesivas reimpresiones hechas por Biblioteca Nueva, la de las *Obras selectas* (1943, reimpresa en 1953 y 1962), la de las *Obras Completas* (1947) y la incluida en el segundo tomo de *Las mejores novelas españolas* (1958). En ésta, la primera edición anotada de *La voluntad*, reproducimos el texto primitivo (1902), sólo corrigiendo las erratas.

NOTA A LA TERCERA EDICIÓN

Desde que salió por primera vez, en 1969, nuestra edición de *La voluntad,* han aparecido unos estudios que han servido para ampliar nuestros conocimientos de la vida y obra del joven Martínez Ruiz. Yo mismo, al hacer una edición de *Antonio Azorín,* revisé mis ideas sobre su evolución ideológica y artística, tema de no poco interés para una comprensión de *La voluntad.* Además, algunos amigos, sobre todo Miguel Ortuño Palao, yeclano y gran azorinista, y José Luis Castillo Puche, me han señalado omisiones o pequeños deslices en la introducción y las notas al texto. Es, pues, gracias a todo esto —y a la seriedad de la Editorial Castalia— que se puede ofrecer al lector esta edición revisada y corregida.

E. I. F.

BIBLIOTECA DE NOVELISTAS DEL SIGLO XX

J. MARTÍNEZ RUIZ

LA VOLUNTAD

BARCELONA — 1902

IMPRENTA DE HENRICH Y C.ª — EDITORES

Calle de Córcega

PRÓLOGO

En las viejas edades, el pueblo fervoroso abre los cimientos de sus templos, talla las piedras, levanta los muros, cierra los arcos, pinta las vidrieras, forja las rejas, estofa los retablos, palpita, vibra, gime en pía. comunión con la obra magna.

La multitud de Yecla ha realizado en pleno siglo xix lo que otras multitudes realizaron en remotas centurias. La antigua iglesia de la Asunción no basta: en 1769 el consejo decide fabricar otra iglesia; en 1775 la primera piedra es colocada. Las obras principian; se excavan los cimientos, se labran los sillares, se fundamentan las paredes. Y en 1804 cesa el trabajo.

En 1847 las obras recomienzan. La cantera del Arabí surte de piedra; ya en Junio vuelve á sonar en el recinto abandonado el ruido alegre del trabajo. Trabajan: un aperador, con 15 reales; tres canteros, con 10; dos carpinteros, con 10; cuatro albañiles, con 8; siete peones, con 5; siete muchachos, con 3. Es curioso seguir las oscilaciones de los trabajos á lo largo de los listines de jornales. El día 8 los muchachos quedan reducidos á tres. El último de los muchachos es llamado *el Mudico*. A *el Mudico* le dan sólo dos reales. El día 7 *el Mudico* no figura ya en las listas. Y yo pienso en este pobre niño despreciado, que durante una semana trae humildemente la ofrenda de sus fuerzas á la gran obra y luego desaparece, acaso muere.

Las obras languidecen; en Octubre la escuadrilla de obreros queda reducida á seis canteros y un muchacho. Las obras permanecen abandonadas durante largo tiempo. En el ancho ámbito del templo crece bravía la yerba; la maleza se enrosca á las pilastras; de los arcos incerrados penden florones de verdura.

La fe revive. En 1857 las obras cobran impulso poderoso. El obispo hace continuos viajes. La junta excita al pueblo. El pueblo presta sus yuntas y sus carros; los ricos ceden las maderas de sus pinares; dos testadores legan sus bienes á las obras. Entre tanto los arcos van cerrándose, los botareles surgen gallardos, los capiteles muestran sus retorcidas volutas y finas hojarascas. De Enero á Junio, 18.415 pies cúbicos de piedra son tallados en las canteras. Los veintinueve carpinteros de la ciudad trabajan gratis en la obra. Y mientras las campanas voltean jocundas, la multitud arrastra en triunfo enormes bloques de 600 arrobas...

. En 1858 las obras continúan. Mas el pueblo, ansioso, se enoja de no ver su iglesia rematada. Y el autor de un *Diario* inédito, de donde yo tomo estas notas, escribe sordamente irritado: "Marcha la obra con tanta lentitud, que da indignación el ir por ella". La junta destituye al arquitecto; nombra otro; le exige los planos; el arquitecto no los presenta; la junta le amenaza con destituirle; el arquitecto llega con sus diseños primorosos.

En 1859 el Ayuntamiento reclama fondos del gobierno. "Presentados que fueron los planos en el ministerio", dice el autor del *Diario,* "no pudieron menos de llamar la atención de los señores que llegaron á verlos, chocando en extremo la grandiosidad de un templo para un pueblo; lo que dió motivo á que el secretario, en particular, diera muy malas esperanzas respecto á dar algunos fondos, diciendo que para un pueblo era mucha empresa y mucho lujo y suntuosidad". El gobierno imagina que no se ha puesto una sola piedra en la obra. El ayuntamiento ofrece, en nombre de los vecinos, trabajo gratis y 125.000 pesetas. El gobierno, sorprendido del vigoroso esfuerzo, promete 40.000 duros.

La Academia aprueba los planos presentados; mas los fondos del gobierno no llegan. Durante dos meses un solo donante —el caballero Mergelina— ocurre á los dispendios de la obra. Los fondos no llegan; perdidas las esperanzas de ajeno auxilio, la fe popular torna pujante á su faena. De Abril á Mayo son tallados otros 17.000 pies cúbicos de piedra. Los labradores acarrean los materiales. Las bóvedas acaban de cubrirse; los capiteles lucen perfectos; el tallado cornisamento destaca saledizo. El anchuroso, blanco, severo templo herreriano es, por fin, años después, abierto al culto. [1]

Y ved el misterioso ensamblaje de las cosas humanas. Hace veinticinco siglos, de la misma cantera del Arabí famoso en que ha sido tallada la piedra para esta iglesia, fué tallada la piedra para el templo pagano del cerro de los Santos. [2] Al pie del Arabí se extendía Elo, la espléndida ciudad fundada por egipcios y griegos. La ancha vía Heraclea, celebrada por Aristóteles, se perdía á lo lejos entre bosques milenarios. El templo dominaba la ciudad entera. En su recinto, guarnecido de las rígidas estatuas que hoy reposan fríamente en los museos, los hierofantes macilentos tenían, como nosotros, sus ayunos, sus procesiones, sus rosarios, sus

[1] Todos los datos mencionados en este prólogo sobre la construcción de la Iglesia Nueva de Yecla provienen de un estado de cuentas de la época, existente hoy día en la Casa Museo de Azorín en Monóvar. El interés por la estadística sociológica y económica, demostrado en estas primeras páginas, es característico de los primeros escritos del joven Martínez Ruiz.

[2] Templo ibero de estilo griego que, según los arqueólogos, perteneció al siglo v o iv a. de J. C. Dominó la ciudad de Elo, ciudad de la antigua España al NO. de Yecla y probablemente una de las primeras colonias griegas en la península. Las excavaciones más importantes se emprendieron, durante la segunda mitad del siglo xix, primero por los escolapios de Yecla y a partir de 1875 por una comisión del Museo Arqueológico. Aunque la mayoría de las estatuas conservadas están en el Museo Arqueológico Nacional, buen número de ellas ha quedado en las Escuelas Pías de Yecla. Su presencia allí le ha servido a Martínez Ruiz, como se verá más adelante, como materia y tema de esta novela.

letanías, sus melopeas llorosas; celebraban, como nosotros, la consagración del pan y el vino, la Navidad,
en el nacimiento de Agni, la semana Mayor, en la
muerte de Adonis. Y la multitud acongojada, eternamente ansiosa, acudía con sus ungüentos y sus aceites
olorosos, á implorar consuelo y piedad, como hoy, en
esta iglesia por otra multitud levantada, imploramos
nosotros férvidamente: *Ungüento pietatis tuæ medere
contritis corde; et oleo misericordiæ tuæ refove dolores
nostros.*

PRIMERA PARTE

I

A lo lejos, una campana toca lenta, pausada, melancólica. El cielo comienza á clarear indeciso. La niebla se extiende en larga pincelada blanca sobre el campo. Y en clamoroso concierto de voces agudas, graves, chirriantes, metálicas, confusas, imperceptibles, sonorosas, todos los gallos de la ciudad dormida cantan. En lo hondo, el poblado se esfuma al pie del cerro en mancha incierta. Dos, cuatro, seis blancos vellones que brotan de la negrura, crecen, se ensanchan, se desparraman en cendales tenues. El carraspeo persistente de una tos rasga los aires; los golpes espaciados de una maza de esparto, resuenan lentos.

Poco á poco la lechosa claror del horizonte se tiñe en verde pálido. El abigarrado montón de casas va de la obscuridad saliendo lentamente. Largas vetas blanquecinas, anchas, estrechas, rectas, serpenteantes, se entrecruzan sobre el ancho manchón negruzco. Los gallos cantan pertinazmente; un perro ladra con largo y plañidero ladrido.

El campo —claro ya el horizonte— se aleja en amplia sabana verde, rasgado por los trazos del ramaje ombrajoso, [3] surcado por las líneas sinuosas de los caminos. El cielo, de verdes tintas pasa á encendidas

---

[3] No existe esta palabra en castellano, y a pesar de la posibilidad de ser un galicismo equívoco (*ombrageux* = asustadizo y no umbroso o umbrío) la terminación sonora caracteriza el lenguaje de Martínez Ruiz en esta novela. Véase la *Introducción*.

nacaradas tintas. Las herrerías despiertan con su sonoro
repiqueteo; cerca, un niño llora; una voz grita colérica. Y sobre el oleaje pardo de los infinitos tejados, paredones, albardillas, chimeneas, frontones, esqui-
nazos, surge majestuosa la blanca mole de la iglesia
Nueva, coronada por gigantesca cúpula listada en blancos y azules espirales.

La ciudad despierta. Las desiguales líneas de las
fachadas fronterizas á Oriente, resaltan al sol en vívida
blancura. Las voces de los gallos amenguan. Arriba,
en el santuario, una campana tañe con dilatadas vibraciones. Abajo, en la ciudad, las notas argentinas de las
campanas vuelan sobre el sordo murmullo de voces,
golpazos, gritos de vendedores, ladridos, canciones, re-
buznos, tintineos de fraguas, ruidos mil de la multitud
que torna á la faena. El cielo se extiende en tersa bóveda de joyante seda azul. Radiante, limpio, preciso
aparece el pueblo en la falda del monte. Aquí y allá,
en el mar gris de los tejados uniformes, emergen las
notas rojas, amarillas, azules, verdes, de pintorescas fachadas. En primer término destacan los dorados muros
de la iglesia Vieja, con su fornida torre; más bajo la
iglesia Nueva; más bajo, lindando con la huerta, el
largo edificio de las Escuelas Pías, [4] salpicado con los
diminutos puntos de sus balcones. Y esparcidos por la
ciudad entera, viejos templos, ermitas, oratorios, capillas: á la izquierda, Santa Bárbara, San Roque, San
Juan, ruinoso, el Niño, con los tejadillos de sus cúpulas rebajadas; luego, á la derecha, el Hospital, flan-
queado de sus dos minúsculas torrecillas, San Cayetano,
las Monjas... Las campanas tocan en multiforme
campaneo. El humo blanco de las mil chimeneas asciende lento en derechas columnas. En las blanquecinas
vetas de los caminos pululan, rebullen, hormiguean ne-

---

4   El colegio de los Escolapios a que asistió de niño Martínez
Ruiz y que llega a ser de central importancia en esta novela, y aún
más en *Las confesiones de un pequeño filósofo* (1904). Las descripciones de Yecla —sus iglesias, sus edificios, sus calles, sus alrededores, etc.— incluidas en la novela se toman todas de la realidad.

gros trazos que se alejan, se disgregan, se pierden en la llanura. Llegan ecos de canciones, traqueteos de carros, gritos agudos. La campana de la iglesia Nueva tañe pesada; la del Niño tintinea afanosa; la del Hospital llama tranquila. Y á lo lejos, riente, locuela, juguetona, la de las Monjas canta en menuditos golpes cristalinos...

*
* *

A la derecha de la iglesia Vieja —ya en la ciudad— está la parte antigua del poblado. La parte antigua se extiende sobre escarpada peña en apretujamiento indefinido de casas bajas, con las paredes blancas, con las puertas azules, formadas en estrechas callejuelas, que reptan sinuosas. Hondas barrancas surcan el arroyo; montículos pelados sobresalen lucientes. Y un angosto pasillo tallado en roca viva conduce á los umbrales, ó unas empinadas escaleras ascienden á las puertas. El sol de Marzo reverbera en las blancas fachadas. En las aceras, un viejo teje pleita ensimismado; una mujer inclinada sobre aceitosa cabellera va repasándola atenta hebra por hebra; del fondo lóbrego de una almazara sale un hombre y va colocando en larga rastra los cofines. Y la calleja, angosta, retorcida, ondulante, continúa culebreando hacia la altura. A trechos, sobre la blanca cal, una cruz tosca de madera bajo anguloso colgadizo; en una hornacina, tras mohosa alambrera, un cuadro patinoso. [5]

El laberinto de retorcidas vías prosigue enmarañado. En el fondo de una calleja de terreros tejadillos, el recio campanario de la iglesia Vieja se perfila bravío. Misterioso artista del Renacimiento ha esculpido en el remate, bajo la balaustrada, ancha greca de rostros en que el dolor se expresa en muecas hórridas. Y en la nitidez espléndida del cielo, sobre la ciudad triste, estas

[5] "patinoso", de pátina. Aunque no figura esta palabra en ningún diccionario español, es un neologismo del autor que vuelve a emplear muchas veces en la novela.

caras atormentadas destacan como símbolo perdurable de la tragedia humana.

Junto a la torre, la calle de las Once Vigas baja precipitada en sus once resbaladizos escalones. Luego, dejada atrás la calle, se recorre una rampa, se cruza la antigua puerta derruida del Castillo, se sale a una pintoresca encrucijada. En el centro, sobre un peñasco enjabelgado, se yergue una doble cruz verde inquietadora. La calle de la Morera desciende ancha. Y doblada la esquina, recorridos breves pasos, la plaza destartalada del Mercado aparece con sus blancos soportales en redondos arcos, con su caserón vetusto del ilustre concejo.

Y la edificación moderna comienza: casas anodinas, vulgares, pintarrajeadas; comercios polvorientos, zaguanes enladrillados de losetas rojizas. A ratos, una vieja casa solariega levántase entre la monotonía de las casas recientes; junto a los modernos balcones chatos, los viejos voladizos balcones sobresalen adustos; un enorme blasón gris se ensancha en pétreas filigranas entre dos celosías verdes. Van y vienen por las calles clérigos liados en sus recias bufandas, tosiendo, carraspeando, grupos de devotas que cuchichean misteriosamente en una esquina, carros, asnos cargados con relucientes aperos de labranza, labriegos enfundados en amarillentas cabazas [6] largas. Las puertas están abiertas de par en par. Lucen adentro los rojos ladrillos de los porches, resaltan los trazos blancos de los muebles de pino. Las perdices, a lo largo de las aceras, picotean en sus jaulas metidas en arena. Y los canarios, colgados de las jambas, cantan en arpegios rientes.

---

[6] Palabra anticuada: gabán, manto largo.

II

L A casa fue terminada el día de la Cruz de Mayo.
En la fachada, entre los dos balconcillos de madera,
resalta en ligero relieve una cruz grande. Dentro, el
porche está solado de ladrillos rojos. Las paredes son
blancas. El zócalo es de añil intenso: una vira [7] negra
bordea el zócalo. En el testero fronterizo a la puerta,
la espetera cuelga. Y sobre la blancura vívida de la cal,
resaltan brilladores, refulgentes, áureos, los braserillos
diminutos, las chocolateras, los calentadores, las capuchinas, los cazos de larga rabera, los redondeles...

Ancho arco divide la entrada. A uno de los lados
destaca *el ramo*. El ramo es un afiligranado soporte
giratorio. Corona el soporte un ramillete de forjado
hierro. Cuatro azucenas y una rosa, entre botones y
hojarasca, se inclinan graciosamente sobre el blanco farol colgado del soporte.

A la izquierda, se sube por un escalón á una puerta
pintada de encarnado negruzco. La puerta está formada
de resaltantes cuarterones, cuadrados unos, alargados y
en forma de T otros, ensamblados todos de suerte
que en el centro queda formada una cruz griega. Junto
á la cerradura hay un tirador de hierro: las negras
placas del tirador y de la cerradura destacan sus cala-
dos en rojo paño. La puerta está bordeada de recio

---

[7] Según el Diccionario de la Real Academia, el uso de "vira"
como franja o borde es típico de la provincia de Murcia.

marco tallado en diminutas hojas entabladas. Es la puerta de la sala. Amueblan la sala sillas amarillas con vivos negros, un ancho canapé de paja, una mesa, A lo largo de las paredes luce un apostolado en viejas estampas toscamente iluminadas: *Santus Joanes,* con un cáliz en la mano, del cual sale una sierpe, — *Sanctus Mattheus,* leyendo atento un libro, — *Sanctus Bartholomeus,* con la cuchilla tajadora, — *Sanctus Petrus, Sanctus Paulus, Sanctus Simon...* Encima del canapé hay un lienzo: encuadrado en ancho marco negro, un monje de bellida barba, calada la capucha, cogidas ambas manos de una pértiga, mira con ojos melancólicos. Debajo pone: *S. Franciscus de Paula; vera effigies ex prototypo, quod in Palatio Vaticano servatur desumpta...* Sobre la mesa reposan tres volúmenes en folio, y en hilera, cuidadosamente ordenados, grandes y olorosos membrillos. En el fondo, cierra la alcoba una mampara con blancas cortinillas.

A la derecha del porche, se abre la cocina de ancha campana. A los lados, adosados á la pared, corren dos poyos bajos. Dos armarios, junto á cada poyo, guardan el apropiado menaje. La luz, en la suave penumbra, baja por la espaciosa chimenea y refleja sobre las losas del hogar un blanco resplandor.

Cerca de la puerta del patio, en lo hondo, brilla en sus primorosos arabescos, azules, verdes, amarillos, rojos, el alizar del tinajero. La tinaja, empotrada en el ancho resalto, deja ver el recio reborde bermejo de su boca. Y el sol, que por el montante de la cerrada puerta penetra en leve cinta, refulge en los platos vidriados, en los panzudos jarros, en las blancas jofainas, en las garrafas verdosas.

Dulce sosiego se respira en el ambiente plácido. En la vecindad los martillos de una fragua tintinean argentinos. A un extremo de la mesa de retorcidos pies, en la entrada, Puche, sentado, habla pausadamente; al otro extremo, Justina escucha atenta. En el fondo umbrío de la cocina, un puchero borbolla con persistente moscardoneo y deja escapar tenues vellones blancos.

Puche y Justina están sentados. Puche es un viejo clérigo, de cenceño cuerpo y cara escuálida. Tiene palabra dulce de iluminado fervoroso y movimientos resignados de varón probado en la amargura. Susurra levemente más que habla; sus frases discurren untuosas, benignas, mesuradas, enervadoras, sugestivas. En plácida salmodia insinúan la beatitud de la perfecta vida, descubren la inanidad del tráfago mundano, cuentan la honda tragedia de las miserias terrenales, acarician con la promesa de dicha inacabable al alma conturbada... Puche va hablando dulcemente; la palabra poco á poco se caldea, la frase se enardece, el período se ensancha férvido. Y un momento, impetuosamente, la fiera indomeñada reaparece, y el manso clérigo se exalta con el ardimiento de un viejo profeta hebreo.

Justina es una moza fina y blanca. A través de su epidermis transparente, resalta la tenue red de las venillas azuladas. Cercan sus ojos llameantes anchas ojeras. Y sus rizados bucles rubios asoman por la negrura del manto, que se contrae ligeramente al cuello y cae luego sobre la espalda en amplia oleada.

Justina escucha atenta á Puche. Alma cándida y ardorosa, pronta á la abnegación ó al desconsuelo, recoge píamente las palabras del maestro —y piensa.

Puche dice:

—Hija mía, hija mía: la vida es triste, el dolor es eterno, el mal es implacable. En el ansioso afán del mundo, la inquietud del momento futuro nos consume. Y por él son los rencores, las ambiciones devoradoras, la hipocresía lisonjera, el anhelante ir y venir de la humanidad errabunda sobre la tierra. Jesús ha dicho: "Mirad las aves del cielo, que no siembran ni siegan, ni allegan en trojes; y vuestro Padre celestial las alimenta..."[8] La humanidad perece en sus propias inquietudes. La ciencia la contrista; el anhelo de las riquezas la enardece. Y así, triste y exasperada, gime en perdurables amarguras.

_____

[8] San Mateo, VI.

Justina murmura en voz opaca:

—El cuidado del día de mañana nos hace taciturnos.

Puche calla un momento; luego añade:

—Las avecillas del cielo y los lirios del campo son más felices que el hombre. El hombre se acongoja vanamente. "Porque el día de mañana á sí mismo se traerá su cuidado. Le basta al día su propio afán." La sencillez ha huído de nuestros corazones. El reino de los cielos es de los hombres sencillos. "Y dijo: En verdad os digo, que si no os volviereis é hiciereis como niños, no entraréis en el reino de los cielos." [9]

Los martillos de la vecindad cantan en sonoro repiqueteo argentino. Justina y Puche callan durante un largo rato. Luego Puche exclama:

—Hija mía, hija mía: el mundo es enemigo del amor de Dios. Y el amor de Dios es la paz. Mas el hombre ama las cosas de la tierra. Y las cosas de la tierra se llevan nuestra paz.

"Y aconteció que como fuesen de camino, entró Jesús en una aldea, y una mujer, que se llamaba Marta, lo recibió en su casa.

"Y ésta tenía una hermana, llamada María, la cual también sentada á los pies del Señor oía su palabra.

"Pero Marta estaba afanada de continuo en las haciendas de la casa: la cual se presentó y dijo: Señor, ¿no ves cómo mi hermana me ha dejado sola para servir? Dile, pues, que me ayude.

"Y el Señor le respondió y dijo: Marta, Marta, muy cuidadosa estás y en muchas cosas te fatigas.

"En verdad una sola es necesaria. María ha escogido la mejor parte, que no le será quitada." [10]

El silencio torna. El sol, que se ha ido corriendo poco á poco, marca sobre el aljofifado pavimento un vivo cuadro. A lo lejos, las campanadas de las doce caen lentas. En la iglesia Nueva suena el grave tintineo del *Ave María.* Puche cruza las manos y murmura:

[9]   San Mateo, XVIII.
[10]   San Lucas, X.

—Virgen Purísima antes del parto. *Dios te salve, María, llena eres de gracia,* etc. Virgen Purísima en el parto. *Dios te salve, María...* Virgen Purísima después del parto. *Dios te salve, María...* —Después agrega dulcemente: "El Señor nos dé una buena tarde."

Vuelve á reinar un ligero silencio. Justina, al fin, suspira:

—La vida es un valle de lágrimas.

Y Puche añade:

—Jesús ha dicho: sed buenos, sed pobres, sed sencillos. Y los hombres no son buenos, ni pobres, ni sencillos. Mas tiempo vendrá en que la justicia suprema reine implacable. Los grandes serán humillados, y los humildes ensalzados. La cólera divina desbordaráse en castigos enormes. ¡Ah, la angustia de los soberbios será indecible! Un grito inmenso de dolor partirá de la humanidad aterrorizada. La peste devastará las ciudades: gentes escuálidas vagarán por las campiñas yermas. Los mares rugirán enfurecidos en sus lechos; el incendio llameará crepitante sobre la tierra conmovida por temblores desenfrenados, y los mundos, trastornados de sus esferas, perecerán en espantables desquiciamientos... Y del siniestro caos, tras la confusión del juicio último, manará serena la luz de la Verdad Infinita.

De pie, Puche, nimbada su cabeza de apóstol por el tibio rayo de sol, permanece inmóvil un momento con los ojos al cielo. [11]

[11] Este cuadro de la conversación entre Puche y Justina apareció primero en *La España Moderna* (1-II-1902) bajo el título "Impresiones españolas".

III

E L zaguán, húmedo y' sombrío, está empedrado de
menudos cantos. Junto á la pared, un banco luce su
tallado respaldo; en el centro pende del techo un faro-
lón disforme. Franqueada la puerta del fondo, á la derecha se abre la cocina de amplia campana, y á la
izquierda el despacho. El despacho es una anchurosa
pieza de blancas paredes y bermejas vigas en el techo.
Llenan los estantes de oloroso alerce, libros, muchos
libros, infinitos libros —libros en amarillo pergami-
no, libros pardos de jaspeada piel y encerados cantos
rojos, enormes infolios de sonadoras hojas, diminutas
ediciones de elzevirianos tipos. En un ángulo, casi perdidos en la sombra, tres gruesos volúmenes que resaltan
en azulada mancha, llevan en el lomo: *Schopenhauer.* [12]
De la calle, a través de las finas tablas de espato
que cierran los ventanos, la luz llega y se difluye en
tamizada claridad sedante. Recia estera de esparto, listada á viras rojas y negras, cubre el suelo. Y entre dos
estantes cuelga un cuadro patinoso. El cuadro es triste.

[12] Al mencionar estos tres tomos del filósofo alemán, Martínez
Ruiz aludiría sin duda a su obra fundamental, *El mundo como
voluntad y como representación*, cuya traducción al castellano salió
en la editorial de *La España Moderna* en 1898 o 1899. Tampoco
cabe duda de que el concepto nietzscheano de "Schopenhauer como
educador", tanto como otros muchos aspectos de la filosofía de Nietzsche, tiene su papel en el desarrollo del personaje Yuste y en la
estructura —en fin, el significado— de toda la novela (véase la *Introducción*).

De pie, una dama de angulosa cara tiene de la mano á una niña; la niña muestra en la mano tres claveles, dos blancos y uno rojo. A la derecha del grupo hay una mesa; encima de la mesa hay un cráneo. En el fondo, sobre la pared, un letrero dice: *Nascendo morimur*. Y la anciana y la niña, atentas, cuidadosas, reflexivas, parecen escrutar con su mirada interrogante el misterio infinito. [13]

En el despacho, Yuste se pasea á menudos pasos que hacen crujir la estera. Yuste cuenta sesenta años. Yuste es calvo y ligeramente obeso; su gris mostacho romo oculta la comisura de los labios; sobre la nítida pechera la gordezuela barbilla se repliega abundosa. Y la fina cadena de oro que pasa y repasa en dos grandes vueltas por el cuello destaca refulgente en la negrura del limpio traje. [14]

Azorín, [15] sentado, escucha al maestro. Azorín mozo ensimismado y taciturno, habla poco y en voz queda. Absorto en especulaciones misteriosas, sus claros ojos verdes miran extáticos lo indefinido.

---

[13] El cuadro que describe aquí Martínez Ruiz es, hasta el último detalle, el llamado "Dama y niña" de la olvidada pintora flamenca, Ana Van Cronenburch (1552-¿ ?). Está en el Museo del Prado.

[14] Esta cadena de oro, desde luego rara para el tiempo, sería una evocación del retrato tan conocido y divulgado de Montaigne, un escritor que empezó a pesar mucho, en estos años, en la actitud vital de Martínez Ruiz. Hay varios pensadores, entre ellos el filósofo francés, a quienes el joven escritor consideraba como maestros. En la novela, Yuste defiende un eclecticismo de ideas de Montaigne, Schopenhauer, Nietzsche, Pi y Margall y Clarín. Para una aclaración de este asunto, véase la obra de Anna Krause, *Azorín, el pequeño filósofo*, que figura en la bibliografía.

[15] El nombre de este protagonista de índole autobiográfica llega a ser en 1904, como es sabido, el seudónimo definitivo de José Martínez Ruiz. Se ha discutido mucho el origen del nombre, hablando casi siempre de su valor lingüístico: lo eufónico, el diminutivo, el posible anagrama, etc. Es indudable que el seudónimo tiene todas estas calidades mencionadas, pero el origen es más sencillo. Por lo visto se debe, como tantos logros de Azorín, más a una intuición feliz que a la imaginación: en primer lugar es un apellido bastante común en Yecla, y más que esto, existe la posibilidad de que fuera el nombre de un conocido del joven Martínez Ruiz. En el periódico *España* (21-XII-1904), podemos leer la siguiente esquela: "Yecla. 20. Ha fallecido D. Antonio Azorín, joven profesor de instrucción primaria de esta ciudad..." Miguel Ortuño Palao ha documentado también que durante los años que Martínez Ruiz estudiaba en el colegio de los Escolapios, vivía en Yecla un conocido maestro independiente ya mayor llamado Antonio Azorín Puche (1808-1887).

El maestro va y viene ante Azorín en sus peripatéticos discursos. Habla resueltamente. A través de la palabra enérgica, pesimista, desoladora, colérica, iracunda —en extraño contraste con su beata calva y plácida sonrisa— el maestro extiende ante los ojos del discípulo hórrido cuadro de todas las miserias, de todas las insanias, de todas las cobardías de la humanidad claudicante. La multitud le exaspera: odio profundo, odio tal vez rezago de lejanos despechos, le impulsa fieramente contra la frivolidad de las muchedumbres veleidosas. El discurso aplaudido de un exministro estúpido, el fondo palabrero de un periódico, la frase hueca de un periodista vano, la idiotez de una burguesía caquéxica, [16] le convulsionan en apopléticos furores. Odia la frase hecha, el criterio marmóreo, la sistematización embrutecedora, la ley, salvaguardia de los bandidos, el orden, amparo de los tiranos... Y á lo largo de la estancia recargada de libros, nervioso, irascible, enardecido, va y viene mientras sus frases cálidas vuelan á las alturas de una sutil y deprimente metafísica, ó descienden flageladoras sobre las realidades de la política venal y de la literatura vergonzante.

Azorín escucha al maestro. Honda tristeza satura su espíritu en este silencioso anochecer de invierno. Yuste pasea. A lo lejos suenan las campanas del santuario. Los opacos tableros de piedra palidecen. El maestro se detiene un momento ante Azorín y dice:

—Todo pasa, Azorín; todo cambia y perece. Y la substancia universal, —misteriosa, incognoscible, inexorable— perdura.

Azorín remuévese lentamente y gime en voz opaca:

—Todo pasa. Y el mismo tiempo que lo hace pasar todo, acabará también. El tiempo no puede ser eterno. La eternidad, presente siempre, sin pasado, sin futuro, no puede ser sucesiva. Si lo fuera y por siempre el momento sucediera al momento, daríase el caso paradójico

---

[16] "caquéxica" = caquética, consuntiva.

de que la eternidad se aumentaba á cada instante trans-
currido. [17]

Yuste torna á detenerse y sonríe.

—La eternidad...

Yuste tira del bolsillo una achatada caja de plata.
En la tapa, orlada de finos roleos de oro, un niño se
inclina sobre un perro y lo acaricia amorosamente.
Yuste, previos dos golpecitos, abre la tabaquera y aspira un polvo. Luego añade:

—La eternidad no existe. Donde hay eternidad no
puede haber vida. Vida es sucesión; sucesión es tiempo. Y el tiempo —cambiante siempre— es la antítesis
de la eternidad —presente siempre.

Yuste pasea absorto. El viejo reloj suena una hora.
Yuste prosigue:

—Todo pasa. La sucesión vertiginosa de los fenómenos, no acaba. Los átomos en eterno movimiento
crean y destruyen formas nuevas. A través del tiempo
infinito, en las infinitas combinaciones del átomo incan-
sable, acaso las formas se repitan; acaso las formas
presentes vuelvan á ser, ó estas presentes sean repro-
ducción de otras en el infinito pretérito creadas. Y así,
tú y yo, siendo los mismos y distintos, como es la misma y distinta una idéntica imagen en dos espejos; así
tú y yo acaso hayamos estado otra vez frente á frente
en esta estancia, en este pueblo, en el planeta este,
conversando, como ahora conversamos, en una tarde
de invierno, como esta tarde, mientras avanza el crepúsculo y el viento gime.

Yuste —acaso escéptico de la moderna *entropía* [18] del
universo— medita silencioso en el indefinido flujo y reflujo de las formas impenetrables. Azorín calla. Un

---

[17] El autor repite aquí, con unos pocos cambios, un párrafo de
Diario de un enfermo (*OC*, I, p. 694). Aunque la idea es muy nietzscheana, viene sin duda de Marie-Jean Guyau, filósofo francés del
siglo XIX muy leído por todos los intelectuales españoles de la
época (véase Carlos Clavería, "Sobre el tema del tiempo en Azorín", p. 61).

[18] Una teoría de índole evolucionista, muy popular entre algunos
hacia fines del siglo XIX, que sostenía que, por pérdida de energía
física, el universo marchaba hacia el desorden y la destrucción.

piano de la vecindad toca un fragmento de Rossini, la música predilecta del maestro. La melodía, tamizada por la distancia, se desliza opaca, dulce, acariciadora. Yuste se para. Las notas saltan juguetonas, se acorren prestas, se detienen mansas, cantan, ríen, lloran, se apagan en cascada rumorosa.

Yuste continúa:

—La substancia es única y eterna. Los fenómenos son la única manifestación de la substancia. Los fenómenos son mis sensaciones. Y mis sensaciones, limitadas por los sentidos, son tan falaces y contingentes como los mismos sentidos.

El maestro torna á pararse. Luego añade:

—La sensación crea la conciencia; la conciencia crea el mundo. No hay más realidad que la imagen, ni más vida que la conciencia. No importa —con tal de que sea intensa— que la realidad interna no acople con la externa. El error y la verdad son indiferentes. La imagen lo es todo. Y así es más cuerdo el más loco. [19]

A lo lejos, las campanas de la iglesia Nueva plañen abrumadoras. La noche llega. En la obscuridad del crepúsculo las manchas pálidas de los ventanos se disuelven lechosas. Reina en la estancia un breve instante de doloroso anhelo. Y Azorín, inmóvil, mira con sus extáticos ojos verdes la silueta del maestro que va y viene en la sombra haciendo gemir dulcemente la estera.

---

[19] Muchas de las ideas expresadas en este capítulo provienen de la metafísica de Kant, base del pesimismo de Schopenhauer y luego del pensamiento ético de Nietzsche. Kant ataca la consagración de la Razón Absoluta porque juzga que el hombre sólo es capaz de experimentar el fenómeno por medio de sus sensaciones, nunca llegando a conocer la cosa-en-sí, o el *noumena*. Así es que el conocimiento es limitado por las tres categorías de espacio, tiempo y causalidad.

IV

A lo lejos, en el fondo, sobre un suave altozano, la diminuta iglesia de Santa Bárbara se yergue en el azul intenso. La calle es ancha, las casas son bajas. Al pasar, tras las vidrieras diminutas, manchas rosadas, pálidas, cárdenas de caras femeninas, miran con ojos ávidos ó se inclinan atentas sobre el trabajo. A lo largo de la acera un hombre en cuclillas arregla las jaulas de las perdices, puestas junto á la pared en ordenada hilera. Más lejos, resaltan en un portal los anchos trazos de maderos labrados; dentro, en el zaguán, entre oleadas de virutas amarillentas, un carpintero garlopa una tabla rítmicamente. La calle blanca refulge en sus paredes blancas. El piso va subiendo en rampa tenue. Al final, en lo alto del peñasco escarpado, destaca el muro sanguinolento de la iglesia; sobre el muro el ventrudo tejado pardo; sobre el tejado, á plomo con la puerta, el balconcillo con la campana diminuta.

La campana tañe pausada. Los fieles llegan: por la empinada cuesta de una calleja, los trazos negros de las devotas arrebujadas en sus flotadoras mantellinas, avanzan. Encorvado, vestido de amarillento gabán de burel recio, un labriego, en el umbral, tira hacia sí de la puerta y desaparece penosamente en la negrura: la puerta torna á girar y rebota con fuerte golpazo sobre el marco. Las manchas negras de los mantos y las pardas manchas de las capas rebullen, se arremolinan,

75

se confunden en el portal; poco á poco se disuelven; aparecen otras; desaparecen. Y la puerta golpea pertinazmente. El viento impetuoso de Marzo barre las calles; el sol ilumina á intervalos las fachadas blancas; pasan nubes redondas.

Dentro, en la iglesia, los devotos se remueven impacientados. La iglesia es sencilla. Está solada de ladrillos rojizos; tiene las paredes desnudas. En los altares, sobre la espaciosa pincelada del mantel blanco, saltan las anchas notas plateadas, verdes, rojas, amarillas de los ramos enhiestos. Los santos abren los brazos en deliquiòs inexpresivos; una Virgen, metida en su manto de embudo, mira con ojos asombrados. El altar mayor aparece en el fondo con sus columnas estriadas. La luz difusa de las altas ventanas resbala en tenues reflejos sobre los fustes patinosos, brilla indecisa en las volutas retorcidas de capiteles áureos. Enfrente del altar mayor, al otro extremo, está el coro sobre una bóveda achatada. Debajo de la bóveda hay un banco lustroso.

Los fieles esperan. Entre los claros de la cortina arrugada de una puerta, se ve pasar y repasar á intervalos una mancha negra entre bocanadas de humo. De la sacristía sale un muchacho y va encendiendo las velas del retablo. Los pálidos dorados cabrillean; largas sombras tiritan en las paredes grises. Ante el altar un clérigo susurra persignándose: *Por la señal...* Y las manos revuelan en presto movimiento sobre las caras. El rosario comienza. Al final de cada misterio, repica un estridente campanillazo.

Acabado el rosario, otro clérigo con sobrepelliz sube al púlpito y susurra las palabras del Evangelio. Corren las altas cortinas azuladas: la iglesia queda á obscuras. Y el predicador, en destempladas voces de pintoresca ortología regionalista, relata las ansias perdurables del Dios-Hombre. De cuando en cuando, del fondo negro de una capilla, parte un lastimoso gemido: *¡Ay, Señor!* Bajo las lámparas mortecinas relucen los decalvados cráneos de los labriegos. Las luces brillan inmóviles en el retablo. A ratos la puerta del templo se abre y las profundas tinieblas son rasgadas por un relámpago de viva y cegadora luz solar. El viento brama á lo largo del llano inmenso de barbechos negros y verdes sembraduras.

El predicador, terminado el exordio, "implora" el auxilio divino. En el coro, mientras el clérigo permanece de rodillas, entonan una salve acompañados de un armonium apagado y meloso. Los fieles contestan cantando en tímido susurro dolorido. Los cantores entonan otra estrofa, lánguida, angustiosa, suplicante. Los fieles tornan á contestar en larga deprecación acongojada... El vivo resplandor de la puerta ilumina un instante el conjunto de caras anhelosas. El viento ruge desenfrenadamente fuera. Y el viejo armonium gime tenue, gime apacible, gime lloroso, [20] como un anciano que cuenta sollozando sus días felices.

*
* *

En la sacristía, mientras el sermón prosigue, un clérigo pasea fumando, otro clérigo permanece sentado. La estancia es reducida, alargada; en la pared, sobre la sencilla cajonería de pino, un cristo extiende sus brazos descarnados; el incensario pende de un clavo; la cartilla, entre dos bramantes, muestra sus blancas hojas. Entra la luz por una angosta ventana baja, acristalada con un vidrio empolvado, cerrada por una reja, alambrada por fina malla. Al otro extremo una diminuta puerta de cuarterones comunica á un obscuro pasillo. Y al final del pasillo, la blanca luz de un patio resalta en viva claridad fulgente.

El clérigo ambulatorio parece absorto en hondas y dolorosas meditaciones. Es alto; viste sotana manchada en la pechera á largas gotas; tiene liado el cuello en

---

[20] "gime tenue, gime apacible, gime lloroso". Anáfora o repetición de palabras muy típica del estilo de Azorín. Su uso se irá intensificando en esta obra, sobre todo con respecto a los pronombres.

recia bufanda negra; sus mejillas están tintadas de finas raicillas rojas, y su nariz avanza vivamente inflamada. Bajo el bonete de agudos picos, caído sobre la frente, sus ojos miran vagarosos y turbios... Hondas preocupaciones le conturban; arriba, abajo, dando furibundas pipadas al veguero, pasea nervioso por la estancia. Y un momento, se detiene ante el clérigo sentado y pregunta, tras una ligera pausa en que considera absorto la ceniza del cigarro:

—¿Tú crees que el macho de José Marco es mejor que el mío?

El interpelado no contesta. Y el alto clérigo prosigue, en hondas meditaciones, sus paseos. Después añade:

—Hemos estado cazando en el Chisnar José Marco y yo. José Marco ha muerto siete perdices, yo dos... ¡Mi macho no cantaba!

En la puerta aparece un personaje envuelto en vieja capa. Entre los dos trazos pardos de las vueltas, la camisa fofa, sin corbata, resalta blanca. Y sobre el alto y enhiesto cuello de la capa, la fina cabeza redonda luce en la rosada calva y en las mejillas afeitadas. Es un místico y es un truhán; tiene algo de cenobita y algo de sátiro. En el umbral, inmóvil, con las piernas ligeramente distanciadas, mira interrogador á los dos clérigos. Sus ojuelos titilean arriscados; sus labios se pliegan compungidos... Ante él se para el clérigo; los dos se miran silenciosos. Y el clérigo pregunta:

—¿Tú crees que el macho de José Marco es mejor que el mío?

El truhán beatífico inclina la cabeza, enarca las cejas, y sonríe:

—Según...

Y sonriendo picaresco mira al otro clérigo como contándole con la mirada lo por centésima vez sabido. Luego pregunta al propietario de la perdiz taciturna:

—¿Lo has sacado?

El andante contesta:

—Hemos ido al Chisnar José Marco y yo; él ha muerto siete perdices, yo dos. —Y añade con reconcentrada ira:— ¡Mi macho no cantaba!

El truhán trae una noticia flamante: Puche ha sido, por fin, nombrado cura de la iglesia Nueva.

—Sí —dice el clérigo sentado—, ha sido por Redón. [21] —Y agrega sordamente:— Y lo hará obispo.

El truhán enarca las cejas:

—Según...— Y al sonreir, en su helgada dentadura brillan blancos sus dientes puntiagudos.

A propósito de Puche se habla de su sobrina Justina.

—¿Se casa con Azorín? —pregunta el clérigo sentado.

El truhán dice que no. Puche se opone de tal modo al casamiento, que Justina será monja antes que mujer de Azorín.

El sermón ha terminado. El predicador entra acezando. El clérigo errabundo, ante la cajonería, se enfunda en el roquete, se pasa por el cuello la estola, se echa sobre los hombros la floreada capa. Y sale.

En el umbral da un ligero traspiés.

---

[21] La práctica constante de Martínez Ruiz en *La voluntad* de mencionar de pasada sólo nombres realmente conocidos por él nos lleva a creer que se trata de un eclesiástico de alguna importancia en Yecla. Sin embargo, nuestras investigaciones no han podido pasar más allá del nombre de un coetáneo del futuro Azorín, el padre Joanet Redon.

V

E N la placidez de este anochecer de Agosto, Yuste y Azorín pasean por el tortuoso camino viejo de Caudete. El cielo se ensombrece poco á poco; comienzan á titilar las estrellas; una campana toca el *Angelus.* Y á lo lejos un cuclillo repite su nota intercadente...

Yuste se para y dice:

—Azorín, la propiedad es el mal... En ella está basada la sociedad actual. Y puesto que á su vez la propiedad está basada en la fuerza y tiene su origen en la fuerza, nada más natural, nada más justo, nada más humano que destruir la propiedad...

Azorín escucha silencioso al maestro. Yuste prosigue:

—La propiedad es el mal... Se buscarán en vano soluciones al *problema* eterno. Si el medio no cambia, no cambia el hombre... Y el medio es la vivienda, la alimentación, la higiene, el traje, el reposo, el trabajo, los placeres. Cambiemos el medio, hagamos que todo esto, el trabajo y el placer, sea pleno, gustoso, espontáneo, y cambiará el hombre. Y si sus pasiones son ahora destructivas —en este medio odioso—, serán entonces creadoras —en otro medio saludable... No cabe hablar del *problema social*: no lo hay. Existe dolor en los unos y placer en los otros, porque existe un medio que á aquéllos es adverso y á éstos favorable... La fuerza mantiene este medio. Y de la fuerza brota la propiedad.

80

y de la propiedad el Estado, el ejército, el matrimonio,
la moral.

Azorín replica:

—Un medio de bienestar para todos supone una
igualdad, y esa igualdad...

Yuste interrumpe:

—Sí, sí; se dice que es imposible una igualdad de
todos los hombres... que todos no tienen el mismo
grado de cultura... que todos no tienen las mismas
delicadezas estéticas y afectivas...

El maestro calla un momento y después añade firmemente:

—Las tendrán todos... las tendrán todos... Hace un
siglo Juan Bautista Lamarck ponía el siguiente ejemplo
en su *Filosofía zoológica*: un pájaro vese forzado á
vagabundear por el agua en sitios de profundidad escasa; sus sucesores hacen lo mismo; los sucesores de
sus sucesores hacen lo propio... Y de este modo, poco
á poco, á lo largo de múltiples generaciones, este pájaro
ha visto crecer entre los dedos de sus patas un ligero
tejido... y aumentar de espesura... y llegar á recia membrana que le permite á él, descendiente de los primitivos voladores, nadar cómodamente en las marismas... [22]
Pues bien; ahora aplica este caso. Pon al hombre más
rudo, más grosero, más inintelectual en una casa higiénica y confortante; aliméntalo bien; vístelo bien; haz
que trabaje con comodidad, que goce sanamente... Y
yo te digo que al cabo de tres, de ocho, de doce generaciones, de las que sean, el descendiente de ese rudo
obrero será un bello ejemplar de hombre culto, artista,
cordial, intelectivo

[22] Martínez Ruiz resume el siguiente párrafo del capítulo VII
de la obra, *Philosophie zoologique* (1809), del gran transformista:
"L'oiseau, que le besoin attire sur l'eau pour y trouver la proie qui
le fait vivre, écarte les doigts de ses pieds lorsqu'il veut frapper
l'eau et se mouvoir à la surface. La peau, qui unit ces doigts à
leur base, contracte, par ces écartements des doigts sans cesse répétés,
l'habitude de s'étendre; ainsi, avec le temps, les larges membranes
qui unissent les doigts des canards, des oies, etc., se sont formées
telles que nous les voyons." Sin embargo, nuestro autor habrá tomado
el ejemplo directamente de Schopenhauer, *Sobre la Voluntad en la
Naturaleza*, obra cuya traducción publicó Unamuno en 1901.

Azorín observa:

—Eso es el transformismo.

Y Yuste replica:

—Sí, es el transformismo que nos enseña que hay que lograr un medio idéntico para llegar á una identidad, á una igualdad fisiológica y psicológica... indispensable para la absoluta igualdad ante la Naturaleza. He aquí porqué he dicho antes que el problema no existe... No existe desde que Lamarck, Darwin y demás naturalistas contemporáneos han puesto en evidencia que el hombre es la función y el medio... Y puesto que es imposible producir un nuevo tipo humano sin cambiar la función y el medio, es de toda necesidad destruir radicalmente lo que constituye el medio y la función actuales.

En el silencio de la noche, la voz del maestro vibra apasionada. Esta mañana, Yuste ha recibido una revista. En la revista figura un estudio farfullado por un antiguo compañero suyo, hoy encaramado en una gran posición política. Y en ese estudio, que es una crónica en que desfilan todos los amigos de ambos, los antiguos camaradas, Yuste ha visto omitido su nombre, maliciosamente, envidiosamente...

El maestro prosigue indignado:

—Para esta obra no hay más instrumento que la fuerza. Nuestros antepasados milenarios usaron de la fuerza para crear instituciones que hoy son venero de dolor: nosotros emplearemos la fuerza para crear otro estado social que sea manantial de bienandanzas...

Yuste piensa en su antiguo frívolo amigo y en sus frívolos discursos.

—Y yo no sé cómo se llamará esto que pido en el lenguaje de los politicastros profesionales,— añade: —lo que veo con evidencia es que el procedimiento de la fuerza se impone, y lo que percibo con tristeza es que es irónico, de una ironía tremenda, entretenerse en discutir la solución de este que llaman *problema*, mientras el obrero se extenúa en las minas y en las fábricas.

Yuste tiene en la imaginación el humanitarismo insustancial de su amigo el político. Y agrega:

—Leyes de accidentes del trabajo, de protección de la infancia, de jurados mixtos, de salarios mínimos... yo las considero todas absurdas y cínicas. El que hace la ley se juzga en posesión de la verdad y de la justicia, y ¿cómo han de ser posesores de la verdad y de la justicia los tiranos? La ley supone concesión, y ¿cómo vamos á tolerar que se nos conceda graciosamente una mínima parte de lo que se nos ha detentado?... Podrá hablarse cuanto se quiera del *problema social*; podrán invocarse sociólogos, economistas, filósofos... Yo no necesito invocar á nadie para saber que la tierra no tiene dueño, y que un príncipe, ó un ministro, ó un industrial, no tiene más derechos que yo, obrero, para gozar de los placeres del arte y de la naturaleza... El trabajo —dicen los economistas— es la fuente de la propiedad; una casa es mía porque con mi trabajo, ó con mi dinero, que representa trabajo, la fabrico... Y, ¿quién ha enseñado á ese propietario —pregunto yo— á arrancar la piedra yeso en la cantera? Y ¿quién ha inventado el fuego en que se ha de tostar esa piedra, y las reglas con que se han de levantar los muros, y las artes diversas con que se ha de acabar la casa toda? En estricta justicia distributiva, pensando bien y sintiendo de todo corazón, ese propietario envanecido con su casa tendría que inscribirla en el registro de la propiedad á nombre del primer salvaje que hizo brotar el fuego del roce de unos maderos contra otros... Cuando yo muevo mi pluma para escribir una página, ¿puedo asegurar que esa página es mía y no de las generaciones y generaciones que han inventado el alfabeto, la gramática, la retórica, la dialéctica?

El maestro calla. Ha cerrado la noche. La menuda fauna canta en inmenso coro, persistente, monorrítmico. Y del campo silencioso llega al espíritu una vaga melancolía depresiva, punzante.

Yuste prosigue exaltado:

—¡Admitir la propiedad como *creación* personal!...
¡Eso es poner en la teleología universal una fuerza
nueva é increada; es admitir una causa primera y
absoluta, algo que está fuera de nuestro mundo y que
escapa á todas sus leyes!... ¡Eso es tan absurdo como
el libre albedrío!... Y como nada se crea ni nada se
pierde, y como las leyes que rigen el mundo físico son
idénticas á las que rigen el mundo moral —puesto que
éste y aquél son uno mismo—, he aquí porqué nosotros,
fundados en la concausalidad inexorable, en el ciego
determinismo de las cosas, queremos destruir la propiedad ...y he aquí cómo los primitivos atomistas —Epicuro, Lucrecio— vienen inocentemente á través de los
siglos, desde la antigua Grecia, desde la antigua Roma,
á inquietar, en estos prosaicos tiempos, al buen burgués
que se regodea con sus tierras ó con sus talleres, ó con
sus cupones...

Y el maestro, calmado con la apacibilidad de la
noche, sonrió, satisfecho de su pintoresca asociación de
ideas. Y le pareció que sus paradojas de hombre sincero
valían más que las actas de diputado y las carteras mi-
nisteriales de su frívolo amigo. [23]

---

[23] Las ideas expresadas por Yuste en este capítulo siguen al pie
de la letra la ideología anárquico-comunista de Pedro Kropotkine y
Sebastián Faure, dos pensadores que influyeron en el pensamiento
social de Martínez Ruiz. Véase la *Introducción*.

Madrid 24 de Enero 1902.

Señor Miguel de Unamuno
Salamanca

Amigo y maestro: Como
verá usted por el adjunto
suelto nos hemos metido
en una empresa quijotesca,
probablemente de malos resultados. ¡Qué quiere usted! Hemos visto en Malaga un
hombre perseguido, el Sr
Fernandez de la Somera, redactor jefe del "Noticiero
Malagueño" por denunciar
abusos cometidos en el juego
y en la higiene que claman
al alma. Hemos visto tam-
bien un silencio, amparador
de los culpables, que no sabemos

si se debe á compromisos
personales para con ~~los~~
~~culpables~~ ó á la apatía
nacional. Sea cualquiera la
causa nos hemos propuesto
abrir brecha en ese tótem,
para que por ella pasen
después cuantos espíritus
generosos quieran proseguir
la obra de saneamiento.

¡ Nada de generalidades!
Más de lo que han dicho Silvela
y Maura sobre nuestro régimen
político no podríamos decir
nosotros. Ya estamos hartos de
oír condenar la inmorali-
dad y de ver como las
gentes se encierran en su
egoismo. Vamos á un caso
concreto, en el que tropezaremos
casi de seguro con el mismo
juicio del baraterismo, del
caciquismo, del chantagismo

y de otros _ismos_ por el
estilo.

¿Llamamos á todas las
puertas para esta obra,
pero contamos muy espe-
cialmente con usted. ¿Quiere autorizarnos para incluir
su firma en una protesta
contra las iniquidades de
Málaga? Y, además de esto, ¿en
qué otra forma, con su pluma
y con su adhesión podrá
ayudarnos?

De Vd. amigos y admira-
dores   Ramiro de Maeztu

Pío Baroja   J. Martínez Ruiz

s/c   Misericordia 2 — Madrid

Carta de Martínez Ruiz, Pío Baroja y Ramiro
de Maeztu a D. Miguel de Unamuno (1902)

Archivo Casa Rectoral. Salamanca

José Martínez Ruiz (Azorín), en 1902

VI

E S T A tarde, como hacía un tiempo espléndido, Yuste
y Azorín han ido á la Fuente. Para ir á la Fuente se
sale del pueblo con dirección á la plaza de toros; luego
se tuerce á la izquierda... La Fuente es un extenso
llano rojizo, arcilloso, cerrado por el negruzco lomazo
de la Magdalena. Aquí, al pie de este cerro, unos buenos frailes tenían su convento, rodeado de umbríos
árboles, con extensa huerta regada por un venero de
agua cristalina... Luego se marcharon á Yecla, y el antiguo convento es hoy una casa de labranza, donde hay
aún una frondosa higuera que plantó San Pascual. [21]

Aquí debajo de esta higuera mística se han sentado
Yuste y Azorín. Y desde aquí han contemplado el panorama espléndido —un poco triste— de la vieja ciudad, gris, negruzca, con la torre de la iglesia Vieja que
resalta en el azul intenso; y las manchas verdes de los
sembrados; y los olivares adustos, infinitos, que se extienden por la llanura...

Yuste, mientras golpeaba su cajita de plata, ha
pensado en las amarguras que afligen á España. Y
ha dicho:

[21] San Pascual Bailón (1540-1592), fraile lego de la orden de los
Menores descalzos de San Francisco. Un pastor de humilde origen,
llegó a Valencia en su pastoreo y allí entró en estado religioso.
Luego vivió en el convento de los Franciscanos de Jumilla, en la
comarca de Yecla, y ayudó a fundar la casa de los franciscanos descalzos en la ermita de la Magdalena en Yecla. Fue autor de muchos milagros, y es patrono de las asociaciones eucarísticas.

—Esto es irremediable, Azorín, si no se cambia *todo*... Y yo no sé qué es más bochornoso, si la iniquidad de los unos ó la mansedumbre de los otros... Yo no soy patriota en el sentido estrecho, mezquino, del patriotismo... en el sentido romano... en el sentido de engrandecer *mi* patria á costa de las otras patrias... Pero yo que he vivido en nuestra historia, en nuestros héroes, en nuestros clásicos... yo que siento algo indefinible en las callejuelas de Toledo, ó ante un retrato del *Greco*... ú oyendo música de Victoria... yo me entristezco, me entristezco ante este rebajamiento, ante esta dispersión dolorosa del espíritu de aquella España... Yo no sé si será un espejismo del tiempo... á veces dudo... pero Cisneros, Teresa de Jesús, Theotocópuli, Berruguete, Hurtado de Mendoza... esos no han vuelto, no vuelven... Y las viejas nacionalidades se van disolviendo... perdiendo todo lo que tienen de pintoresco, trajes, costumbres, literatura, arte... para formar una gran masa humana, uniforme y monótona... Primero es la nivelación en un mismo país; después vendrá la nivelación internacional... Y es preciso... y es inevitable... y es triste. *(Una pausa larga.)* De la antigua Yecla vieja, ¿qué queda? Ya las pintorescas espeteras colgadas en los zaguanes, van desapareciendo... ya *el ramo* antiguo, las azucenas y las rosas de hierro forjado se han convertido en un soporte sin valor artístico... Y este soporte fabricado mecánicamente, que viene á sustituir una graciosa obra de forja, es el símbolo del industrialismo inexorable, que se extiende, que lo invade todo, que lo unifica todo, y hace la vida igual en todas partes... Sí, sí, es preciso... y es triste.

Yuste calla; después vuelve á su tema inicial:

—Yo veo que todos hablamos de regeneración... que todos queremos que España sea un pueblo culto y laborioso... pero no pasamos de estos deseos platónicos.... ¡Hay que marchar! Y no se marcha... los viejos son escépticos... los jóvenes no quieren ser *románticos*... El romanticismo era, en cierto modo, el odio, el desprecio al dinero... y ahora es preciso enriquecerse

á toda costa... y para eso no hay como la política...
y la política ha dejado de ser *romanticismo* para ser
una industria, una cosa que produce dinero, como la
fabricación de tejidos, de chocolates ó de cualquier otro
producto... Todos clamamos por un renacimiento y
todos nos sentimos amarrados en esta urdimbre de agios
y falseamientos...

El maestro saca del bolsillo un periódico y lo des-
pliega.

—Hoy he leído aquí— añade, —una crónica de un
discípulo mío... se titula *La Protesta*... quiero leértela
porque pinta un período de nuestra vida que acaso,
andando el tiempo, se llame en la historia *la época de
la regeneración.* [25]

Y Yuste, bajo la higuera que plantó S. Pascual, un
místico, un hombre austero, inflexible, ha leído este
ejemplar de ironía amable:

«Y en aquel tiempo en la deliciosa tierra de Nirvania todos los habitantes se sintieron tocados de un
grande y ferviente deseo de regeneración nacional.

[25] El joven Martínez Ruiz está proyectando ya su participación en
un momento histórico. El aludido artículo —que sigue en el texto
de la novela— del imaginario periódico *La Protesta* apareció en *El
Correo Español* (7-II-1902), firmado por José Martínez Ruiz. Lo
dedicó nuestro periodista a Pío Baroja y Ramiro de Maeztu, quienes
con el futuro Azorín formaron el grupo de los "Tres" para criticar, varias veces en 1901 y 1902, las injusticias de la política y de
la sociedad. La ocasión de este artículo fue el caso concreto de la
prisión gubernativa del redactor jefe, Fernández de la Lomera, del
diario *Noticiero Malagueño* por haber denunciado la existencia de
casas de juego toleradas por el gobernador Cristino Martos hijo,
conocido amparador del caciquismo local. Los "Tres" habían preparado una circular sobre el asunto y solicitaron la ayuda de Unamuno en una carta (todavía conservada en la casa rectoral de
Salamanca), fechada el 24 de enero de 1902, y el gran escritor les
contesta con una carta abierta que se publicó el 23 de febrero en la
revista intervencionista *Juventud* (las dos cartas están reproducidas
en Granjel, *Panorama de la generación del 98*, p. 226-227). Que
sepamos, nada consiguieron con su campaña. En el artículo reproducido aquí, D. Antonio Honrado será Joaquín Costa; el ex-ministro
y filósofo, Pi y Margall; y el orador y jefe de partido, Nicolás Salmerón. Baroja documenta las visitas a Pi y Margall y a Salmerón
en *Final del siglo XIX y principios del XX*, *OC*, VII, p. 758-759.
No sabemos quien sería el sabio sociólogo.

¡Regeneración nacional! La industria y el comercio fundaron un partido [26] adversario de todas las viejas corruptelas; el Ateneo abrió una amplia información en que todos, políticos, artistas, literatos, clamaron contra el caciquismo en formidables Memorias; [27] los oradores trinaban en los *mitins* contra la *inmoralidad administrativa*...

Y un día tres amigos —Pedro, Juan, Pablo—, que habían leído en un periódico la noticia de unos escándalos estupendos, se dijeron: "Puesto que todo el país protesta de los agios, depredaciones y chanchullos, vamos nosotros, ante este caso, á iniciar una serie de protestas concretas, definidas, prácticas; y vamos á intentar que bajen ya á la realidad, que al fin encarnen, las bellas generalizaciones de monografías y discursos".

Y Pedro, Pablo y Juan redactaron una protesta. "Independientemente de toda cuestión política —decían— manifestamos nuestra adhesión á la campaña que D. Antonio Honrado ha emprendido contra la inmoralidad administrativa, y expresamos nuestro deseo de que campañas de tal índole se promuevan en toda Nirvania". Luego, los tres incautos moralizantes imaginaron ir recogiendo firmas de todos los conspicuos, de todos los egregios, de todos los excelsos de este viejo y delicioso país de Nirvania...

*
* *

Principiaron por un sabio y venerable exministro. Este exministro era un filósofo: era un filósofo amado

[26] La Unión Nacional, que salió de la Asamblea de las Cámaras de Comercio en Valladolid (1900), dirigida por Santiago Alba y Basilio Paraíso. Se sumaron al nuevo partido, que fracasó totalmente, Costa y la Liga Nacional de Productores.

[27] Como director de la Sección de Ciencias Históricas del Ateneo, en 1901 Costa envió a casi todas las personalidades de la política y de la vida artística e intelectual una memoria, *Oligarquía y caciquismo como la forma actual de gobierno en España: urgencia y modo de cambiarla*, en la que pedía su opinión, escrita o en forma de conferencia en el Ateneo, sobre el asunto. Los informes fueron recogidos en tomo con el título, *Oligarquía y caciquismo* (Madrid, 1902).

de la juventud por su bondad, por sus virtudes, por su
inteligencia clara y penetrante. Había vivido mucho;
había sufrido los disfavores de las muchedumbres tor-
nadizas; y en su pensar continuo y sabio, estas íntimas
amarguras habían puesto cierto sello de escepticismo
simpático y dulce...

—¡Oh, no!— exclamó el maestro. —Yo soy indul-
gente; yo creo, y siempre lo he repetido, que todos
somos sujetos sobre bases objetivas, y que son tan varios, diversos y contradictorios los factores que suscitan
el acto humano, que es preferible la indiferencia piadosa á la acusación implacable... Y tengan ustedes entendido que una campaña de moralidad, de regeneración, de renovación eficaz y total, sólo puede tener
garantías de éxito; sólo debe tenerlas, en tanto que sea
genérica, no específica, comprensora de todos los fenómenos sociales, no determinadora de uno solo de ellos...

Pedro, Juan y Pablo se miraron convencidos. Indudablemente, su ardimiento juvenil les había impulsado
á concreciones y personalidades peligrosas. Había que
ser genérico, no específico. Y volvieron á redactar la
protesta en la siguiente forma: "Independientemente
de toda cuestión política, manifestamos nuestra adhesión á toda campaña que tienda á moralizar la Admi-
nistración pública, y expresamos nuestro deseo de que
campañas de tal índole se promuevan en Nirvania".

*
* *

Después, Pedro, Juan y Pablo fueron á ver á un
elocuente orador, jefe de un gran partido político.

—Yo entiendo, señores —les dijo,— que es imposible, y á más de imposible injusto, hacer tabla rasa en
cierto y determinado momento, de todo aquello que
constituyendo el legado de múltiples generaciones, ha
ido lentamente elaborándose á través del tiempo por
infinitas causas y concausas determinadoras de efectos
que, si bien en parte atentatorios á nuestras patrias
libertades, son, en cambio, y esto es preciso reconocerlo,

respetables en lo que han coadyuvado á la instaura-
ción de esas mismas libertades, y á la consolidación
de un estado de derecho que permite, en cierto modo,
el libre desarrollo de las iniciativas individuales. Así, en
resumen, yo he de manifestar que, aunque aplaudo,
desde luego, la noble campaña por ustedes emprendida,
y á ello les aliento, creo que hay que respetar, como
base social indiscutible, aquello que constituye lo fundamental en el engranaje social, ó sea *los derechos
adquiridos...*

Otra vez los tres ingenuos regeneradores tornaron
á mirarse convencidos. Indudablemente, el ilustre orador tenía razón; había que hacer una enérgica campaña de renovación social, pero respetando, respetando
profundamente las tradiciones, las instituciones legenda-
rias, *los derechos adquiridos.* Y Pedro, Juan y Pablo,
de nuevo redactaron su protesta de este modo: "Independientemente de toda cuestión política, y sin ánimo
de atentar á los derechos adquiridos, que juzgamos respetables, ni de subvertir en absoluto un estado de cosas
que tiene su razón de ser en la historia, manifestamos
nuestro deseo de que los ciudadanos de Nirvania tra-
bajen en favor de la moralidad administrativa."

*
* *

Siguiendo en sus peregrinaciones los tres jóvenes vi-
sitaron luego á un sabio sociólogo. Este sociólogo era
un hombre prudente, discreto, un poco escéptico, que
había visto la vida en los libros y en los hombres,
que sonreía de los libros y de los hombres.

—Lo que ustedes pretenden— les dijo —me parece
paradójico é injusto. ¡Suprimir el caciquismo! La sociedad es un organismo, es un cuerpo vivo; cuando
este cuerpo se ve amenazado de muerte, apela á todos
los recursos para seguir viviendo y hasta se crea órga-
nos nocivos que le permitan vivir... Así la sociedad
española, amenazada de disolución, ha creado el cacique
que, si por una parte detenta el poder para favorecer

intereses particulares, no puede negarse que en cambio subordina, reprime, concilia estos mismos intereses. Obsérvese á los caciques de acción, y se les verá conciliar, armonizar los más opuestos intereses particulares. Suprímase el cacique y esos intereses entrarán en lucha violenta, y las elecciones, por citar un ejemplo, serán verdaderas y sangrientas batallas...

Por tercera vez Pedro, Juan y Pablo se miraron convencidos y acordaron volver á redactar la protesta en esta forma:

"Respetando y admirando profundamente, tanto en su conjunto como en sus detalles, el actual estado de cosas, nos permitimos, sin embargo, hacer votos por que en futuras edades mejore la suerte del pueblo de Nirvania, sin que por eso se atente á las tradiciones ni á los derechos adquiridos."

*
* *

Y cuando Pedro, Juan y Pablo, cansados de ir y venir con su protesta, se retiraron por la noche á sus casas, entregáronse al sueño tranquilos, satisfechos, plenamente convencidos de que vivían en el más excelente de los mundos, y de que en particular era Nirvania el más admirable de todos los países.»

El maestro calló. Y como declinara la tarde, al levantarse para regresar al pueblo, dijo:

—Esto es irremediable, Azorín, si no se cambia *todo*... Los unos son escépticos, los otros perversos... y así caminamos, pobres, miserables, sin vislumbres de bonanza... arruinada la industria, malvendiendo sus tierras los labradores... Yo les veo aquí en Yecla morirse de tristeza al separarse de su viña, de su carro... Porque si hay algún amor hondo, intenso, es este amor á la tierra... al pedazo de tierra sobre el que se ha pasado toda la vida encorvado... de donde ha salido el dinero para la boda, para criar á los muchachos... y que al fin hay que abandonar... definitivamente, cuando se es viejo y no se sabe lo que hacer ni adónde ir... *(Una pausa; Yuste saca la diminuta tabaquera)*. Por eso yo amo a Yecla, á este buen pueblo de labriegos... Los veo sufrir... Los veo amar, amar la tierra... Y son ingenuos y sencillos, como mujiks rusos... y tienen una Fe enorme... la Fe de los antiguos místicos... Yo me siento conmovido cuando los oigo cantar su rosario en las madrugadas... Algunos, viejos ya, encorvados, vienen los sábados, á pie, de campos que distan seis ú ocho leguas... Luego, cuando han cantado, retornan otra vez á pie á sus casas... Esa es la vieja España... legendaria, heroica...

Y el maestro Yuste detiene su mirada en la lejana ciudad que se esfuma en la penumbra del crepúsculo, mientras las campanas tocan en campaneo polirrítmico.

VII

Primero hay una sala pequeña; después está otra
sala, más pequeña, que es la alcoba. La sala está enlu-
cida de blanco, de brillante blanco, tan estimado por
los levantinos; á uno de los lados hay una gran mesa
de nogal; junto á ésta otra mesita cargada de libros,
papeles, cartapacios, dibujos, mapas. En las paredes lucen fotografías de cuadros del Museo —la Marquesa
de Leganés, de Van Dyck, [28] Goya, Velázquez— un dibujo de Willette [29] representando una caravana de artistas bohemios que caminan un día de viento por un llano,
mientras á lo lejos se ve la cima de la torre Eiffel; dos
grandes grabados alemanes del siglo xviii, con deliquios
de santos; y una estampa de nuestro siglo xvii, titulada
Tabula regnum celorum, y en que aparece el mundo
con sus vicios y pecados, los caminos de la perfección con sus elegidos que se encaminan por ellos, y,
en la parte superior, la gloria, cercada de murallones,

[28] El retrato de la marquesa de Leganés, doña Policena Spinola,
hija del vencedor de Breda, es uno de los más conocidos del flamen-
co Van Dyck (1599-1641); y se encuentra en el Prado como todos
los óleos evocados en esta novela.
[29] Aunque figura como Villette en todas las ediciones, el error
ha debido de surgir de una errata en la primera edición. El autor
del dibujo aquí descrito es Adolphe Léon Willette (1857-1926), pintor y dibujante francés que llegó a ser muy conocido hacia fines del
siglo xix por su intensa colaboración en las revistas satíricas y sus
numerosos carteles. Se dedicó tanto a la litografía de tendencia política como a dibujar escenas de Montmartre y a reproducir Pierrots
y Colombinas que evocan los cuadros de Watteau.

con sus jerarquías angélicas, y con las tres respetables
personas de la Santísima Trinidad rodeadas de su corte
y sentadas blandamente en las nubes... Hay también
en la estancia sillas negras de rejilla, y una mecedora
del mismo juego. El piso es de diminutos mosaicos cuadrados y triangulares, de colores rojos, negros y amarillos.

Aquí es donde Azorín pasa sus hondas y trascen-
dentales cavilaciones, y va leyendo á los clásicos y á los
modernos, á los nacionales y á los extranjeros. No lejos
de su cuarto está la biblioteca, que es una gran habitación á teja vana, con el techo bajo é inclinado, con
las vigas toscas, desiguales, con grandes nudos. Los estantes cubren casi todas las paredes, y en ellos reposan
sabiamente los sabios y discretos libros, unos viejos,
enormes, con sus amarillos pergaminos, con cierto aire
de suficiencia paternal, y otros, junto á éstos, en revuelta é irrespetuosa confusión con ellos, pequeños, con
cubiertas amarillas y rojas, como jóvenes fuertes y audaces que se ríen un poco de la senilidad omnisciente.
Entre estante y estante hay grandes arcas de blanca
madera de pino —donde acaso se guardan ropas de la familia— y encima multitud de vasos, potes, jícaras, tazas,
platos, con dulces conservas y mermeladas, que sin duda
se ha creído conveniente poner á secar en la biblioteca
por seguir la indicación del buen Horacio, que aconseja
que se ponga lo *dulce junto á lo útil.*

Azorín va y viene de su cuarto á la biblioteca. Y
esta ocupación es plausible. Azorín lee en pintoresco
revoltijo novelas, sociología, crítica, viajes, historia, teatro, teología, versos. Y esto es doblemente laudable. El
no tiene criterio fijo: lo ama todo, lo busca todo. Es
un espíritu ávido y curioso; y en esta soledad de la
vida provinciana, su pasión es la lectura y su único
trato el trato del maestro. Yuste va insensiblemente
moldeando este espíritu sobre el suyo. En el fondo no
cabe duda que los dos son espíritus avanzados, pro-
gresivos, radicales, pero hay en ellos cierta inquietud,
cierto desasosiego, cierta secreta reacción contra la idea

fija, que desconcierta á quien los trata, y mueve cierta
irritación en el observador frívolo, que se indigna de no
poder definir, de no poder *coger* estos matices, estos
relampagueos, estos vislumbres rápidos, que él, hombre
de una pieza, *hombre serio,* no tiene ni comprende...
irritación que es la del niño que no entiende el mecanismo de un juguete y lo rompe.

Así no es extraño que los honrados vecinos sonrían
ligeramente —porque son discretos— cuando un forastero les habla del maestro; ni está fuera de las causas y
concausas sociales que las buenas devotas —esas mujeres pálidas, que visten de negro, y que nos han visto nacer— suspiren un poco delante de Azorín y muevan la
cabeza, mientras sus manos están juntas, con los dedos
trabados.

Pero Azorín no hace gran caso de estos suspiros
piadosos y continúa hablando con el maestro y leyendo
sus libros grandes y pequeños.

Ahora Azorín lee á Montaigne. Este hombre que era
un solitario y un raro, como él, le encanta. Hay cosas
en Montaigne que parecen escritas ayer mismo; el ensayo sobre Raimundo Sabunde [30] es un modelo de observación y de amenidad. Y después esta continua ostenta-
ción del yo, de sus amores, de sus gustos, de su manera
de beber el vino —*un gran trago después de las comi-
das*— de sus lecturas, de su mal de piedra... Todo esto,
que es una personalidad *iliteraria,* viva, gesticuladora,
incongruente, ondulosa; todo esto es delicioso.

Azorín de cuando en cuando piensa en él mismo.
Montaigne era un hombre raro, pero llegó á ser alcalde
de Burdeos; hoy siendo un poco original es difícil llegar
á ser un concejal en Yecla. Y es que la originalidad,
que es lo más alto de la vida, la más alta manifestación

---

[30] Nacido en Barcelona en el siglo XIV, muere en Toulouse en
1432. Montaigne hizo una traducción al francés (1569) de su *Teología Natural.* El largo ensayo, "Apologie de Raimond Sebond" (*Essais,*
Libro II, Cap. XII), aquí mencionado por Martínez Ruiz, expresa
cierto escepticismo en cuanto a la superioridad del Hombre, por
mérito de la Razón (filosofía, teología), en la Naturaleza. Según
Montaigne, los animales y los insectos dominan más el ambiente en
que viven.

de vida, es lo que más difícilmente perdona el vulgo, que recela, desconfía —y con razón— de todo lo que escapa á su previsión, de todo lo que sale de la línea recta, de todo lo que puede suscitar en la vida situaciones nuevas ante las cuales él se verá desarmado, sin saber lo que hacer, humillado. ¿Se concibe á Pío Baroja siendo alcalde de Móstoles? *Silverio Lanza* —que es uno de los más originales temperamentos de esta época— ha intentado ser alcalde de Getafe. ¡Y hubiera sido una locura firmar su nombramiento!

—La vida de los pueblos —piensa Azorín—, es una vida vulgar... es el vulgarismo de la vida. Es una vida más clara, más larga y más dolorosa que la de las grandes ciudades. El peligro de la vida de pueblo es que se siente uno vivir... que es el tormento más terrible. Y de ahí el método en todos los actos y en todas las cosas —el feroz método de que abomina Montaigne—; de ahí los prejuicios que aquí cristalizan con una dureza extraordinaria, las pasiones pequeñas... La energía humana necesita un escape, un empleo; no puede estar reprimida, y aquí hace presa en las cosas pequeñas, insignificantes —porque no hay otras— y las agranda, las deforma, las multiplica... He aquí el secreto de lo que podríamos llamar *hipertrofia de los sucesos*... hipertrofia que se nota en los escritores que viven en provincias —como *Clarín*— cuando juzgan éxitos y fracasos, ocurridos en Madrid...

Este sentirse vivir hace la vida triste. La muerte parece que es la única preocupación en estos pueblos, en especial en estos manchegos, tan austeros... Entierros, anunciadores de entierros que van tocando por las calles una campanilla, misas de réquiem, dobleo de campanas... hombres envueltos en capas largas... suspiros, sollozos, actitudes de resignación dolorosa... mujeres enlutadas, con un rosario, con un pañuelo que se llevan á los ojos, y entran á visitarnos y nos cuentan gimiendo la muerte de este amigo, del otro pariente... todo esto, y las novenas, y los rosarios, y los cánticos plañideros por las madrugadas, y las procesiones... todo esto es como un ambiente angustioso, anhelante, que nos oprime, que nos hace pensar minuto por minuto —¡estos interminables minutos de los pueblos!— en la inutilidad de todo esfuerzo, en que el dolor es lo único cierto en la vida, y en que no valen afanes ni ansiedades, puesto que todo —¡todo: hombres y mundos!— ha de acabarse, disolviéndose en la nada, como el humo, la gloria, la belleza, el valor, la inteligencia.

Y como Azorín viese que se iba poniendo triste y que el escepticismo amable del amigo Montaigne era, amable y todo, un violento nihilismo, dejó el libro y se dispuso á ir á ver al maestro —que era como salir de un hoyo para caer en una fosa.

VIII

E s t e buen maestro —¡habrá que confesarlo!— es en
el fondo un burgués redomado. Él es metódico, amigo del orden, lento en sus cosas: se levanta á la misma
hora, come á la misma hora, da á la misma hora sus
paseos; tiene sus libros puestos en tal orden, sus papeles catalogados en tales cartapacios... Y sufre, sufre de
un modo horrible cuando encuentra algo desordenado,
cuando le sacan de su pauta. ¡Es un burgués!

Así, esta tarde, que hace un hermoso sol y los árboles ya verdean con los retoños primaverales, hubiera
sido una crueldad privarle al maestro de su paseo...
Él y Azorín han ido á la Magdalena. Allí, se han sentado bajo la higuera que plantó S. Pascual —indudablemente para que ellos se sentaran debajo— y han contemplado á lo lejos la ciudad ilustre —*muy ilustre*— y
amada... [30 bis]

Y como en este ambiente confortador, á la vista de
este espléndido panorama, en el sosiego de esta tarde
de Primavera, no hay medio de sentirse sanguinario,
ni de desear el fin del mundo para diputados y concejales, el buen Yuste ha tenido la magnanimidad de
guardarse sus furibundos anatemas, y ha hablado dulcemente de la más amena y nueva —¡siendo tan vieja!— de las fantasías humanas, quiero decir, que ha
hablado de metafísica.

[30 bis] Yecla era villa hasta la restauración borbónica en 1875,
cuando le fue concedido el título de "Muy noble, muy leal y fide-
lísima ciudad de Yecla".

—La metafísica —dice el maestro— es eterna, y pasa á través de los siglos con distintos nombres, con distintos disfraces. Hoy se habla mucho de la sociología... ¡La sociología!... ¡Nadie sabe lo que es la sociología! ¿Existe acaso? Hemos conocido la teología, que hablaba de todo, que lo examinaba todo; la guerra, la simonía, la colonización, la magia, el matrimonio, todo... *Nullum argumentum, nulla disputatio, nullus locus alienus videatur á theologica professione et instituto*, decía el P. Vitoria, gran teólogo. [31] Y más tarde, Montaigne, el gran filósofo: *Les sciencies qui règlent les mœurs des hommes, comme la théologie et la philosophie, elles se meslent de tout: il n'est action si privée et secrette qui se desrobe de leur cognaissance et iurisdiction...* [32] Pero los años pasan, pasan los siglos, y la investigadora teología envejece, vegeta en los seminarios, muere. Nace la *filosofía*, la filosofía de los enciclopedistas y novadores del siglo XVIII, la combatida por Alvarado, [33] Ceballos, [34] Vélez. [35] ¿Qué es la filosofía? La filosofía habla también de todo: de política, de economía, de arte militar, de literatura... soluciona todos los conflictos, ocurre á todas las contingencias... Y un día la filosofía muere á su vez. ¿Cuándo? Acaso, en España, llega hasta la Revolución de Septiembre; de *la Gloriosa* acá impera *el positivismo*. El positivismo... ¿qué es el positivismo? El positivismo lo examina también todo, lo tritura todo. Y cansado de tan prolijo examen, aburrido, hastiado, el positivismo perece también... Le sucede la sociología, que es algo así como

---

31   Martínez Ruiz cita de la primera relección de la importante obra, coleccionada por los discípulos del padre Francisco Vitoria, *Relectiones theologicae* (primera edición corregida por el P. Alonso Muñoz, 1565).

32   "De la moderation", *Essais*, Libro I, Cap. XXX.

33   Francisco Alvarado (1756-1814), dominico, fue conocido por el seudónimo de El Filósofo Rancio, bajo cuyo nombre escribió *Cartas críticas* (1824) y *Cartas filosóficas de Aristóteles* (1825).

34   Fernando de Ceballos, religioso jerónimo del siglo XVIII y autor de *Insanias o las demencias de los filósofos confundidos por la sabiduría de la Cruz* y *La falsa filosofía, crimen del Estado.*

35   Rafael Vélez (1777-1850), prelado y apologista español, reaccionario a los movimientos liberalizantes de la filosofía del siglo XVIII.

un nuevo licor de la Madre Seigel, como unas nuevas píldoras Holloway... ¿Sabe alguien lo que es la sociología?... Proyectos sobre el bienestar social, sobre las relaciones humanas, sobre todos los problemas de la vida... hipótesis, generalidades, conjeturas... ¡metafísica!

Yuste se detiene un momento y golpea en la cajita de plata. El campo está en silencio: hace un tibio y voluptuoso bochorno primaveral. Los pájaros trinan; verdean los árboles; el cielo es de un azul espléndido.

Yuste prosigue:

—Sí, metafísica es la sociología, como el positivismo, como la teología... ¿Por qué metafísica? La metafísica es el andamiaje de la ciencia. Los albañiles montan el andamio y edifican; terminada la construcción, quitan el andamio y queda la casa al descubierto, limpia, sólida... Pues el pensador construye la hipótesis, que es el andamio; la realidad luego confirma la hipótesis; y el pensador entonces desmonta la hipótesis y queda al descubierto, fuerte y brillante, la verdad... Sin el andamio el albañil no puede edificar; sin la hipótesis, es decir, sin la metafísica, el pensador no puede construir la ciencia... Hay andamios que sospecho que no han de ser desmontados nunca: todavía no hemos quitado el de la *causa primera*. Hay otros provisionales, de primer intento: como esos á los cuales llamamos *los milagros*... Una hostia profanada mana sangre, un místico ve á través de los cuerpos opacos. *¡Milagro, milagro!*, gritamos... Y un día se descubre el hongo rojo de la harina, se descubren los rayos X... y el andamio queda desmontado.

El maestro vuelve á callar y aspira en larga bocanada el aire sano de la campiña.

—¡Ah, *lo incognoscible*! —exclama luego—. Los sistemas filosóficos nacen, envejecen, son reemplazados por otros. Materialismo, espiritualismo, escepticismo... ¿dónde está la verdad? El hombre juega con las filosofías para distraer la convicción de su ignorancia perdurable. Los niños tienen sus juguetes: los hombres los tienen también. Platón, Aristóteles, Descartes, Spinosa, Hegel, Kant, son los grandes fabricantes de juguetes... La metafísica es, sí, el más inocente y el más útil de todos. [36]

Torna á callar el amado maestro, absorto en alguna melancólica especulación. A lo lejos se oye, en la serenidad del ambiente, el campaneo de una novena. La torre de la iglesia Vieja destaca en el añil del cielo...

Yuste prosigue:

—Sí, el más útil de todos... Anoche, en una hora de insomnio, imaginé el siguiente cuentecillo... Óyelo... Se titula *Sobre la utilidad de la metafísica,* y dice de este modo:

"Una vez caminaban solos en un vagón dos viajeros. Uno era gordo y con la barba rubia; otro era delgado y con la barba negra. Los dos dejaban traslucir cierta resignación plácida, cierta melancolía filosófica... Y como en España todos los que viajamos somos amigos, estos dos hombres se pusieron á platicar familiarmente.

—Yo —dijo el gordo acariciándose suavemente la barba— creo que la vida es triste.

—Yo —dijo el flaco ocultando con la palma de la mano un ligero bostezo— creo que es aburrida.

—El hombre es un animal monótono —observó el gordo.

—El hombre es un animal metódico —replicó el flaco.

Llegaron á una estación; uno se tomó una copa de aguardiente, otro una copa de ginebra. Y volvieron á charlar melancólicos y pausados.

—No conocemos la realidad —dijo el hombre gordo mirándose contritamente el abdomen.

[36] Este discurso de Yuste sobre la sociología, filosofía y metafísica fue publicado antes por Martínez Ruiz como artículo, con el título de "Los juguetes" (*Madrid Cómico,* 5-V-1900); ahora se encuentra recopilado en *Artículos olvidados de J. Martínez Ruiz,* libro mencionado en la Bibliografía. El único cambio aquí es que el novelista lo pone en boca de Yuste. Se verá a través de la novela cómo el autor se aprovecha de su periodismo anterior y de otros documentos para desarrollar sus ideas.

—No sabemos nada —repuso el hombre flaco contemplándose tristemente las uñas.

—Nadie conoce el *noumenos* [37] —dijo el gordo.

—Efectivamente —contestó un poco humillado el flaco—, yo no conozco el *noumenos*.

—Sólo los fenómenos son reales —dijo uno.

—Sí, sólo los fenómenos son reales —repitió el otro.

—Sólo vivimos por los fenómenos —volvió á decir uno.

—Sí, sólo vivimos por los fenómenos —volvió á repetir con profunda convicción el otro.

Y callaron en un silencio largo y triste...

Y como llegaran al término de su viaje, se despidieron gravemente, convencidos de que no conocían el *noumenos* y de que sólo los fenómenos eran reales.

Uno era un filósofo kantiano; otro un empresario de barracas de feria."

Cae la tarde. Y al levantarse para regresar al pueblo el maestro ha observado que aquí, en estas lomas de la Magdalena, vivieron centenares de siglos antes unos buenos hombres que se llamaron *los celtas,* y muchos siglos después otros buenos hombres que se decían *hijos de S. Francisco,* y que precisamente en estos parajes unos y otros pasearon su Fe ingenua y creadora, mientras ellos, hombres modernos, hombres degenerados, paseaban sus ironías infecundas...

[37] *noumenos,* véase la nota 8, Cap. III.

IX

H O Y "Los Lunes de *El Imparcial*" han sumido al maestro Yuste en una ligera tristeza filosófica. El maestro
ha leído una hermosa crónica de un joven que se
revela como una esperanza de las letras. Y ha pensado:
"Así se escribe, así se escribe... Yo siento que soy un
pobre hombre... Originalidad... idealidad... energía en
la frase... espontaneidad... no las tengo, no las he tenido nunca. Yo siento que soy un pobre hombre. Mi
tiempo pasó: yo pude creerme artista porque tenía
cierta audacia, cierta facilidad de pluma... pero ese
silencioso ritmo de las ideas que nos hechiza y nos
conmueve, yo no lo he tenido nunca, yo no lo tengo...
¡Así se escribe!" Y el maestro ha mirado tristemente,
penosamente, el periódico. "Hay cada ocho, cada diez,
cada veinte años —ha seguido pensando— un nuevo
tipo de escritor que representa las aspiraciones y los
gustos comunes. No hay más que abrir una colección
de periódicos para verlo claramente. La sintaxis, la ad-
jetivación, la analogía, hasta la misma puntuación cambian en breve espacio de tiempo... Un cronista no puede
ser "brillante" más allá de diez años... y es mucho.
Después queda anticuado, desorientado. Otros jóvenes
vienen con otros adjetivos, con otras metáforas, con
otras paradojas... y el antiguo cronista muere definitivamente, para el presente y para la posteridad... ¿Quién

era Selgas? [38] ¿Quién era Castro y Serrano?... [39] Yo veo que hay dos cosas en literatura: la *novedad* y la *originalidad*. La novedad está en la forma, en la facilidad, en el ardimiento, en la elegancia del estilo. La *originalidad* es cosa más honda: está en algo indefinible, en un secreto encanto de la idea, en una idealidad sugestiva y misteriosa... Los escritores nuevos son los más populares; los originales rara vez alcanzan la popularidad en vida... pero pasan, pasan indefectiblemente á la posteridad. Y es que sólo puede ser popular lo artificioso, lo ingenioso, y los escritores originales son todos sencillos, claros, desaliñados casi... porque sienten mucho. Cervantes, Teresa de Jesús, Bécquer... son incorrectos, torpes, desmañados. En tiempo de Cervantes, los Argensola eran los cronistas "brillantes"; en tiempo de Bécquer... yo no sé quién sería, tal vez aquel majadero de Lorenzana... [40] Y el maestro vuelve á mirar tristemente el periódico. "Sí, sí, yo he sido también un escritor brillante... Ahora, solo, olvidado, lo veo... y me entristezco."

Azorín llega. Hace una tarde espléndida. El sol tibio, confortador, baña las anchas calles. En las aceras, las mujeres sentadas en sillas terreras, trabajan en sus labores. Se oye, á intervalos, el coro lejano de una escuela.

Yuste y Azorín suben al Castillo. El Castillo es un santuario moderno. Un ancho camino en zig-zag conduce hasta la cumbre. Y desde lo alto, aparece la ciudad asentada al pie del cerro, y la huerta con sus infinitos cuadros de verdura, y los montes Colorado y

---

[38] José Selgas y Carrasco (1822-1882), poeta, novelista y periodista. Conservador, fue redactor de algunas revistas satíricas *(El Padre Cobos* y *La Gorda)*, y luego director de *La España* y cronista de *El Diario de Barcelona.*

[39] José de Castro y Serrano (1829-1896), publicista y periodista muy respetado en su tiempo. Fue redactor de *La Época* y autor de cuadros de costumbres caracterizados por un estilo de mucha calidad.

[40] Juan Álvarez de Lorenzana (1818-1883), periodista y político español que llegó a ocupar cargos administrativos muy elevados. Fue director y constante colaborador de *El Diario Español.*

Cuchillo que cierran con su silueta yerma el horizonte... Al otro lado del Castillo se extiende la llanura inmensa, verdeante á trechos, á trechos amarillenta, limitada por el perfil azul, allá en lo hondo, de la sierra de Salinas. Y en primer término, entre olivares grises, un paralelogramo grande, de tapias blanquecinas, salpicadas de puntitos negros.

Yuste se sienta, y su mirada se posa en los largos muros. Dos cuervos vuelan por encima lentamente, graznando. Por un camino que conduce á las tapias avanza una ristra de hombres enlutados. Y el cielo está radiante, limpio, azul.

Yuste dice:

—Azorín, la gloria literaria es un espejismo, una fantasmagoría momentánea... Yo he tenido *mi tiempo* de escritor conocido; ahora no me conoce nadie. Abre la colección de un periódico —que es una de las cosas más tristes que conozco—; mira las firmas de hace ocho, diez, veinte años... verás nombres, nombres, nombres de escritores que han vivido un momento y luego han desaparecido... Y ellos eran populares, elogiados, queridos, ensalzados. ¿Quién se acuerda hoy de Roberto Robert, [41] que fué tan popular, de Castro y Serrano, que murió ayer, de Eduardo de Palacio, [42] que aun me parece que veo?... El año sesenta y tantos era crítico de teatros en *Las Novedades* un señor González de la Rosa, ó Rosa González... [43] No hay duda de que sería temido en los escenarios, lisonjeado en los cuartos de los actores, leído por el público al día siguiente del

[41] Roberto Robert (1837-1873), periodista catalán que se destacó por sus artículos de costumbres. La publicación de algunos artículos le ocasionó la condena de dos años de prisión.

[42] Eduardo de Palacio (m. 1900), periodista y comediante. Conocido por sus chistes y popularismos, fue redactor de *El Imparcial, El Resumen* y *Madrid Cómico.*

[43] Juan de la Rosa González (1820-1886), autor de algunas obras para el teatro y crítico dramático y literario muy apreciado.

estreno... como *Caramanchel*, [44] Laserna, [45] Arimón... [46]
Aquel señor debió de creer en la inmortalidad —como
creerá sin duda el ingenuo Arimón—; y mira cómo la
inmortalidad no se ha acordado del señor Rosa González... Laserna, Arimón, *Caramanchel* pueden tomar
de este caso una lección provechosa.

El maestro sonríe y calla. Luego prosigue:

—Si alguna vez eres escritor, Azorín, toma con fle-
ma este divino oficio. Y después... no creas en la crítica ni en la posteridad... En los mismos años precisamente en que Goya pintaba (allá por 1788), la más alta
autoridad literaria de España, Jovellanos, dijo, en ocasión solemnísima, que Mengs era, óyelo bien, "el primer pintor de la tierra..." [47] ¿Quién conoce hoy á
Antonio Rafael Mengs?... Ya sabes lo que le pasó
á Stendhal: escribió para seis ú ocho amigos. Y de
Cervantes, el pobre, no digamos: en su tiempo todos
los literatos cultos, los poetas cortesanos, despreciaban
a este hombre que escribía cosas chocarreras en estilo
desaliñado... Los Argensola, cuando fueron nombrados
no sé qué cosa diplomática en Italia, desatendieron brutalmente sus pretensiones de un empleo, y finalmente
(atiende á esto, que creo que no ha dicho ningún cer-
vantista), finalmente, un jesuita, también presumido de

44 Seudónimo de Ricardo J. Catarineu (1868-1915), poeta y periodista que llegó, con sus crónicas en *La Correspondencia de España*, a ser uno de los mejores críticos de teatro.

45 José de Laserna (1855-1927), redactor de varios periódicos madrileños, entre ellos *El Día, El Progreso y El Resumen*; en 1915 le
hicieron crítico dramático de *El Imparcial*.

46 Joaquín Arimón y Cruz (m. 1917), nacido en Puerto Rico, vino
a España donde fue redactor de *El Globo*, y luego, desde 1885, de
El Liberal. Se distinguió por sus artículos literarios.

47 No es una cita exacta, pero Jovellanos no se encuentra sin
palabras para elogiar el talento del gran pintor alemán (1728-1779),
no tan olvidado como puede creer el futuro Azorín: "... y cuando
quisiera tratar de aquellos cuya fama ha fijado ya la muerte, veo
la sombra de un profesor gigante, que descuella entre los demás y
los ofusca: la sombra de Mengs, del hijo de Apolo y Minerva, del
pintor filósofo, del maestro, el bienhechor y el legislador de las
artes". ("Elogio de las Bellas Artes", discurso pronunciado en la
Academia de San Fernando, el 14 de julio de 1781, *BAE*, XLVI,
p. 350-361).

culto, de brillante, dijo que el *Quijote* era una "necedad"... En *El Criticón* lo dijo... [48]

—¿De modo —replica Azorín— que para usted no
hay regla crítica infalible, segura?

—No hay nada estable, ni cierto, ni inconmovible
—contesta Yuste.

Y haciéndose la ilusión consoladora de que es un
inveterado escéptico, prosigue:

—¡Qué sabemos! Mi libro son los *Ensayos* del viejo
alcalde de Burdeos, y de él no salgo...

Después piensa en el artículo de *El Imparcial* y
añade:

—Cuando me hablan de gentes que *llegan* y de gentes que *fracasan*, sonrío... Fíjate en que hoy el público
ha cambiado totalmente: no hay público, sino públicos,
sucesivos, rápidos, momentáneos. Un público antiguo
era un público de veinte, treinta, cuarenta años... *vita-
licio*. La lectura estaba menos propagada, no había
grandes periódicos que en un día difundían por toda
una nación un hecho; se publicaban menos libros;
eran menos densas y continuas las relaciones entre los
mismos literatos, y entre los literatos y el público... Así
un escritor que lograba hacer conocido su nombre, era
ya un escritor que permanecía en la misma tensión de
popularidad durante una generación, durante veinte,
treinta años... Imagínate el público de una de las viejas
ciudades intelectuales: Salamanca, Alcalá de Henares...
Es un público de estudiantes, gente joven, que lee los
Sueños de Quevedo ó las décimas de Espinel y con
ellas se regodea durante ocho ó diez años... Luego,

---

[48] "Necedad" fue una palabra predilecta de Gracián en *El Criticón*. He aquí el pasaje a que seguramente alude Martínez Ruiz:
"El que quedó muy corrido fue uno a quien le hallaron un libro de
caballerías... Afeáronsele mucho y le constriñeron lo restituyese a
los escuderos y boticarios; mas los autores de semejantes disparates,
a locos estampados. Replicaron algunos que para pasar el tiempo
se les diese facultad de leer las obras de algunos otros autores (Cervantes) que habían escrito contra estos primeros burlándose de su
quimérico trabajo, y respondióles la Cordura que de ningún modo,
porque era dar del lodo en el cieno, había sido querer sacar del
mundo una necedad con otra mayor." (Parte II, Crisi I.)

terminados los estudios, se desparraman todos por sus
aldeas, pueblos, ciudades, donde ya no tendrán más di-
versión que su escopeta y sus naipes, cosa no muy intelectual... Pues bien, ¿no es lógico que este licenciado en
derecho, ó este clérigo, ó este médico, que metido en un
rincón ya no tiene relación ninguna literaria, puesto que
no lee periódicos ni revistas, ni apenas ve libros nuevos; no es lógico que en él la admiración por Quevedo
y Espinel, que se sabe de memoria, dure toda la vida?...

El maestro calla un instante; luego prosigue:

—Registra nuestra historia literaria en busca de lo
que hoy llamamos *fracasados*: no los hallarás... En
cambio hoy la duración de *un* público se ha reducido,
y así como antes la *longitud* del público emparejaba,
sin faltar ni sobrar apenas, con la longitud de la vida
del escritor, hoy cuatro ó seis longitudes de público son
precisas para una de escritor... Yo no sé si me explico
con todas estas geometrías... Ello es, en síntesis, que
hoy durante la vida de un literato se suceden cuatro
ó seis públicos. Y de ahí lo que llamamos *fracasados,*
de ahí que un escritor nuevo y vigoroso al año 1880
sèa un anticuado en 1890... No importa que el escritor
no suelte la pluma de la mano, es decir, que no deje
de comunicarse íntimamente con el público; el fracaso
llega de todos modos. Así se explica que X, Y, Z, que
escriben todos los días, hace años y años, en grandes
periódicos, estén desprestigiados á los ojos de una generación, de la cual sólo les separan escasos años...
generación que si no tiene *el poder* en las redacciones
influyentes, en cambio es la que impera por su juventud —que es fuerza— en el ambiente intelectual de un
pueblo...

Aquí Yuste vuelve á callar. El sol declina en el horizonte. Y lentamente el tinte azul de las lejanas sierras
va ensombreciéndose.

El maestro prosigue:

—Y ten en cuenta esto, que es esencialísimo: el
fracaso lo da el público y sólo en esta edad en que lo
que vive no es el artista, sino la imagen que el público

tiene del artista, es cuando se dan los fracasados... Un artista que no vive *para* el público y *por* el público, ¿cómo ha de fracasar? Los primitivos flamencos, Van Eyck, Memling... Van der Weyden... el divino Van der Weyden... ¿cómo iban á fracasar si no firmaban sus cuadros?... Las obras de casi todos nuestros grandes clásicos han sido publicadas por sus herederos ó discípulos...

Otro silencio. Yuste y Azorín bajan del Castillo por el ancho camino serpenteante. La ciudad va sumiéndose en la sombra. El humo de las mil chimeneas forma una blanca neblina sobre el fondo, negro de los tejados. Y la enorme cúpula de la iglesia Nueva destaca poderosa en el borroso crepúsculo.

El maestro saca su tabaquera de plata y aspira un polvo. Luego dice lentamente:

—Yo y todos mis compañeros fuimos jóvenes que *íbamos á llegar*... que *llegamos* sin duda... después vino otro público, vino otra gente... *fracasamos*... como frasaréis vosotros, es decir, como *os fracasarán* los que vengan más nuevos... Y esto sí que es una lección (*sonriendo*), no de *inmortalidad,* como la de González de la Rosa, sino de piedad, de suprema piedad, de respeto, de supremo respeto, que los jóvenes de hoy, los poderosos de hoy, deben á los jóvenes de ayer, á los que trabajaron como ahora trabajáis vosotros; á los que tuvieron vigor, fe, entusiasmo...

X

A Y E R se celebraron las elecciones. [19] Y ha salido diputado como siempre, un hombre frívolo, mecánico, auto-
mático, que sonríe, que estrecha m a n o s, que hace
promesas, que pronuncia discursos... El maestro está
furioso. El augusto desprecio que por la industria política siente, le ha abandonado; y á pesar suyo, va y
viene, en su despacho, irritado, iracundo. Azorín lo
contempla en silencio.

—Y yo no sé —exclama Yuste—, cómo podremos
llamar al siglo XIX sino *el siglo de la mixtificación*. Se
mixtifica todo, se adultera todo, se falsifica todo: dogmas, literatura, arte... Y así León Taxil, [50] el enorme
farsante, es la figura más colosal del siglo... de este
siglo que ha inventado la Democracia, el sufragio universal, el jurado, las constituciones... León Taxil principia á vivir á costa de los católicos publicando contra
ellos diatribas y diatribas que se venden á millares...

[19] Se celebraron elecciones a diputados a Cortes el 19 de mayo
de 1901, y se abstuvo el 70 por 100 de los electores. El mismo
Martínez Ruiz, desde las páginas de *Arte Joven* (15-IV-1901), había
abogado por la abstención en las elecciones.
[50] Léo Taxil, seudónimo de Gabriel Antoine Jogand-Pagès (1854-
1907), francés educado con los jesuitas que se hizo francmasón. Autor
de obras de carácter anticlerical, fue un tipo curioso que gozó
mucha celebridad en su tiempo. Lo que cuenta Martínez Ruiz a
continuación es verdadero: en 1885, después de la encíclica de
León XIII, finge Taxil una conversión pública para burlarse de la
Iglesia y hace propaganda estrambótica en favor del catolicismo.
Luego, declara sus intenciones y vuelve a la literatura anticlerical.

Luego el tema se agota, se agota la credulidad de esos ingenuos librepensadores, y Taxil, que era un hombre de ingenio, tan grande por lo menos como Napoleón, se convierte al catolicismo, poco después de la publicación de la encíclica *Humanum genus*... Y comienza la explotación de los inocentes católicos... Taxil inventa una historia admirable —mejor que *La Iliada*... La orden más elevada de los masones —dice— es el Paladium, que tiene su asiento en Charlestown, en los Estados Unidos, y fué fundado el 20 de Septiembre de 1870, el día en que los soldados de Víctor Manuel penetran en Roma... El fundador del Paladium es Satanás, y uno de los hierofantes, Vaughan. Vaughan tiene una hija, y esta hija, casada nada menos que con el propio Asmodeo, es la gran sacerdotisa del masonismo... Hay que advertir que la abuela de esta Vaughan, que se llama Diana, es la mismísima Venus Astarté... Todo esto es estrambótico, ridículo, estúpido, pero sin embargo, ha sido creído á cierra ojos por el mundo clerical... Es más, León Taxil anuncia que Diana Vaughan se ha convertido al catolicismo; la misma Diana publica sus *Memorias de una ex paladista*... y todos los católicos del orbe caen de rodillas admirados de la misericordia del Señor. El cardenal-vicario Parocchi escribe á Diana felicitándola de su conversión que el inocente califica de "triunfo magnífico de la Gracia"; monseñor Vicenzo Serdi, secretario apostólico, la felicita también, y lo mismo monseñor Fana, obispo de Grenoble... Y aun la misma *Civiltà Catolica,* el órgano cauto y avisado de los jesuitas en Roma...

Yuste coge nerviosamente un volumen del estante.

—Aquí lo tienes —prosigue—, la misma *Civiltà Catolica* dedica en su segundo número de Septiembre de 1896 un largo y entusiasta estudio á estas patrañas, tomándolas en serio... Mira; veinte páginas... Aquí se califica de *terribile explosione* las revelaciones de Taxil... Aquí se dice que las de Diana Vaughan son *rivelazione formidabili*...

El maestro sonríe con ironía infinita. Y después añade:

—¡Qué más! En Trento se reunió un formidable congreso de treinta y seis obispos y cincuenta delegados de otros tantos... y no se habló más que de Diana en ese congreso... ¿Y Taxil? Taxil contemplaba olímpico el espectáculo de estos ingenuos, como Napoleón sus batallas... Y un día, el 19 de Abril de 1897, se dignó anunciar al mundo entero que Diana Vaughan iba á hacer su aparición en París, en la sala de la Sociedad de Geografía... Y cuando llegó el momento, el gran León subió á la tribuna y declaró solemnemente que Diana Vaughan no existía, que Diana Vaughan era él mismo, León Taxil...

Yuste calla un momento y saca su cajita de rapé. Luego:

—Decía Renan que nada da idea más perfecta de lo infinito como la credulidad humana. Es cierto, es cierto... Mira á España: la Revolución de Septiembre es la cosa más estúpida que se ha hecho en muchos años; de ella ha salido toda la frivolidad presente y ella ha sido como un beleño que ha hecho creer al pueblo en la eficacia y en la veracidad de todos los bellos discursos progresistas...

Larga pausa. Instintivamente la mirada del maestro se para en una hilera de volúmenes. Y Yuste exclama:

—¡He aquí por qué odio yo á Campoamor! Campoamor me da la idea de un señor asmático que lee una novela de Galdós y habla bien de la Revolución de Septiembre... Porque Campoamor encarna toda una época, todo el ciclo de la *Gloriosa* con su estupenda mentira de la Democracia, con sus políticos discurseadores y venales, con sus periodistas vacíos y palabreros, con sus dramaturgos tremebundos, con sus poetas detonantes, con sus pintores teatralescos... Y es, con su vulgarismo, con su total ausencia de arranques generosos y de espasmos de idealidad, un símbolo perdurable de toda una época de trivialidad, de chabacanería en la historia de España.

Tornó á callar. Y como la noche llegara, y con la noche la sedante calma de la sombra, el maestro añadió:

—Después de todo el medio es el hombre. Y ese diputado frívolo y versátil, como todos los diputados, es producto de este ambiente de aplanamiento y de cobardía... Yo veo á diputados, concejales, subsecretarios, gobernadores, ministros, como el entomólogo que contempla una interesante colección... Sólo que esos insectos están clavados en sus correspondientes alfileres. Y éstos no están clavados.

En tanto, Azorín piensa en que este buen maestro, á través de sus cóleras, de sus sonrisas y de sus ironías, es un hombre ingenuo y generoso, merecedor á un mismo tiempo —como Alonso Quijano el Bueno— de admiración, de risa y de piedad.

XI

Esta mañana Azorín está furioso. Es indudable que
con toda su impasibilidad, con toda su indiferencia,
Azorín siente por Justina una pasión que podríamos
llamar frenética. Y á primera hora de la mañana, después de la misa de ocho, ha llegado Iluminada y por
ella ha sabido el galán enamorado desdichadas y lamentables nuevas. Esta Iluminada es amiga íntima y vecina
de Justina; es una muchacha inteligente, vivaz, autori-
taria, imperativa. Habla resueltamente, y su cuerpo
todo, joven y fuerte, vibra de energía, cada vez que
pone su empeño en algo. Iluminada es un genial ejemplar de una voluntad espontánea y libre; sus observaciones serán decisivas y sus gustos, órdenes. Y como
esto es bello, como es hermoso este desenvolvimiento
incontrastable de una personalidad, en tiempos en que
no hay personalidades, Azorín experimenta cierto encanto charlando con Iluminada (se puede decir discretamente y sin que llegue á oídos de Justina); y se complace en ver su gesto, su erguirse gallardo, su andar
firme y resuelto, y en observar cómo pasan por ella
las simpatías extremadas, los caprichos fugitivos, los
desprecios, los odios impetuosos y voraces.

¿Quiere realmente Azorín á Justina? Se puede asegurar que sí; pero es algo á manera de un amor intelectual, de un afecto vago y misterioso, de un ansia que
llega á temporadas y á temporadas se marcha. Y ahora,
en estos días, en que la decisión del cura Puche en

oponerse á tales amoríos se ha manifestado decidida, Azorín ha sentido ante tal contrariedad —y como es natural, según la conocida psicología del amor— un vehemente reverdecimiento de su pasión.

Así las noticias infaustas de la gentilísima Iluminada le han dejado, primero anonadado, y después le han hecho enfurecerse —cosa también harto sabida de los psicólogos—. Y lo primero que se le ha ocurrido es que el maestro tenía razón cuando decía la otra tarde que hay que apelar á la fuerza para cambiar este estado social, y que no hay más remedio que la fuerza. [50 bis]

Inmediatamente Azorín ha ido á ver al maestro para significarle su incondicional adhesión. Pero hoy da la casualidad de que hace un día espléndido, y de que además una revista extranjera ha dedicado unos párrafos al maestro, y que sobre todo lo dicho, esta misma mañana Yuste ha recibido una carta de uno de los más brillantes escritores de la gente nueva, que principia así: "Maestro"...

De modo que Yuste que estaba en el mejor de los mundos posibles, sentado en el despacho con su famosa caja de rapé en las manos y recibiendo el sol que entraba por las ventanas abiertas de par en par; Yuste, digo, ha creído prudentemente que las circunstancias imponían cierta reserva ante los acontecimientos, y que una discreta circunspección no era del todo inútil en asuntos cuya resolución entraña gravedad excepcional.

—Además, —ha añadido—, yo creo que el empleo de la fuerza es añadir maldad á la maldad ya existente, es decir, es devolver mal por mal... querer que el bien reine en la humanidad por el esfuerzo que haga el mal para que así sea. Y yo pregunto...

Yuste da dos golpecitos sobre la tabaquera. Indudablemente el maestro se siente hoy parlamentario.

—Y yo pregunto: ¿es lícito reparar el mal con el mal? Platón contestará por mí. Recuerdo, querido Azorín, que aquel amado maestro dijo, en su diálogo titulado *Critón,* que en ningún caso debe cometerse la injusticia. Su doctrina es la más pura, la más generosa, la más alta que haya nunca conocido la humanidad; es el espíritu mismo de Budha, de Jesús, de todos los grandes amadores de multitudes, es el espíritu de esos hombres el que alienta á través de este diálogo incomparable.

Y el maestro coge del estante un libro y lee:

"¿Luego en manera alguna debe cometerse ninguna otra injusticia? —pregunta Sócrates.

Critón. Sin duda que no.

Sócrates. Entonces tampoco debe cometerse injusticia con los que no las hacen, aunque ese pueblo crea que esto es lícito, puesto que tú convienes que en manera alguna debe tal cosa hacerse.

Critón. Eso me parece.

Sócrates. ¿Es lícito ó no lo es hacer mál á alguna persona?

Critón. No es justo, Sócrates.

Sócrates. ¿Es justo, como el vulgo lo cree, volver mal por mal ó es injusto?

Critón. Es muy injusto.

Sócrates. ¿Es cierto que entre hacer el mal y ser injusto no hay diferencia alguna?

Critón. Lo confieso.

Sócrates. Luego nunca debe cometerse injusticia ni volver mal por mal, sea lo que se quiera lo que se nos haya hecho..."

Yuste deja el libro y prosigue:

—En nuestros días, Tolstoi se ha hecho el apóstol de las mismas doctrinas. Y ahora verás una carta, precisamente dirigida á revolucionarios españoles, en que está condensado todo su ideal en breves líneas, y que es interesantísimo comparar con el texto citado de Platón...

Se trata de una carta dirigida á los redactores de la *Revista Blanca;* [51] éstos le pidieron un trabajo para su

---

[51] *La Revista Blanca,* quincenal, fue la publicación anarquista más importante de España. Se empezó a publicar en 1898, y su

La Iglesia Vieja de Yecla

Colegio de Escuelas Pías, en Yecla, donde hizo su bachillerato Martínez Ruiz

almanaque anual, y Tolstoi les contesta lo siguiente: "He recibido vuestra carta, invitándome á escribir en el *Almanaque* para el próximo año, en momentos bien críticos para mí, como criatura mortal, á la par que para vosotros, en calidad de españoles.

Ayer mismo leí una de esas revueltas tan frecuentes en España, ignoro si por culpa de los malos gobiernos ó por la miseria que sufre el trabajador español, aunque bien puede ser por ambas cosas á la vez. Me refiero á Sevilla, donde las pasiones de los hombres, que yo creo malos, han hecho derramar sangre otra vez.

No es el camino de la violencia el que nos conducirá á la paz deseada; es la misma paz, ó mejor, la rebeldía pasiva.

Con que los esclavos, todos los esclavos víctimas de los modernos fariseos, que envenenan y explotan las almas, se cruzaran de brazos, la hora del humilde habría llegado. De modo tan sencillo rodarían por tierra los ídolos, los dioses personales que han venido á sustituir á los impersonales del verdadero cristianismo.

Y, sin embargo, la sangre continúa derramándose en todas partes, como en los mejores tiempos de la barbarie. Las clases directoras civilizan y educan á cañonazos; los dirigidos procuran su bienestar armándose de aprestos destructores.

No es ese el camino.

Moriré sin ver bien *inclinados* á los hombres. No será por mi culpa, y esto me consuela.

Dispensad, señores redactores de *La Revista Blanca,* de Madrid, si mi delicada salud no me permite complacerles como hubiese querido, con fe, porque en España hay mucho que hacer; pero no puedo atenderles, y

---

director, Federico Urales (Juan Montseny), contaba con los nombres más ilustres del movimiento ácrata. La carta de Tolstoi se publicó en el *Almanaque de la Revista Blanca para 1902* (Madrid, 1901). Las palabras de Antonio Azorín (p. 118) muestran que Martínez Ruiz rechaza la pasividad tolstoiana, y así toma partido a favor de los militantes en una polémica que por aquellos años había entre los más destacados anarquistas. Véase el prólogo de Pérez de la Dehesa a su edición de *La evolución de la filosofía en España,* Barcelona, 1968.

creo que es tarde para que otro día hable de ese país, que tanta analogía guarda con el que me vió nacer.

Considerad hermano vuestro á

LEÓN TOLSTOI."

Yuste calla un momento. Luego añade:

—Estas son las palabras de un hombre sabio y de un hombre bueno... Así, con la dulzura, con la resignación, con la pasividad es cómo ha de venir á la tierra el reinado de la Justicia.

Y Azorín, de pronto se ha puesto de pie, nervioso, iracundo, y ha exclamado trémulo de indignación:

—¡No, no! ¡Eso es indigno, eso es inhumano, eso es bochornoso!... ¡El reinado de la Justicia!... ¡El reinado de la Justicia no puede venir por una inercia y una pasividad suicidas! Contemplar inertes cómo las iniquidades se cometen, es una inmoralidad enorme. ¿Por qué hemos de sufrir resignados que la violencia se cometa, y no hemos de destruirla con otra violencia que impedirá que la iniquidad siga cometiéndose?... Si yo veo á un bandido que se dirige á usted con un puñal para asesinarlo, ¿he de contemplar indiferente como se realiza el asesinato? Entre la muerte del bandido y la muerte de usted, ¿quién duda que la muerte del bandido ha de ser preferida? ¿Quién duda que si yo que veo alzar el puñal y tengo un revólver en el bolsillo he de elegir, tengo el deber imperioso y moral de elegir, entre las dos catástrofes?... ¡No, no! Lo inmoral, lo profundamente inmoral sería mi pasividad ante la violencia; lo inhumano sería en este caso, como en tantos otros, cruzarme de brazos, como usted quiere y dejar que el mal se realice... Y después, ¿dónde está la línea que separa la acción pacífica de la acción violenta, la pasividad de la actividad, la propaganda mansa de la violenta?... Tolstoi mismo, ¿puede asegurar que no ha armado con sus libros el brazo de un obrero en rebelión? El libro, la palabra, el discurso... ¡pero eso es ya acción! Y ese libro, y esa palabra, y ese discurso han de pasar á la realidad, han de encarnar en hechos... en hechos que estarán en contra-

dicción con otros hechos, con otro estado social, con
otro ambiente. ¡Y eso ya es acción, ya es violencia!...
¡La rebeldía pasiva! Eso es un absurdo: habría que
ser como la piedra, y aun la piedra cambia, se agrega,
se disgrega, evoluciona, vive, lucha... ¡La rebeldía pasiva! ¡Eso es un ensueño de fakires! ¡Eso es indigno!
¡Eso es monstruoso!... ¡Y yo protesto!

Y Azorín ha salido dando un violentísimo portazo.
Entonces el maestro, un poco humillado, un poco ha-
lagado por el ardimiento del discípulo, ha pensado con
tristeza :

—Decididamente, yo soy un pobre hombre que vive
olvidado de todos en un rincón de provincias; un pobre
hombre sin fe, sin voluntad, sin entusiasmo.

Y si tenemos un ángel siempre á nuestro lado
—como asegura tanta gente respetable— no hay duda
que este ángel, que leerá los pensamientos más recón-
ditos, habrá sentido hacia el maestro, por este instante
de contrición sincera, una vivísima simpatía.

XII

L A verdura impetuosa de los pámpanos repta por las
blancas pilastras, se enrosca á las carcomidas vigas de
los parrales, cubre las alamedas de tupido toldo cimbreante, desborda en tumultuosas oleadas por los panzudos muros de los huertos, baja hasta arañar las aguas
sosegadas de la ancha acequia exornada de ortigas. Desde
los huertos, dejado atrás el pueblo, el inmenso llano de
la vega se extiende en diminutos cuadros de pintorescos
verdes, claros, grises, brillantes, apagados, y llena en
desigual mosaico á las suaves laderas de las lejanas
pardas lomas. Entre el follaje, los azarbes pletóricos
serpentean. El sol inunda de cegadora lumbre la campiña, abate en ardorosos bochornos los pámpanos redondos, se filtra por las copudas nogueras y pinta en
tierra fina randa de luz y sombra. De cuando en cuando una ráfaga de aire tibio hace gemir los altos maizales rumorosos. La naturaleza palpita enardecida. Detrás,
la mancha gris del pueblo se esfuma en la mancha gris
de las laderas yermas. De la negrura incierta emergen
el frontón azulado de una casa, la vira blanca de una
línea de fachadas terreras, los diminutos rasgos verdes,
aquí y allá, en la escarpada peña, de rastreantes higueras. La enorme cúpula de la iglesia Nueva destella en
cegadoras fulguraciones. Sobre el Colegio, en el lindero
de la huerta, dos álamos enhiestos que cortan los rojos
muros en estrecha cinta verde, traspasan el tejado y

marcan en el azul su aguda copa. Más cerca, en primer
término, dos, tres almendros sombrajosos [52] arrojan sobre el negro fondo del poblado sus claras notas gayas. Y
á la derecha, al final del llano de lucidoras hojas largas,
sobre espesa cortina de seculares olmos, el negruzco
cerro de la Magdalena enarca su lomo gigantesco en
el ambiente de oro.

El pueblo duerme. La argentina canción de un gallo
rasga los aires. En los olmos las cigarras soñolientas
prosiguen con su ras-ras infatigable.

*
* *

Lentamente, la hora del bochorno va pasando. Las
sombras se alargan; la vegetación se esponja voluptuosa; frescas bocanadas orean los árboles. En la lejanía del horizonte el cielo se enciende gradualmente en
imperceptible púrpura, en intensos carmines, en des-
lumbradora escarlata, que inflama la llanura en vivo
incendio y sonrosa en lo hondo, por encima de las es-
paciadas pinceladas negras de una alameda joven, la
silueta de la cordillera de Salinas...

En la sedante calma de la noche propincua, los vecinos pasean por la huerta. A lo largo de una linde,
entre los maizales, discurren cuatro ó seis personas en
un grupo. Luego se sientan. Y hablan. Hablan del inventor Quijano. Hace dos años, en plena guerra, Quijano
anunció el descubrimiento de un explosivo. Los grandes
periódicos dedicaron informaciones á Quijano; las ilus-
traciones publicaron su retrato. Y las pruebas deficientes
del invento le volvieron á la obscuridad de su taller
modesto. En Yecla lo ha perfeccionado. Las pruebas
definitivas van á ser realizadas. El éxito será completo;
se ha visto repetidas veces funcionar el misterioso aparato. Quijano tiene fe en su obra. Yecla espera.

Yecla espera ansiosa. Se exalta á Quijano; se le de-
nigra. En las sacristías, en las reboticas, en las tiendas,

---

[52] El significado es claro, pero es otra palabra inventada por el
futuro Azorín. Viene del sustantivo sombrajo.

en los cafés, en el campo, en la calle se habla de pólvora comprimida, de dinamita, de carga máxima, de
desviaciones, de trayectorias. La ciudad enloquece. De
mesa á mesa, en el Casino, los improperios, las inter-
jecciones, las risas burlonas van y vienen entre el ruido
de los dominós traqueteados. Se cruzan apuestas, se
hacen halagadoras profecías patrióticas, se lanzan furibundos apóstrofes. Y los puños chocan contra los blancos mármoles, y las tazas trepidan.

...En este rojo anochecer de Agosto el cielo parece
inflamarse con las pasiones de la ciudad enardecida.
Lentamente los resplandores se amortiguan. Oculto el
sol, las sombras van cubriendo la anchurosa vega. Las
diversas tonalidades de los verdes se funden en una
inmensa y uniforme mancha de azul borroso; los tér-
minos primeros suéldanse á los lejanos; los claros sa-
lientes de las lomas se esfuman misteriosos. Cruza una
golondrina rayando el azul pálido. Y á lo lejos, entre
las sombras, un bancal inundado refleja como un enorme espejo las últimas claridades del crepúsculo.

XIII

H A llegado un redactor de *El Imparcial*, otro de *El Liberal*, otro de *La Correspondencia*, otro del *Heraldo*. La comisión técnica la forman un capitán de Artillería, un capitán de Ingenieros, un profesor de la Escuela de Artes y Oficios. La comisión examina por la mañana en casa de Quijano el toxpiro. [53] La comisión opina que no marchará el toxpiro. Componen el toxpiro dos, cuatro, seis tubos repletos de pólvora; los tubos van colocados paralelamente en una tabla pintada de negro; el fuego sale por la parte delantera y hace andar el toxpiro. Los técnicos exigieron tiempo atrás que el aparato transportase sesenta kilos de dinamita; Quijano no ha construído aparatos proporcionados. Y la comisión decide que los toxpiros fabricados transporten *un* kilo y *seiscientos* gramos de peso representativo de dinamita. La prensa protege los trabajos; un ilustre dramaturgo, un ministro, un exministro, están interesados en el éxito.

Las pruebas se verifican por la tarde, á lo largo de la vía férrea. La ciudad ansia conocer el invento formidable. Los cafés desbordan de gente; se grita, se discute, se ríe. Y las tartanas discurren en argentino cascabeleo por las anchas calles...

---

[53] Cohete de forma cónica y provisto de aletas que inventó Manuel Daza. Se cargaba de materias explosivas que producían gases venenosos (de aquí su nombre griego que significa fuego venenoso).

Entre las viñas infinitas de la llanura, bajo tórrido sol de Agosto, los curiosos se arremolinan en torno á un caballete de madera. Luego se apartan; Quijano se retira; un muchacho prende el toxpiro. Y el toxpiro parte en violento cabeceo y se abate á cien metros pesadamente... Los periodistas abren asombrados los ojos, el capitán de Artillería se indigna, el público sonríe. Las pruebas continúan: dos, cuatro, seix toxpiros más son disparados. Algunos se arrastran, retroceden, avanzan fatigosos; uno de ellos estalla en tremendo estampido. Y la gente corre desalada serpenteando entre las cepas, las sombrillas vuelan en sinuoso mariposeo sobre los pámpanos.

De vuelta al pueblo, por la noche, la ironía y la indignación rompen en burlas y dicterios. Días antes, Azorín ha mandado á *La Correspondencia* una calurosa apología de Quijano; *La Correspondencia* la publica en sitio preferente. El artículo arriba el día mismo de las pruebas infaustas. Y en el Casino, es leído en alta voz entre un corro de oyentes subidos á las sillas. El autor da por definitivamente resuelto el problema del toxpiro; el toxpiro está pronto á las pruebas triunfadoras; el autor lo ha visto "rasgar gallardamente los aires." "A dos, á cuatro, á seis kilómetros, con velocidades reguladas á voluntad", añade, "enormes cantidades de dinamita podrán ser lanzadas contra un obstáculo cualquiera. ¿Se comprende todo el alcance de la revolución que va á inaugurar la nueva arma? La marina de guerra cambiará por completo; los acorazados serán inútiles. Desde la costa, desde un lanchón, un toxpiro hará estallar la dinamita contra sus recios blindajes y los blindajes volarán en pedazos. España volverá á ser poderosa; Gibraltar será nuestro; las grandes potencias solicitarán nuestra alianza. Y la vieja águila bifronte tornará á revolar majestuosa por Europa..." [54] Los periodistas conferencian, discuten, vuelven

---

[54] Aquí Martínez Ruiz cita de su propio artículo, "El inventor Daza", publicado en *La Correspondencia de España* (5-VIII-1901).

á conferenciar, tornan á discutir. Ellos tenían orden de
no telegrafiar si fracasaban los ensayos: el artículo
de *La Correspondencia* les pone en un compromiso.

En casa de Quijano, en el zaguán, el inventor pe-
rora ante un grupo de amigos. Alumbra la escena un
quinqué mortecino. En el fondo, recostada en una mecedora, una dama mira con ojos melancólicos. Es la
esposa del inventor; está enferma del corazón; se le
ha hecho creer que las pruebas han sido satisfactorias...
Quijano gesticula sentado en una silla con el respaldo
inclinado sobre una mesa. A su lado está Lasso de la
Vega. [55] Lasso de la Vega es un hidalgo alto, amojamado, vestido de riguroso negro; su cara es cárdena
y alongada; recio el negro bigote; reposada y sonora
el habla. Junto á él, un hombrecillo de enmarañada
barba, enfundado en blanco traje sucio, da de cuando
en cuando profundas cabezadas de asentimiento. Dos
lindas muchachas pasan y repasan á intervalos entre
el grupo.

Quijano afirma que las pruebas resultaron "brillantes". La comisión dijo por la mañana que los tubos no
marcharían: los tubos han marchado. Se trata de aparatos de ensayo: él no dispone de instrumental ade-
cuado para hacerlos perfectos. La idea es racional: los
medios son deficientes.

—Es como si en Yecla un herrero hace una locomotora —añade—; la locomotora no marchará, pero
científicamente será buena.

El hombrecillo se inclina convencido; Lasso exclama:

—¡Verdaderamente!

Se trata del inventor Manuel Daza, cuyo toxpiro fue causa de muchos comentarios en los periódicos desde 1898. Daza (Alonso Quijano) había mudado su taller a Yecla, y en 1901 anunció pruebas
definitivas de su invento.
    [55] No hemos podido identificar a este personaje. Pudiera ser
(Santos) Lasso de la Vega, seudónimo de Rafael Calleja Gutiérrez,
colaborador en algunos de los diarios alrededor de 1900, pero no
tenemos documentación sobre su posible presencia en las pruebas de
Daza.

En una estancia próxima preparan la mesa para la cena. Y mientras se percibe el ruido de platos y cubiertos, Lasso lee, con voz sonora y recortada puntuación augusta, una enorme oda inédita que un canónigo de Granada ha endilgado á Quijano. "Covadonga, Lepanto... quebranto... Santiago, Cavite... desquite..." Los platos suenan, los cubiertos tintinean.

A otro día por la mañana, en el despacho de Quijano, uno de los admiradores del inventor le dice gravemente: "Don Alonso, el pueblo está mal impresionado; la comisión y los periodistas consideran las pruebas de ayer como un fracaso. Es preciso que haga usted lo posible por que los aparatos que se han de disparar esta tarde den mejor resultado." Se discute. Indudablemente, se trata de una mala inteligencia. Los periodistas han creído venir á ver pruebas definitivas: no hay tal cosa. Quijano invitó á El Imparcial á presenciar unos ensayos: los otros periódicos se han creído obligados también á mandar sus redactores.

—Sin embargo —se observa—, los periodistas dicen que hay una carta en que se invita expresamente á El Imparcial á ver pruebas terminantes.

Quijano protesta.

—No, no; conservo el borrador de mi carta.

Y nerviosamente abre el cajón de la mesa, saca un legajo de papeles y busca, rebusca, torna á buscar la carta. La encuentra, por fin, y lee á gritos un párrafo.

—Además —añade—, en la memoria digo que lo que yo pretendo que se vea es que mi aparato es científicamente posible, que tiene una base científica, pero no que yo lo haya construido ya perfecto—. Lee un fragmento de una memoria en folio. —Los periodistas —concluye— han partido de una base falsa.

Y Lasso de la Vega agrega sentenciosamente:

—No tienen espíritu de análisis.

Sin embargo, los periodistas piensan telegrafiar el enorme fracaso; conviene que se vaya á informarles de la verdad exacta. Quijano diputa á Lasso y al hombrecillo del blanco traje. Lasso repite en la puerta:

—No tienen espíritu de análisis.

Los periodistas, gente moza, han pasado la noche en buen jolgorio. A las once van despertando en su cuarto de la fonda. El sol entra violentamente por el balcón sin cortinajes; las maletas yacen abiertas por el suelo. Los periodistas saltan de la cama, se desperezan, se visten. El redactor del *Heraldo* se frota los dientes con un cepillo, el de *La Correspondencia* se chapuza en un rincón, el de *El Liberal* se pone filosóficamente los calcetines. Y Lasso, de pie en medio de la estancia, emprende una patética defensa del toxpiro. Un criado entra y sale trayendo jarros de agua; la puerta golpea; se comenta la zambra; se ríe. Lasso, impertérrito, prosigue hablando:

—Y no debemos maravillarnos de que ayer algunos tubos retrocedieran, por cuanto sabemos que el torpedo marítimo muchas veces vuelve al punto de partida.

Y con el dedo índice traza en el aire un círculo.

A las tres, el tren aguarda. Los curiosos lo asaltan. A dos kilómetros, se detiene. La gente camina por la vía. Quijano, mientras marcha, entre los railes, lee su memoria, bajo el sol ardoroso, al redactor de *La Correspondencia*. Los espectadores se diseminan entre las viñas. Reina un momento de silencio. Y la negra tabla parte revolando como un murciélago. Luego se disparan nueve más. Los toxpiros no llevan esta tarde peso representativo de dinamita. Avanzan doscientos, trescientos metros, con desviaciones de treinta y cuarenta. Los periodistas se aburren; á lo lejos el profesor de Artes y Oficios —un señor de traje negro y botas blancas— se da golpecitos en la pierna con un sarmiento.

La comisión y los periodistas suben al tren de regreso á Madrid... El penacho negro de la locomotora pasea en la lejanía sobre la verdura de los pámpanos.

Y por la noche, ante el balcón abierto de par en par, Azorín aperdiga sobre la mesa las cuartillas. Las estrellas hormiguean rutilantes en el pedazo de cielo negro. El cronista traza sobre la primera cuartilla en letras grandes: *Epílogo de 'un sueño*. Luego escribe:

"La vieja águila española —por mí invocada en la crónica *El inventor Quijano*— ha vuelto taciturna á sus
blasones palatinos, entre el hacecillo de flechas y la
simbólica madeja."

Se detiene indeciso; arregla las cuartillas; moja la
pluma; torna á mojar la pluma...

XIV

HACE una tarde gris, monótona. Cae una lluvia menuda, incesante, interminable. Las calles están desiertas. De cuando en cuando suenan pasos precipitados sobre la acera, y pasa un labriego envuelto en una manta. Y las horas transcurren lentas, eternas...

Yuste y Azorín no han podido esta tarde dar su paseo acostumbrado. En el despacho del maestro, hablan á intervalos, y en las largas pausas escuchan el regurgitar de las canales y el ruido intercadente de las goteras. Una hora suena á lo lejos en campanadas imperceptibles; se oye el grito largo, modulado, de un vendedor.

Azorín observa:

—Es raro como estos gritos parecen lamentos, súplicas... melopeas extrañas...

Y Yuste replica:

—Observa esto: los gritos de las grandes ciudades, de Madrid, son rápidos, secos, sin relumbres de idealidad... Los de provincias aun son artísticos, largos, plañideros... tiernos,. melancólicos... Y es que en las grandes ciudades no se tiene tiempo, se quiere aprovechar el minuto, se vive febrilmente... y esta pequeña obra de arte, como toda obra de arte, exige tiempo... y el tiempo que un vendedor pierda en ella, puede emplearlo en otra cosa... Repara en este detalle insignificante, que revela toda una fase de nuestra vida artística... Lo mismo que un vendedor callejero suprime el arte, porque trabaja rápidamente, lo suprime un novelista, un crítico. Así, hemos llegado á escribir una novela ó un estudio crítico mecánicamente, como una máquina puede construir botones ó alfileres... De ahí el que se vaya perdiendo la conciencia, la escrupulosidad, y aumenten los subterfugios, las supercherías, los tranquillos del estilo...

Yuste se para y coge un libro del estante. Después añade:

—Lo que da la medida de un artista es su sentimiento de la naturaleza, del paisaje... Un escritor será tanto más artista cuanto mejor sepa interpretar la *emoción del paisaje*... Es una emoción completamente, casi completamente moderna. En Francia sólo data de Rousseau y Bernardino de Saint-Pierre... En España, fuera de algún poeta primitivo, yo creo que sólo la ha sentido Fray Luis de León en sus *Nombres de Cristo*... Pues bien; para mí el paisaje es el grado más alto del arte literario... ¡Y qué pocos llegan á él!... Mira este libro; lo he escogido porque á su autor se le ha elogiado como un soberbio descripcionista... Y ahora verás, prácticamente, en esta lección de técnica literaria, cuáles son los subterfugios y tranquillos de que te hablaba antes... Ante todo la comparación es el más grave de ellos. Comparar es evadir la dificultad... es algo primitivo, infantil... una superchería que no debe emplear ningún artista... He aquí la página:

"En el inmenso valle, los naranjales *como un oleaje aterciopelado*; las cercas y vallados de vegetación menos obscura, cortando la tierra carmesí en geométricas formas; los grupos de palmeras agitando sus surtidores de plumas, *como chorros de hojas que quisieran tocar al cielo cayendo después con lánguido desmayo*; villas azules y de color de rosa, entre macizos de jardinería; blancas alquerías ocultas tras el verde bullir de un bosquecillo; las altas chimeneas de las máquinas de riego, amarillentas *como cirios con la punta chamuscada*; Alcira, con sus casas apiñadas en la isla y desbordándose en la orilla opuesta, todo ello de un color mate de huevo, acribillado de ventanitas, *como roído por una viruela de negros agujeros.* Más allá, Carcagente, la ciudad rival, envuelta en el cinturón de sus frondosos huertos; por la parte del mar, las montañas angulosas esquinadas, con aristas que de lejos *semejan los fantásticos castillos imaginados por Doré,* y en el extremo opuesto los pueblos de la Ribera alta, flotando en los lagos de esmeralda de sus huertos, las lejanas montañas de tono violeta, y el sol que comenzaba á descender *como un erizo de oro,* resbalando entre las gasas formadas por la evaporación del incesante fuego". [56]

El maestro saca su cajita de plata y prosigue:

—Es una página, una página breve, y nada menos que seis veces recurre en ella el autor á la superchería de la comparación... es decir, seis veces que se trata de producir una sensación desconocida ó apelando á otra conocida... que es lo mismo que si yo no pudiendo contar una cosa llamase al vecino para que la contase por mí... Y observa —y esto es lo más grave— que en esa página, á pesar del esfuerzo por expresar el color, no hay nada plástico, *tangible...* además de que un paisaje es movimiento y ruido, tanto como color, y en esta página el autor sólo se ha preocupado de la pintura... No hay nada plástico en esa página, ninguno de esos pequeños detalles sugestivos, suscitadores de todo un estado de conciencia... ninguno de esos detalles que dan, ellos solos, la sensación total... y que sólo se hallan instintivamente, por instinto artístico, no con el trabajo, ni con la lectura de los maestros... con nada.

Yuste se acerca al estante y coge otro libro.

—Ahora verás —prosigue— otra página... es de un novelista joven, acaso... y sin acaso, entre toda la gente joven el de más originalidad y el de más honda emoción estética...

[56] Yuste lee de la novela de Vicente Blasco Ibáñez, *Entre naranjos* (1901), *OC*, I, p. 580-581.

Y el maestro recita lentamente:

"Pocas horas después; en el cuarto de don Lucio. El fuego se va consumiendo en el brasero; una chispa brilla en la obscuridad, sobre la ceniza, como el ojo inyectado de una fiera. Está anocheciendo, y las sombras se han apoderado de los rincones del cuarto. Una candileja, colocada sobre la cómoda, alumbra, de un modo mortecino, la estancia. *Se oye cómo caen y se hunden en el silencio del crepúsculo las campanas del Angelus.*

"Desde la ventana se perciben, á lo lejos, rumores confusos de dulce y campesina sinfonía, el tañido de las esquilas de los rebaños que vuelven al pueblo, el murmullo del río, que cuenta á la Noche su eterna y monótona queja, *y la nota melancólica que modula un sapo en su flauta, nota cristalina que. cruza el aire silencioso y desaparece como una estrella errante.* En el cielo, de un azul negro intenso, brilla Júpiter con su luz blanca". [57]

—Ahora —añade el maestro— he aquí cuatro versos escritos hace cinco siglos... Son del más plástico, jugoso y espontáneo de todos los poetas españoles antiguos y modernos: el Arcipreste de Hita... El Arcipreste tiene como nadie el instinto revelador, sugestivo... Su auto-retrato es un fragmento maravilloso... Y aquí en este trozo, que es la estupenda escena en que Trotaconventos seduce á doña Endrina... escena que no ha superado ni aun igualado Rojas... Aquí Trotaconventos llega á casa de la viuda, le ofrece una sortija, la mima con razones dulces, le dice que es un dolor que permanezca triste y sola, que se obstine en vestir de luto... cuando no falta quien bien la quiere... Y dice:

---

[57] Pío Baroja, *La casa de Aizgorri* (*OC*, I, p. 32), novela publicada en 1900. Este pasaje no nos parece el mejor ejemplo, ya que Baroja cae dos veces en el tranquillo de la comparación. Sin embargo, Martínez Ruiz practica con bastante rigor su teoría de evitar tal uso: difícilmente se encontrará en las páginas descriptivas de esta novela.

Así estades fija, viuda et mancebilla,
sola y sin compannero, como la tortolilla:
deso creo que estades *amariella et magrilla*...

Y con solos estos dos adjetivos

amariella et magrilla

queda retratada de un rasguño la dolorida viuda, oje-
rosa, pálida, enflaquecida, melancólica...

Larga pausa. La lluvia continúa persistente. El agua
desciende por los chorradores de zinc en confuso rumor de ebullición. Van palideciendo los tableros de
espato de las ventanas.

Azorín dice:

—Observo, maestro, que en la novela contemporánea hay algo más falso que las descripciones, y son
los diálogos. El diálogo es artificioso, convencional,
literario, excesivamente *literario*.

—Lee *La Gitanilla*, de Cervantes —contesta Yuste—;
La Gitanilla es... una gitana de quince años, que supongo no ha estado en ninguna Universidad, ni forma
parte de ninguna Academia... Pues bien; observa cómo
contesta á su amante cuando éste se le declara. Le contesta en un discurso enorme, pulido, elegante, filosófico... Y este defecto, esta elocuencia y corrección de
los diálogos, insoportables, falsos, va desde Cervantes
hasta Galdós... Y en la vida no se habla así; se habla
con incoherencias, con pausas, con párrafos breves, incorrectos... naturales... Dista mucho, dista mucho de
haber llegado á su perfección la novela. Esta misma
coherencia y corrección anti-artísticas —porque es cosa
fría— que se censura en el diálogo... se encuentra en
la fábula toda... Ante todo, no debe haber fábula... la
vida no tiene fábula: es diversa, multiforme, ondulante, contradictoria... todo menos simétrica, geométrica,
rígida, como aparece en las novelas... Y por eso, los
Goncourt, que son los que, á mi entender, se han
acercado más al *desiderátum*, no dan *una vida*, sino

fragmentos, sensaciones separadas... Y así el personaje, entre dos de esos fragmentos, hará su vida habitual, que no importa al artista, y éste no se verá forzado, como en la novela del antiguo régimen, á contarnos tilde por tilde, desde por la mañana hasta la noche, las obras y milagros de su protagonista... cosa absurda, puesto que *toda* la vida no se puede encajar en un volumen, y bastante haremos si damos diez, veinte, cuarenta sensaciones... *(Pausa larga.)* Este precisamente es defecto capital del teatro, y por eso el teatro es un arte industrial, ajeno á la literatura... En el teatro verás cuatro, seis, ocho personas que no hacen más que lo que el autor ha marcado en su libro, que son esclavos del nudo dramático, que no se preocupan más que de entrar y salir á tiempo... Y cuando se ha cumplido ya su desenlace, cuando el marido ha matado ya á la mujer, ó cuando el amante se ha casado ya con su amada, estos personajes, ¿qué hacen? pregunta Maeterlinck... Yo cuando voy al teatro y veo á estos hombres que van automáticamente hacia el epílogo, que hablan en un lenguaje que no hablamos nadie, que se mueven en un ambiente de anormalidad —puesto que lo que se nos expone es una *aventura,* una cosa *extraordinaria,* no la normalidad—; cuando veo á estos personajes me figuro que son muñecos de madera, y que pasada la representación, un empleado los va guardando cuidadosamente en un estante... Observa además, y esto es esencial, que en el teatro no se puede hacer psicología... ó si se hace, ha de ser por los mismos personajes... pero no se pueden expresar estados de conciencia, ni presentar análisis complicados... Haz que salga á escena Federico Amiel... [58] Nos parecería un majadero... Sí, Hamlet... Hamlet, ya sé... pero ¡cuán poco debe de ser lo que vemos de aquella alma que debió de ser inmensa! Mucho ha hecho Shakespeare,

---

[58]   Henri-Frédéric Amiel (1821-1881), escritor suizo, vidente y psicólogo inquieto. Fue autor de *Journal intime,* muy apreciado por Martínez Ruiz y sus coetáneos.

pero á mí se me antoja que su retrato de Hamlet...
son vislumbres de una hoguera...

Yuste calló. Y en el silencio del crepúsculo sonaba
el ruido monótono de la lluvia.

XV

NOCHE de Jueves Santo. A las diez Azorín ha ido
con Justina á visitar los monumentos. Hace un tiempo
templado de Marzo; clarea la luna en las anchas calles;
la ciudad está en reposo. Y es una sensación extraña,
indefinible, dolorosa casi, esta peregrinación de iglesia
en iglesia, en este día solemne, en esta noche tranquila
de esta vetusta ciudad sombría. Azorín siente algo como
una intensa voluptuosidad estética ante el espectáculo
de un catolicismo trágico, practicado por una multitud
austera, en un pueblo tétrico... Poco á poco, los labriegos, que han llegado de los campos lejanos, se han
retirado, cansados de todo el día de procesiones y prácticas. A primera hora de la noche un negro hormigueo
de devotos va de una en otra iglesia; luego lentamente
la concurrencia disminuye, se disgrega, desaparece. Y
sólo, ante los monumentos, donde titilean los cirios de
llamas alargadas, ondulantes, alguna devota suspira en
largos gemidos angustiosos.

Azorín ha estado con Justina en San Roque. Delante iban Justina y Azorín, detrás Iluminada y la madre de Justina. San Roque es una iglesia diminuta,
acaso la más antigua de Yecla. Se reduce á una nave
baja, de dos techos inclinados, sostenidos por un ancho
arco ligeramente ojival. En la techumbre se ven las
vigas patinosas; en el fondo destaca un altar sencillo.
Y un Cristo exangüe, amoratado, yace en el suelo, so-

bre un roído paño negro, entre cuatro blandones. Algo
como el espíritu del catolicismo español, tan austero,
tan simple, tan sombrío; algo como el alma de nuestros místicos inflexibles; algo como la fe de un pueblo
ingenuo y fervoroso, se respira en este ámbito pobre,
ante este Cristo que reposa sencillamente en tierra, sin
luminarias y sin flores. Y Azorín ha sentido un momento, emocionado, silencioso, toda la tremenda belleza de esta religión de hombres sencillos y duros.

Desde San Roque la comitiva ha ido á la iglesia del
Colegio, que está á dos pasos. Aquí ya la devoción
pseudo elegante ha emperejilado el monumento de ramos colorinescos, bambalinas, velas rizadas. Azorín
piensa en el detestable gusto de estas piadosas tramo-
yas, en el desmayo lamentable con que clérigos y devotos exornan altares y santos. Vienen á su memoria
los enormes ramos hieráticos de mil colores, las capas
en forma de embudo, las manos cuajadas de recios
anillos, las enormes coronas de plata que se bambolean
en la cabeza de las vírgenes. Y junto á la simplicidad
sugestionadora del Cristo de San Roque, todo este aparato estrepitoso y frívolo, le parece así como un nuevo
martirio que las buenas devotas y los buenos clérigos
—buenos, sí, pero un poco impertinentes— imponen á
sus amadas vírgenes, á sus amados santos.

Del Colegio dirígense á las Monjas. Azorín, mientras
recorren la ancha calle, habla con Justina. Acaso sea
esta la última vez que hable con ella; acaso va á quedar rota para siempre esta simpatía melancólica —más
que amor— de un espíritu por otro espíritu.

El monumento de las Monjas y el de la capilla del
Asilo, que está al lado, son también dos monumentos
muy adornados con todas las mil cosas encantadora-
mente inútiles que las mujeres ponen —para dicha de
los humanos— en los monumentos y en la vida. Azorín,
en tanto que la comitiva reza, piensa en estas señoras
que viven encerradas, lejos del mundo, sosegadas, silenciosas. Todo es la imagen —piensa—, y como el mundo es nuestra representación, la vida apagada de una

monja es tan intensa como la vida tumultuosa de un gran industrial norteamericano. Y es desde luego más artística... con sus silencios augustos, con sus movimientos lentos y majestuosos, con sus rituales misteriosos, con sus hábitos blancos con cruces coloradas, ó negros con blancas tocas. Y siendo su vida más artística, es más moral, más justa y más humana.

De aquí, van luego á San Cayetano y luego á la iglesia del Hospital. Esta iglesia es también pobre, pero con esa pobreza vergonzante de un estilo barroco, que es el más hórrido de los estilos cuando no se ejecuta espléndidamente. Marchan luego á la iglesia Vieja, ojival, de una sola nave alta y airosa. La torre es un gallardo ejemplar del Renacimiento; tiene fuera, bajo la balaustrada, una greca de cabezas humanas en expresiones tormentarias; y dentro, las ménsulas que rematan los nervios de las bovedillas, son dos cabezas, de hombre y de mujer, tan juntas y de tal gesto, que parece que están unidas en un eterno beso de voluptuosidad y de dolor... En la ancha nave no hay nadie; reposa en un silencio augusto. Las llamas de las velas chisporrotean, y apenas marcan un diminuto círculo luminoso, ahogado, oprimido por las densas tinieblas en que están sumidas las capillas y las altas bóvedas.

De la iglesia Vieja van á Santa Bárbara —la simpática iglesia— y de Santa Bárbara al Niño —la reciente, chillona y amazacotada iglesia, obra maestra de un arquitecto rudimentario.

El diálogo entre Azorín y Justina —entrecortado de largos silencios, esos largos y enfermizos silencios del dialogar yeclano— ha cesado. Y llega *lo irreparable,* la ruptura dulce, suave, pero absoluta, definitiva. Y se ha realizado todo sin frases expresas, sin palabras terminantes, sin repeticiones enojosas... en alusiones lejanas, casi en presentimientos, en ese diálogo instintivo y silencioso de dos almas que se sienten y que apenas necesitan incoar una palabra, esbozar un gesto.

La última estación es la iglesia Nueva. Sus anchas naves clásicas están silenciosas. La comitiva reza un

momento y sale. La luna ilumina las anchas calles
solitarias. En el cielo pálido se destaca la inmensa mole
del templo. Está construído de piedra blanca, tan are-
nisca, que se va deshaciendo, deshaciendo... Ya los
dinteles de las puertas, las cornisas, la parte superior
de los muros, la iglesia toda, tiene un desolador aspecto de ruina. Y Azorín piensa en la inmensa cantidad
de energía, de fe y de entusiasmo, empleada durante
un siglo para levantar esta iglesia, esta iglesia que apenas acabada ya se está desmoronando, disgregándose
en la Nada, perdiéndose en la inexorable y escondida
corriente de las cosas.

XVI

E L P. Carlos Lasalde [59] es rector del colegio de Escolapios. Algunas tardes Yuste y Azorín van al colegio á conversar con el P. Lasalde. Y allí pasan revista, en una charla discreta y elegante, á todo lo humano y lo divino.

El P. Lasalde es un sabio arqueólogo: ha publicado una memoria sobre las antigüedades del Cerro de los Santos (que es el primer trabajo que se hizo sobre estos dichosos Santos que tanto han dado que hablar á todos los arqueólogos de Europa); ha escrito también una *Historia literaria y bibliográfica de las Escuelas Pías,* y trabaja muy finos libros de pedagogía infantil para editores de Suiza y Alemania... El P. Lasalde es un hombre delgado, de ojos brilladores, de nariz pronunciada; su cara tiene una rara expresión de inteligencia, de viveza, de candor y malicia —malicia buena— á un mismo tiempo. Es nervioso, excesivamente nervioso; á veces, cuando experimenta una satisfacción ó un disgusto, sus manos tiemblan y todo su cuerpo vibra estremecido. Es tolerante, dúctil; habla con dulzura, y pone en la ilación de sus frases largos silencios, mientras sus ojos miran fijamente al suelo, como si su espíritu quedase de pronto absorto en alguna contemplación

---

[59] El P. Carlos Lasalde (1841-1906), sabio arqueólogo y bibliófilo, fue profesor de Martínez Ruiz en el colegio de Yecla, donde como rector aumentó mucho los gabinetes de física y botánica. Luego pasó a Getafe, donde dirigió la *Revista Calasancia* (1888-1895).

extrahumana. A los niños el P. Lasalde los trata con
delicadeza, con una delicadeza tan enérgica en el fondo,
que les pone respeto y hace inútiles los castigos violentos. Él los disuade de sus instintos malos hablán-
doles, uno por uno, bajito y como de cosas que sólo
á ellos dos les importaran; él les halaga cuando ve en
ellos un vislumbre de generosidad y de nobleza. Y no
grita, no amenaza, no aterra; anda silenciosamente por
los dormitorios durante la noche; se fija cuidadosamente en la sala de estudio en cómo trabaja cada uno;
los observa y estudia sus juegos cuando retozan por el
patio.

El P. Lasalde es un hombre bueno y un hombre
sabio. Aquí en su cuarto de este colegio tan espacioso
y soleado, él ha puesto cuatro ó seis estatuas de las
que ha desenterrado en el Cerro de los Santos. [60] Y en
los días buenos, mientras el sol entra en tibias oleadas
por los balcones abiertos de par en par, Yuste y el
P. Lasalde platican como dos sabios helénicos, ante
estas estatuas rígidas, hieráticas, simples, con la sobe-
rana simplicidad que los egipcios ponían en su escultura.

Esta tarde están en la rectoral, el P. Lasalde, Yuste
y Azorín.

Yuste se para ante una estatua y la contempla atentamente. La estatua representa á un hombre de espacioso cráneo calvo, de ancha cara rapada. Sus ojos, en
forma de almendra, miran maliciosamente; á los lados
de la boca tiene dos gruesas arrugas semicirculares;
sus orejas son amplias orejas de perro que bajan hasta
cerca del cuello. Y sus labios y la fisonomía toda, se
contraen en una franca mueca de burla, en un jovial
gesto de ironía.

—*Este* —dice Yuste—, yo sé quién es; yo creo co-
nocerlo... Les diré á ustedes... Este era un sabio natural

---

60 Recuerde el lector que algunas de las estatuas desenterradas
en el Cerro de los Santos se encontraron, en efecto, en el colegio
escolapio de Yecla (véase la nota 2 al Prólogo de la novela). Última-
mente se han trasladado y hoy día se pueden ver en la Casa Municipal de Cultura de Yecla.

de Elo... Todos sabemos, ó creemos saber, que Elo era una espléndida ciudad situada en lo que hoy es solitaria campiña del Cerro de los Santos... Los orígenes se pierden en *la noche de los tiempos,* como también decimos y creemos que decimos bien. Parece ser que en edades remotas, allá por 1500 años antes de Cristo, cuando menos, vinieron por acá gentes procedentes del Ganges y del Indo... Luego vinieron fenicios, luego griegos... y entre todos fueron creando, en pintoresca variedad de civilizaciones y de razas, una soberbia ciudad, rodeada de umbríos bosques, en la que había sobre una colina, que es el Cerro de los Santos —única cosa que hoy queda, porque no hemos podido destruir el cerro—, en la que había, digo, un suntuoso templo exornado de estatuas, que son estas estatuas, y habitado por sabios varones, por castas doncellas... Hay quien sospecha que las estatuas encontradas son retratos auténticos de las personas que más se distinguían por su talento y sus virtudes en la ciudad... Yo también lo creo así, y aplaudo sin reservas los sentimientos afectivos y admirativos de estos buenos habitantes de Elo... Pero yo pregunto; este buen señor con orejas de perro, este buen señor que sonríe de tan buena gana y con tan suculenta ironía, ¿quién es? ¿por qué se le ha entregado á la consideración de la posteridad en tal estado?... Indudablemente, nosotros que hemos inventado la hermenéutica y otras cosas tan sutiles como ésta, no podemos hacerles á los elotanos la ofensa de creer que no entendemos el sentido emblemático de esta estatua... ¡Esta estatua representa á un escéptico! ¡Representa á un Sócrates pre-yeclano!... Yo me figuro haberlo conocido. Era un buen señor que no hacía nada, ni odiaba á nadie, ni admiraba á nadie; él iba de casa en casa y se entretenía, como Sócrates, charlando con todo el mundo. Él no odiaba á nadie... pero no creía en muchas cosas en que creían los elotanos é iba lentamente esparciendo la incredulidad —una incredulidad piadosa y fina— de calle en calle y de barrio en barrio. Tanto, que los respetables

sacerdotes del templo llegaron á alarmarse, y que las
vestales, que también habitaban en este templo, se sintieron también molestas... Pero como este hombre era
tan dúctil, tan elegante, tan discreto; como su sátira
era tan fina, no había medio de tomar una decisión
seria que hubiese puesto en ridículo á los honorables
magistrados... Y he aquí que un día, la providencia,
que entonces no era nuestra providencia, hizo que este
hombre se muriera, porque también los ironistas mueren. Era costumbre en Elo perpetuar en estatua la efigie
de los grandes varones, y los sacerdotes, como irónico
castigo á un hombre irónico, encargaron esta estatua,
con estas grandes orejas caninas, con esta eterna mueca
de burla. Y yo quiero creer que esta fué una lección
elocuente para la juventud elotana que ya principiaba
á soliviantarse contra las muchas cosas respetables que
todo el mundo en Elo respetaba... He aquí explicada
la verdadera vida de este buen sujeto. *(Pasándole suavemente la mano por la calva y acariciándole las orejas.)*

LASALDE

En cambio vea usted este otro varón digno. *(Contemplando la estatua de un hombre anciano; lleva cogido con ambas manos un vaso ligero; va envuelto en
una larga túnica de anchos y simétricos pliegues. Y
su cara tiene una viva expresión de tristeza, de desconsuelo.)*

YUSTE

Este es un creyente... tan fervoroso, tan ingenuo,
tan silencioso como uno de nuestros labriegos actuales... Y estas dos mujeres que están á su lado; estas
dos mujeres con estas tocas, que son ni más ni menos
que las mantillas de ahora, son dos yeclanas auténticas.
¡Es maravilloso cómo en estas dos estatuas de remo-
tísimas edades, en estas estatuas tan primarias, se encuentran los rasgos, la fisonomía, la mentalidad, me
atrevería á decir, de las yeclanas de ahora, de dos

labradoras actuales! Fíjense ustedes en el gesto de resignación melancólica de estas dos estatuas, en la expresión de la boca, en la mirada ingenua, un poco vaga, con cierto indefinido matiz de estupor y de angustia... Yo creo que estas dos mujeres que esculpió un artista egipcio, son dos yeclanas que vienen con sus mantillas de la novena y acaban de pedir á un santo de su predilección que este año haya buena cosecha... [61]

LASALDE

¿Y este caballero? *(Señalando la estatua de otro serio varón.)* A mi parecer es un hierofanta repleto de las misteriosas artes de la kabala... tiene cierto aire pedagógico.

AZORÍN

Sí, es un pedagogo.

YUSTE

El gesto es de suficiencia; hoy no vacilaríamos en afirmar que este hombre es un sociólogo... Tal vez este señor en los ratos que la liturgia le dejó libres, compuso un voluminoso y sabio tratado sobre algún Estado ideal... como Platón y Tomás Moro.

AZORÍN

Y sería, como Platón, un autoritario.

---

[61] Resulta que durante las primeras excavaciones del Cerro de los Santos había un relojero yeclano, Vicente Juan y Amat, que se dedicó a falsificar estatuas. Según las comprobaciones hechas más tarde se ha decidido que las de estilo egipcio son falsificaciones. Martínez Ruiz no lo hubiera sabido, pero quizá por eso le habrán parecido al autor como labradoras yeclanas.

YUSTE

Un autoritario de buena fe. Hoy, Renan y Flaubert, que también querían un Estado regido por intelectuales, hubieran sido unos tiranos adorables.

LASALDE

¡Utopías! ¡Utopías! Platón, que era una excelente persona... una persona digna de ser cristiana... llegó en ocasiones á ponerse en ridículo, llevado de su fantasía desenfrenada.

YUSTE

Platón suprime la propiedad, con lo cual se adelanta un poco á Proudhon; é iguala á las mujeres y á los hombres en derechos y deberes, con lo cual merece la gratitud de los feministas contemporáneos. ¿Cómo no han de ser iguales las mujeres á los hombres —dice él— si sabemos que las perras sirven tan perfectamente como los perros para la caza y para la guarda de las casas?

LASALDE

El argumento no es muy espiritual.

YUSTE

No, el argumento es digno de que le consideremos interpolado subrepticiamente en las obras del maestro por algún ingenio satírico y misógino... por Aristófanes, verbigracia, que tanto se chanceó del feminismo platónico.

LASALDE

Sin embargo, Platón, con todas sus fantasías tan minuciosamente expuestas, se queda en idealismo muy á la zaga de Tomás Moro.

YUSTE

Moro ya casi no es un soñador, sino un hombre que ha visto lo que pinta... Tales son los pelos y señales que da de su maravillosa isla de Utopía. Esta isla tiene de ancho doscientos mil pasos; pero por los extremos, dice Moro, ingenuamente, es más estrecha, casi puntiaguda, de modo que bien se puede decir, sin faltar á la verdad, que se parece á la luna en menguante... Aquí, como es natural, todos los habitantes son muy felices, lo más felices que se puede ser en una isla. Así como ahora en las naciones modernas hay un servicio que se llama militar, en Utopía hay uno también, pero es agrícola...

¡Servicio agrícola obligatorio! Cada ciudadano trabaja la tierra durante dos años; luego es reemplazado por otro, y se retira á la ciudad... La capital del reino se llama Amauroto; la constitución del Estado es muy sencilla: todos los años se elige unos magistrados, que se llaman *philarcas*; éstos son en número de mil doscientos, y á su vez eligen á un príncipe. Y como estas elecciones son anuales, se puede decir que los utopianos pasan la vida santamente entre cultivar la tierra y visitar los colegios electorales... Y si á esto se añade que hablan un idioma extremadamente armonioso, en el cual los candidatos lanzarán discursos estupendos á sus electores, quedará sentado firmemente que Utopía es la mejor de las islas imaginadas... Moro llega á citar

algunas frases en el idioma del país. Así para decir que
Utopos —ó sea el fundador de la nación y autor de un
istmo que hizo que esta tierra fuese isla—; para decir:
Utopos hizo una isla de lo que no lo era, se emplean
nada menos que las siguientes grandilocuentes palabras:
Utopos ha loccas penla Chamapolta chamaan... ¡Ima-
ginémonos lo que sería en esta lengua un discurso de
uno de nuestros parlamentarios!

LASALDE

(Sonriendo.) Yo me quedo con Campanella... [62]

YUSTE

¡Ah, Campanella! Campanella ya es el prototipo
del hombre ardiente, inflexible, visionario de un ideal
que ansía realizar en sus detalles más triviales. Campanella es uno de esos hombres que quieren hacernos
felices á la fuerza... así como á los niños se les hace
tragar el aceite de ricino que ha de sanarlos... Campanella no quiere que en su ciudad del Sol tenga nadie
nada. Todo es de todos; todos viven como en un cuar-
tel inmenso, y todo se hace uniformemente, geométrica-
mente. La ciudad se compone de siete círculos con-
céntricos; el supremo magistrado se llama Hoh, los
subalternos ó ministros, Pon, Sin, Mor... Hasta los nombres son breves, rápidos. ¡Fuera lo inútil, fuera el arte,
fuera la voluptuosdad! Hasta hay un médico, llamado
magister generationis, encargado de velar por el estricto,
pero muy estricto, cumplimiento del precepto bíblico...

---

62   Tomás Campanella (1568-1639), célebre monje y filósofo ita-
liano cuya vida se llenó de curiosas e interesantes andanzas. En la
Ciudad del Sol, libro de Utopía e imitación de la *República* de
Platón, pinta una sociedad a cuyo frente está un metafísico.

Lasalde

Todo es ensueño... vanidad... El hombre se esfuerza
vanamente por hacer un paraíso de la tierra... ¡Y la
tierra es un breve tránsito!... ¡Siempre habrá dolor
entre nosotros!

Yuste

Pero el hombre es perfectible: Condorcet tiene razón. Y es el primero que lo ha dicho de un modo ter-
minante, sistemático... ¿Usted no lo cree así? ¿Usted
cree que un español de ahora es igual á un romano
de la decadencia?... Ha evolucionado el matrimonio,
la patria potestad, el derecho de propiedad. Si en Roma
un patricio compra una estatua de Fidias y anuncia su
propósito de hacerla pedazos, todo el mundo hubiera
permanecido indiferente: estaba en su derecho... *jus
utendi et abutendi*... Pero hoy un señor millonario
compra *La Rendición de Breda* y pone un comunicado
en los periódicos diciendo que va á quemarlo... ¿Usted
cree que lo quema? ¿Usted cree que tiene derecho á
quemar esta cosa que es suya legalmente y con la cual
legalmente puede hacer lo que quiera?

Lasalde

Yo creo... En un libro viejo castellano que se llama
El Criticón, y que usted conoce y sabe que es del jesuita
Gracián, un hombre un poco estrafalario, pero de viva
inteligencia... en *El Criticón* hay un cuentecillo ó fábula
que, poco más ó menos, es el siguiente: una vez casti-
garon á un malhechor metiéndole en una cueva llena
de fieras. Las fieras no le hicieron nada á este hombre,
y él daba gritos para que algún pasajero acudiese en
su auxilio. Pasó efectivamente uno, y al oir los gritos
se acercó á la cueva y quitó la piedra que la cerraba.

Inmediatamente salió un león, y con gran sorpresa del viajero, en vez de abalanzarse á él y destrozarlo, se le acercó y le lamió las manos. Luego salió un tigre y también hizo lo mismo; después salieron las demás fieras y todas le fueron acariciando... Hasta que por último salió el hombre y se arrojó á él, le robó y le quitó la vida. "Juzga tú ahora —creo que termina Gracián diciendo— cuáles son más crueles: los hombres ó las fieras..." [63] *(Con tristeza; lentamente.)* Esto quiere decir, amigo Yuste, que como habrá siempre ricos y pobres sobre la tierra, habrá siempre buenos y malos, y que no está aquí nuestro paraíso... ¡no está aquí!... sino allá donde mora Quien á todos nos ama y nos perdona... Y vea usted cómo estas dos pobres yeclanas *(señalando las estatuas de las dos mujeres)* que aman, que creen y que esperan, que son pobres campesinas que ni aun saben leer... vea usted cómo á mí me parecen más sabias... ¡porque tienen fe y amor!... más sabias que este hombre vano *(señalando á la estatua del hombre orejudo)* que de todo se ríe... *(Con dulzura.)* ¿No le parece á usted así, amigo Yuste?

YUSTE

(Con fervorosa sinceridad.) Sí, sí, yo lo creo, yo lo creo...

LASALDE

Pues entonces tengamos fe, amigo Yuste, tengamos fe... Y consideremos como un crimen muy grande el quitar la fe... ¡que es la vida!... á una pobre mujer,

---

63   *El Criticón*, Parte I, Crisi IV. Es un apólogo con cierta tradición: entre otros libros, se puede leer en Raimundo Lulio, *Libre apellat Felix de les maravelles del mon* y en *El libro de los enxemplos*. Martínez Ruiz se aprovecha del mismo pasaje de *El Criticón* en uno de sus primeros artículos sobre Gracián ("Gracián", *Madrid Cómico*, 29-IX-1900).

á un labriego, á un niño... Ellos son felices porque creen; ellos soportan el dolor porque esperan... Yo también creo como ellos, y me considero el último de ellos... porque la ciencia no es nada al lado de la humildad sincera...

El P. Lasalde ha callado. Sus palabras han caído lentas, solemnes, abrumadoras sobre el maestro. Y el maestro ha pensado que sus lecturas, sus libros, sus ironías eran una cosa despreciable junto á la fe espontánea de una pobre vieja. Y el maestro se ha sentido triste y se ha tenido lástima á sí mismo.

XVII

Justina, la pobre, siente grandes agobios en su espíritu. Puche ha ido poco á poco apartándola de los intereses mundanos. Ya Justina, que es una buena muchacha, duda si querer á Azorín es un tremendo pecado. Y como hay Padres de la Iglesia y formidables doctores que afirman gravemente que la carne es una cosa mala, Justina está dispuesta, casi dispuesta, á realizar el gran sacrificio de encerrar sus gentiles formas, su epidermis sedosa, sus turgencias suaves entre las paredes de un convento. ¡Esto es tremendo! Pero ella lo hará: las mujeres son ya las únicas que sienten el atavismo de esta cosa ridícula que llamamos heroísmo...

Sin embargo, Justina está inquieta. ¿Por qué? Ella al principio de su vida contemplativa ha sentido inefables dulzuras; sentía también un enorme entusiasmo, un singular ardimiento. El fenómeno está previsto en los manuales de mística: es cosa esta que les ocurre á todos los místicos noveles. Y después de este entusiasmo se afirma también que sucede un estado de desasosiego, de angustia, de dureza de corazón, de desaliento muy desagradables. Este estado se llama *sequedad*. Diego Murillo, [64] Félix de Alamín, [65] Antonio

---

[64] Fray Diego Murillo (1555-1616), poeta y escritor franciscano, superior en el convento de Santa María de Zaragoza y autor de *Instrucción para enseñar la virtud a los principiantes, y escala espiritual para la perfección evangélica.*

[65] Fray Félix de Alamín, capuchino que bajo el seudónimo Padre José de Alfaro escribió obras religiosas: *Espejo de verdadera*

151

Arbiol [66] escriben largo y tendido sobre estas sutiles psicologías. Yo no creo que entre los novelistas contemporáneos haya observadores más penetrantes que estos buenos casuistas. Arbiol, sobre todo, es de una fineza y de una sagacidad estupendas, y su libro *La religiosa instruída,* en que va examinando menudamente la mentalidad de las novicias y profesas, es un admirable estudio de psicología femenina, tan grato de leer como una novela de Bourget ó de Prevost.

Justina pasa poco más o menos por todos los trances que los tratadistas expresan en sus tomos respetables. Ahora se halla en este angustioso de la *sequedad.* Ella está dispuesta desde luego á abandonar el mundo: Puche la tiene ya segura. Pero este desasosiego que ahora siente, estos bulliciosos pensamientos que á veces se escapan hacia Azorín, le dan pena, la mortifican, la humillan demostrándole —¡cosa humana!— que sobre nuestra razón fría, sobre nuestros propósitos de anulación infecunda, está nuestro corazón amoroso, desbordante de sensualidad y de ternura...

Y he aquí, lector, puestos en claro los crueles combates que en el alma de Justina tienen lugar estos días. ¡La pobre sufre mucho! El ángel bueno que llevamos á nuestro lado la empuja suavemente hacia el camino de la perfección; pero el demonio —¡ese eterno enemigo del género humano!— le pone ante los ojos la figura gallarda de un hombre fuerte que la abraza, que pasa sus manos sobre sus cabellos finos, sobre su cuerpo sedoso, que la besa en los labios con un beso largo, muy largo, apasionado, muy apasionado.

Y he aquí que Justina, vencida, anonadada bajo la caricia enervadora, solloza, rompe en un largo gemido, se abandona en voluptuosidad incomparable, mientras

---

y *falsa confesión* (1688), *Falagios del demonio, y de los vicios que apartan del camino real del cielo* (1714) y *La felicidad o bienaventuranza natural y sobrenatural del hombre* (1723).

66   Antonio Arbiol y Diez (1651-1726), franciscano y autor de numerosas obras de religión y de moral. Sobresalen entre sus libros los tratados *Desengaños místicos* y *La Religiosa instruida.*

el demonio —que habremos de confesar que es una buena persona, puesto que tales cosas logra—, mientras que el demonio la mira con sus ojos fulgurantes y sonríe irónico... [57]

---

[57] Este estado místico de Justina, lo había desarollado antes Martínez Ruiz, a través de los libros de Diego de Murillo y Arbiol, en el capítulo "El misticismo" de *Los hidalgos* (1900) (*OC*, I, p. 641-647).

XVIII

—E s t o s son los sermones de Bourdaloue, [69] el mejor predicador del siglo XVII—. Y Ortuño señala en el estante una fila de vetustos volúmenes. —Bourdaloue puso verde á Luis XIV y á su corte... Entonces se podían hacer esas cosas; hoy hay menos resignación y más herejías.

Luego, tras una pausa:

—Toda la culpa de las herejías la tienen las mujeres. Y si no ahí están Lutero, Ardieta, [70] Ferrándiz... [71]

Ortuño es un clérigo joven, fervoroso, verecundo, ingenuo. En el despacho, en el testero del fondo, un estante repleto de eclesiásticos libros: Lárraga [72] y Sala, [73] los moralistas; Liberatore, [74] el filósofo; Non-

---

[69] Louis Bourdaloue (1632-1704), famoso predicador jesuita. Fue autor de un libro de sermones caracterizados por un análisis penetrante de las costumbres y por la severidad de la moral.

[70] H. Ardieta, tipo curioso, pero olvidado, de la época. Fue autor de *Conflicto entre la razón y el dogma, o memorias íntimas de un libre pensador* (1894) y *El excomulgado o las bodas de un presbítero* (s. a.).

[71] José Ferrándiz y Ruiz (n. 1852), sacerdote y gran periodista que fue procesado canónicamente por artículos violentos contra el alto clero. Escribió en *El Resumen* con el seudónimo Un clérigo de esta corte.

[72] Fray Francisco Lárraga, autor de *Promptuario de la Theología Moral* (1706), libro que pasó por múltiples ediciones a través de los siglos XVIII y XIX.

[73] Bernardo Sala (1810-1885), monje benedictino de Montserrat y autor de muchas obras eclesiásticas.

[74] Mateo Liberatore (1810-1892), jesuita italiano e intransigente tomista que dedicó su vida a un ideal de la formación del clero.

note, [75] el impugnador de Voltaire; el *Sermonario* de Troncoso; [76] las obras untuosas de San Alfonso María de Ligorio. [77] En las paredes, una oleografía chillona de la Concepción, y otra chillona oleografía del Cristo velazqueño. En un rincón una mesa ministro; sobre la mesa, arrimados á la pared, dos voluminosos breviarios, y encima un crucifijo. Detrás de la puerta una percha con el ancho manteo y la teja. Y en el centro de la estancia, una camilla forrada de hule negro, y en la negrura del hule los folletos pajizos del *Apostolado de la Prensa,* los números, rojos, azules, amarillos, de la *Revista eclesiástica* de Valladolid.

Ortuño discurre sobre su tema predilecto: el invento de Val. Val es un mecánico habilísimo: ha inventado una bomba para vino y una trituradora de aceituna, intentó construir un automóvil y ahora tiene en las mientes fabricar un torpedo. Ortuño explica el torpedo.

—Se trata de un torpedo eléctrico dirigible á voluntad desde la costa. [78] El que lo dirige conserva en la mano los dos cables, *como unas ramaleras.* Luego, cuando llega al buque se unen los cables, se enrojece la plancha de platino y estalla el torpedo.

Azorín escucha silencioso; Ríos hace objeciones.

—El torpedo —prosigue Ortuño— lleva una señal que sobresale del agua; todos los torpedos la llevan. Esa señal indicará por dónde marcha el torpedo... y

[75] Claudio Francisco Nonnotte (1711-1793), jesuita francés y gran orador. Dióle fama la polémica que entabló con Voltaire.

[76] Juan Troncoso (m. 1873), sacerdote español y autor de una obra de 12 tomos: *Biblioteca completa de oratoria sagrada* (1844-1848).

[77] San Alfonso María de Ligorio (1696-1787), jesuita italiano que obtuvo la mitra de Palermo. Fue ascético cuya obra *Theologia moralis* se destaca entre infinitos otros títulos.

[78] Aunque es posible que sí, no hay constancia de que existiera un inventor Val (o de otro nombre). Por lo menos los periódicos del tiempo, que yo he podido ver, no comentan sus pruebas como las de Manuel Daza. Sin embargo, conviene señalar que el torpedo se sometía a toda clase de innovaciones a fines del siglo XIX, y que entre los inventos del protagonista de *Aventuras, inventos y mixtificaciones de Silvestre Paradox* (1901), de Baroja, figura "un torpedo dirigible desde la costa".

puede ser una bandera, *una gavilla de broza,* ó de noche, *una luz que refleje hacia atrás*—. Después, tras un breve momento de ideación entusiasta, exclama convencido: —¡Val hará el torpedo como yo no le deje de la mano!

Son las once. A lo lejos, en el santuario, tintinean campanadas graves, campanadas agudas, campanadas que suenan lentas y se apagan en largas vibraciones. El sol entra violentamente por el ancho ventano y hace brillar los pintorescos tejuelos de los libros.

A Ríos, hombre práctico, no le hechizan las sutilezas de la mecánica. Ríos tiene una fábrica de losetas hidráulicas. Las losetas van poco á poco acreditándose. La empresa marcha bien; pero el portland es caro. Ríos ha visto en Cataluña una cantera de portland. Ríos ha traído piedras de esa cantera. Y desasosegado, inquieto, soñador en esta ciudad de soñadores, vidente en esta ciudad de videntes, Ríos recorre los montes en busca de la famosa piedra, sube á los picachos, desciende á los barrancos, habla con los pastores, ofrece propinas á los guardas, trae piedras, lleva piedras, las coteja, las tuesta, las muele, las tritura...

* *
*

A la tarde, en el taller, Val habla sencillamente de sus trabajos. En un extremo del cobertizo está la fragua; en el otro una máquina de vapor que mueve en confusión de correas, engranajes y ruedecillas, las sierras, los tornos, las terrajas, los perforadores. Val, entre el estridular chirriante de los berbiquís y el resoplido asmático del fuelle, habla de sus inventos. A su trituradora se le hace cruda guerra; los labradores no transigen con el nuevo aparato. Y el nuevo aparato, económico, fuerte, fácilmente manejable, hace inútiles los enormes trujales antiguos y ahorra trabajo en la molienda. La trituradora sería en otro país un negocio excelente: en Yecla, con sus inmensos olivares, con sus mil lóbregas almazaras que funcionan de Diciembre á

Mayo, apenas si se construyen cuatro ó seis ejemplares. "Sale la pasta muy cernida", dicen. "Hace el aceite malo". No, no, lo malo es la rutina del labrador hostil á toda innovación beneficiosa...

Luego el torpedo surge á lo largo de la charla sobre los adelantos de la mecánica.

—Ortuño —dice Val sonriendo benévolamente al clérigo—, exagera el alcance de mi proyecto. Yo no pretendo hacer ningún portento; yo soy sencillamente un mecánico que se esfuerza en realizar con escrupulosidad las obras que le encargan. Ahí está esa máquina —añade señalando la de vapor—, yo la he fabricado con los escasos medios de mi taller... Construir un torpedo eléctrico no lo tengo por ninguna maravilla; lo importante aquí es darle una dirección determinada. Y eso, el tiempo, si algún día tengo la humorada de emprender los trabajos, dirá si queda ó no resuelto...

Mientras, en el hogaril de la fragua, una enorme barra de hierro se caldea al rojo blanco. El fuelle resopla infatigable. La barra pasa al yunque; sobre la roja mácula un muchacho pone la tajadera. Y un fornido mozo va dando sobre la tajadera, espaciados, recios golpazos con el macho.

En el corral, entre herrumbrosas piezas de viejas máquinas, las gallinas escarban, cacarean.

XIX

E N el simbolismo de las órdenes religiosas, la rosa es emblema de la orden de S. Benito, la granadilla de la de S. Bernardo, el jacinto de la de S. Bruno, el tulipán de la de S. Agustín, el jazmín de la de la Merced, la perpetua de la de la Victoria, la peonia de la de S. Elías, el clavel de la de la Trinidad, la azucena de la de Sto. Domingo, la violeta de la de S. Francisco... Justina ha preferido la violeta entre todas las místicas flores. Ella será humilde franciscana. Ella seguirá la regla que S. Francisco dió á su hija Clara.

Clara fundó el monasterio de San Damián. En este monasterio todas eran muy pobres; porque Clara, que amaba á S. Francisco, puso especial empeño en imitarle en su vida ejemplarísima. Clara parece ser que fué una buena mujer muy amante de sus hermanas. A su muerte hizo un testamento en que les recomienda que si alguna vez dejan este convento de San Damián no se aparten de la pobreza. "Y sea proveída y solícita", dice, "ansí la que tuviere el oficio como las otras sorores, que acerca del sobredicho lugar á donde fueren llevadas, no adquieran ni reciban más de tierra, salvo aquello que la extrema necesidad demanda para un huerto, en que se plante hortaliza. Y si allende del huerto, de alguna parte del monasterio fuese menester que tenga más campo, por la honestidad y por el apartamiento, no permitan adquirir más ni reciban sino tanto cuanto la extrema necesidad demandare; y aquella tierra no la labren ni la siembren, mas ansí esté siempre entera sin labrar". [78]

Las franciscanas han seguido siempre el ejemplo de Sta. Clara. Han sido pobres, muy pobres, simpáticas, muy simpáticas. En 1687 las de Sevilla decidieron reformar los estatutos de su convento y determinaron, ante todo, no faltar á la antigua observancia en lo de no tener hacienda ni rentas. No las tienen, "ni las quieren tener en adelante", añaden, "porque gustosas quieren vivir de la divina Providencia, como las avecillas del cielo."

Una de estas amables avecillas será Justina —una avecilla encerrada en una jaula para siempre...

[78] No he podido ver el *Testamento* de Santa Clara —de dudosa autenticidad— que está publicado en los *Annales Stadenses* de la orden franciscana (año 1253, n.º 5). Tuvo importancia en la formulación de las reglas de las clarisas, y se tomó en consideración, como dice Martínez Ruiz, en las reformas de Sevilla en 1687.

XX

Esta tarde, que es una calurosa tarde de estío, Yuste
y Azorín, mientras llegaba el crepúsculo, se han sentado al borde de una balsa, allá en la huerta.

Junto á la balsa hay unas matas, y en una de estas
matas el maestro ha estado mirando atentamente un
respetable coleóptero que subía lento y filosófico. Tiene
este personaje seis patas; su cabeza es negra, y negro
es el caparazón en que están marcados seis puntitos,
dos delante, cuatro detrás. El parece un ser grave y
meditabundo; él asciende por el tallo despacio, dando
grandes manotadas en el aire cuando llega al final de
una hoja, como si estuviese ciego. Al llegar á lo último
retrocede, desciende, sube á otra rama. A veces parece
que va á caer; luego da la vuelta, deja ver su negro
abdomen, anillado, pavonado como un arnés, y vuelve
á bajar con la misma calma con que ha subido. Otras
veces se está inmóvil, meditando profundamente, en el
borde de una de las ramillas de esta planta de rabaniza,
ó mete la cabeza por uno de los redondos agujeros
que las orugas han taladrado en las hojas y muestra
cómicamente su fino cráneo, con el gesto de un varón
grave que hace una gracia discreta...

Yuste siente una profunda admiración por este coleóptero que parece haber leído —¡haber leído y desdeñar!— la *Crítica de la razón pura.*

—¿Qué pensará este insecto? —pregunta el maestro—. ¿Cómo será la representación que tenga de este mundo? Porque, no me cabe duda de que es un filósofo perfecto. Habrá salido de debajo de una piedra, ya pasados los ardores del día; ha llegado después á esta planta; ha hecho sus ejercicios gimnásticos; ha meditado; ha tenido un instante de ironía elegante al asomarse por el agujero de una hoja... y ahora, satisfecho, tranquilo, se retira otra vez á su casa. Si yo pudiera ponerme en comunicación con él ¡cuántas cosas me diría que no me dice Platón en sus *Diálogos,* ni Montaigne, ni Schopenhauer!

Y mientras el maestro pensaba así, ha levantado distraídamente una gran piedra. Debajo, recogidos voluptuosamente en la frescura, había una porción de cochinillos. [79] Creo que estos excelentes varones se llaman gloméridos. Y llámense como quiera, es el caso que este espectáculo de veinte ó treinta cochinillos, rojizos, negros, grises, que se contraen, que se apelotonan en una bola, que andan de un lado para otro silenciosamente; este espectáculo, digo, ha hecho en Yuste la misma impresión, exactamente la misma, que si se hubiese asomado al umbrío huerto donde Epicuro discurría con sus discípulos...

—Decididamente, querido Azorín —ha dicho el maestro—, yo creo que los insectos, es decir, los artrópódidos en general, son los seres más felices de la tierra. Ellos deben de creer, y con razón, que la tierra se ha fabricado para ellos... Ellos pueden gozar plenamente de la Naturaleza, cosa que no le pasa al hombre. Fíjate en que los insectos tienen vista múltiple, es decir, que no necesitan moverse para estar contemplando el paisaje en todas sus direcciones... gozan de lo que podríamos llamar el paisaje *integral.* Además, hay insectos, como los dictilos, que nadan, vuelan y andan.

[79] Querrá decir *cochinillas*; y ya que se repite varias veces en la novela —y en todas las ediciones que hemos visto—, no puede ser errata.

¡Qué placer, dominar en estos tres elementos!... Ahí tienes en esa balsa esos seres, ó sea los girinos, que están jovialmente patinando, corriendo sobre la superficie, trazando círculos, yendo, viniendo... ¿Puede darse una vida más feliz? ¡El mundo es de ellos! ¿Y cómo no han de creerlo así? Existen sobre un millón de especies de artropódidos, número enorme comparado con el de los vertebrados... ¿Cómo no han de estar convencidos de que la tierra se ha hecho para ellos?... ¡Yo los admiro!... Yo admiro las ambarinas escolopendras, buscadoras de obscuridad; las arañas tejedoras, tan despiadadas, tan nietzschianas; las libélulas, aristocráticas y volubles; los dorados cetonios que semejan voladoras piedras centelleantes; los anobios que corcan la madera y nos desazonan por las noches, en las solitarias cámaras, con un cric crac misterioso; los grillos poemáticos, cantores eternos en las augustas noches del verano... A todos, á todos yo los amo; yo los creo felices, sabios, dueños de la naturaleza, gozadores de un inefable antropocentrismo... ¡Ellos son más dichosos que el hombre!

Y el maestro ha callado un momento, tristemente, con cierta secreta envidia de ser un girino, un anobio, un melitófilo.

—Los melitófilos, sobre todo, me entusiasman —ha añadido después—; son noctámbulos; viven de noche, como esas buenas gentes que van á la *cuarta de Apolo*, [80] porque ellos han comprendido que todo lo normal es feo, y, al igual que el gran poeta —Baudelaire— aman lo artificial... Un naturalista cuenta de ellos que "salen de sus escondrijos para divagar á favor de la noche por las flores. las yerbas y otros arbustos aromáticos, y para comer en compañía de las fugaces ma-

80   Última sesión del Teatro Apolo, que duraba de 11'30 a 1 de la noche. Una de las funciones más animadas de la vida nocturna madrileña que congregó en aquel teatro a los aristócratas, burgueses, artistas y literatos para confraternizarse en el gusto de la canción frívola y el chiste procaz. Lo rememora Melchor Almagro San Martín en *Biografía de 1900*.

riposas, de las moscas vivarachas y de las asiduas abejas". ¿Puede darse una más beata y sublime existencia? Ese naturalista añade que los melitófilos "saben apreciar los delicados goces que ofrecen las hojas verdes, los hongos putrefactos y las sustancias que han pasado ya por el cuerpo de mamíferos que se alimentan de vegetales"... ¡Los delicados goces! ¡Y en las noches sosegadas del estío, junto á una bella mariposa ó una simpática abeja! ¡Y yo me creo feliz porque he leído á Renan y he visto los cuadros del *Greco* y he oído la música de Rossini!... No, no, la tierra no es de nosotros, pobres hombres que sólo tenemos dos ojos, cuando los insectos tienen tantos, desdichados hombres que sólo tenemos cinco sentidos, cuando en la naturaleza hay tantas cosas que ni siquiera sospechamos...

Yuste, decididamente, se ha creído inferior á uno de estos girinos que corren frívolamente sobre el agua. Y en este suave crepúsculo de verano, mientras las estrellas comienzan á parpadear y cantan en inmenso y dulce coro los grillos, el maestro y Azorín han vuelto á la ciudad silenciosos, acaso un poco mohinos, tal vez un poco humillados por la soberbia felicidad de tantos insignificantes seres.

XXI

L A S monjas están en la puerta; llevan velas encendidas; tienen los rostros ocultos en sus velos. Y cuando Justina llega á ellas, silenciosa, con la cara baja, un poco triste, las monjas rompen en un largo cántico:

> *O gloriosa Domina;*
> *excelsa super sydera:*
> *qui te creavit providé*
> *lactastisacro ubere...*

Terminado el himno, las monjas llevan procesionalmente á Justina al coro. Allí la espera un sacerdote. Y colocadas las monjas á lo largo de los bancos, las versicularias salen en medio y dicen: *Ora pro ea sancta Dei genitrix.* El coro responde: *Ut digna efficiatur provissionibus Christi.* Justina se arrodilla en mitad del coro sobre un paño negro. El sacerdote dice la siguiente oración: *Oremus, Deus, qui excellentissimæ Virginis et matris Mariæ, titulo humilem ordinem tibi electum singulariter decorasti...* Luego, dirigiéndose á Justina, le pregunta dulcemente:

—Hija mía, ¿qué es lo que pides al llegar á esta santa casa?

Justina contesta:

—La misericordia de Dios, la pobreza de la Orden, la compañía de las hermanas.

El sacerdote la exhorta brevemente sobre la estrechez de la regla. Después le dice:

—Hija mía, ¿deseas ser religiosa por tu propia voluntad y llegas á esta casa con propósito de perseverar en la Orden?

Justina responde:

—Sí.

El sacerdote torna á preguntar:

—¿Quieres sólo por amor de Dios guardar la obediencia, castidad y pobreza?

Justina torna á contestar:

—Sí, con la gracia de Dios y las oraciones de las hermanas.

El sacerdote entonces murmura:

—*Deus, qui te incipit in nobis, ipse te perficiat. Per Christum Dominum nostrum.*

Las monjas responden á coro: *Amén.* Luego Justina se levanta y las monjas la van desnudando mientras rezan:: *Exuat te Dominus veterem hominem cum actibus suis.* Y despojada de sus ropas profanas, vístenle el hábito y la toca; cálzanle unas alpargatas; pónenle en la mano una vela encendida. En esta forma, Justina torna á arrodillarse sobre el negro paño. El sacerdote dice:

—*Domine Deus virtutum, converte nos.*

Las monjas contestan:

—*Et ostende faciem tuam et solui erimus.*

El sacerdote:

—*Dominus vobiscum.*

Las monjas:

—*Et cum spiritu tuo.*

El sacerdote:

—*Oremus. Domine Jesu Christe, æterni patris unigenite...*

Acabada esta oración le pone á Justina la cinta, luego el escapulario, luego la capa. Y reza, mientras la asperja con agua bendita:

—*Ad esto supplicationibus nostris omnipotens Deus...*

Y he aquí el momento supremo: Justina se tiende sobre el paño, como si estuviera muerta, inmóvil, rígida. Y el coro canta:

Veni Creator spiritus,
mentes tuorum visita...

Acabado el himno las monjas susurran: *Kyrie elei-son, Christe eleison, Kyrie eleison. Pater noster...* Y mientras Justina yace con las finas manos cruzadas sobre el pecho, pálida, con los ojos cerrados, el sacerdote va rociándola con agua bendita.

La ceremonia acaba. Justina se levanta y va entre las monjas á besar el altar; después le besa la mano á la abadesa; luego abraza una por una á las religiosas diciéndoles: *Ruegue á Dios por mí.* La comunidad entona el psalmo *Deus misereatur nostri* y se dirige hacia la puerta. [81]

Y las monjas van desapareciendo, la puerta torna á cerrarse, el coro queda silencioso... Justina es ya novicia: *su Voluntad ha muerto.*

---

[81]   Este capítulo y los otros que siguen sobre la vida monástica de Justina son fruto de las investigaciones que emprendió Martínez Ruiz en la biblioteca del Instituto de San Isidro, antigua biblioteca del Colegio Imperial de los jesuitas. Así se documentó, según nos dice (*Madrid*, Cap. XLIII), para esta parte de *La voluntad.* Guardó de entonces copiosos apuntes referentes a las monjas que vuelve a emplear varias veces a través de su vida de escritor. Como orientación sobre las fuentes empleadas, estoy forzado a limitarme a lo que escribe en *Madrid*: "Dediqué yo en la biblioteca de San Isidro atención preferente a la vida de las religiosas. El libro del obispo de Coria, don García de Galarza, *Libro sobre la clausura de las monjas* (Salamanca, 1589), es bonito. Se relatan patéticamente en él reclamaciones de las monjas del obispado de Coria contra ciertas disposiciones del Concilio de Trento. Interesante también la obra de Antonio Diana, *Coordinatus seu omnes resolutiones morales* (Lugduni, 1667), en que se expresa, a la página 230, tratado I, resolución 337, que aun estando enfermas de muerte las monjas y con salir sanen, no pueden dejar el convento. *"Non egredi monasterio propter aegritudinem, etiamsi certo sciretur eas aliter morituras."* La abadesa de las Huelgas, en Burgos, era una verdadera reina. Bajo su gobernación había varios pueblos. Las cistercienses de las Huelgas, de Valladolid, traían al cuello grandes collares de gruesas cuentas de azabache. Las hospitalarias de San Juan, en el Real Monasteria de Sijena, vestían toca blanca, túnica negra de larga cola y manto negro con blanca cruz de ocho puntos. En contraste con estas monjas opulentas, había otras, como las descalzas franciscanas de Sevilla, de las cuales se dice en la portada de sus *Apuntamientos* (1687) "que viven sin tener rentas, fiadas en la divina providencia que las sustenta". (*OC*, VI, p. 284).

XXII

Esta tarde han ido también Yuste y Azorín —como tantas otras tardes— á ver al P. Lasalde y charlar un rato con él. Hace un sol espléndido; el cielo es azul. Los largos claustros del colegio están solitarios. Se goza de uno de esos sosiegos sedantes, aletargadores, suaves, de los primeros días de primavera. El P. Lasalde está en su cuarto sentado ante una mesa; sus manos finas revuelven unas monedas desgastadas; su cabeza se inclina de cuando en cuando para descifrar una inscripción borrosa, para contemplar con éxtasis una figurilla esbelta. El sol entra por los balcones abiertos de par en par; los canarios, colgados del dintel, cantan en afiligranados trinos. Y de cuando en cuando llegan los gritos de los muchachos que juegan en la plazuela, se oye el leve rechinar de los pasos del portero sobre la arena del jardincillo.

El P. Lasalde pasa y repasa sus monedas. Las estatuas egipcias, rígidas, simétricas, parecen mirarle inexpresivamente con sus ojos vacíos. El hombre de las grandes orejas caninas sonríe, sonríe siempre jocosamente; á su lado las dos pobres mujeres de las mantillas permanecen tristes, compungidas, prontas á estallar en un sollozo. Y esta jocosidad y esta alegría, petrificadas desde hace treinta siglos, antójansele á Yuste —que viene algo desolado— un símbolo, un símbolo doloroso, un símbolo eterno de la tragicomedia humana.

167

—Todo es igual, todo es monótono, todo cambia en la apariencia y se repite en el fondo á través de las edades —dice el maestro—; la humanidad es un círculo, es una serie de catástrofes que se suceden idénticas, iguales. Esta civilización europea de que tan orgullosos nos mostramos, desaparecerá como aquella civilización romana que simbolizan esas monedas que usted ahora examinaba, P. Lasalde... Ayer el hombre civilizado vivía en Grecia, en Roma; hoy vive en Francia, en Alemania; mañana vivirá en Asia, mientras Europa, esta Europa tan comprensiva, será un inmenso país de hombres embrutecidos...

LASALDE

(Lentamente; haciendo grandes pausas.) La tierra no es la morada del hombre... El hombre no encontrará aquí nunca su felicidad definitiva... Es en vano que vaya de una parte á otra en busca de ella... Los hombres perecen; los pueblos también perecen... Sólo Dios es eterno; sólo Dios es sabio...

YUSTE

Sí, la ciencia, después de todo; la ciencia, que es la mayor gloria del hombre, es también la mayor de las vanidades. El creyente tiene razón: *Sólo Dios es sabio...* Nosotros, hombres planetarios, ¿qué sabemos? Nuestros cinco sentidos apenas nos permiten vislumbrar la inmensidad de la naturaleza. Otros seres habrá acaso en otros mundos que tengan quince, veinte, treinta sentidos. ¡Nosotros, pobrecitos, no tenemos más que cinco! Ni siquiera tenemos el *sentido de la electricidad,* que tanto nos aprovecharía en estos tiempos; ni siquiera *el de los rayos catódicos,* que tanto provecho nos reportaría también... Hay en el fondo de los mares, allá donde la luz no llega nunca, una especie de animalillos

que creo que se llaman galatodos... Estos pobres galatodos son ciegos: tienen ojos, pero carecen de pigmen-
to. Hay también en profundas cavernas otros seres que
tienen el pedúnculo que sostiene el ojo, pero no tienen
ojos... Pues bien, es creible que en estos desdichados
animales ha existido la vista alguna vez, pero que á
través de millares de siglos, perdida la función se ha
perdido el órgano. Y hoy el mundo es para ellos muy
distinto de lo que lo era para sus milenarios anteceso-
res... Figurémonos que á nosotros nos falta también un
sentido ó dos, y tendremos idea de los múltiples aspectos de la Naturaleza que se hallan cerrados á nuestro
conocimiento... Montaigne, en su bello ensayo sobre
Raimundo Sabunde —donde de todo se habla menos
de Sabunde— ha tratado de este asunto con la amenidad que él acostumbra. Y resulta de lo que dice el honrado alcalde de Burdeos, que el hombre es un pobre
ser que no sabe nada ni lleva camino de saber nunca
nada...

LASALDE

(Sonriendo.) Montaigne, amigo Yuste, tengo entendido que era un católico sincero... Y él estaba bien
penetrado, á pesar de su escepticismo, de que sólo por
la Fe vivimos y sólo por ella nos es tolerable esta tierra de amarguras.

YUSTE

Yo convengo en ello: la Ciencia, en definitiva, no
es más que Fe. Nuestro gran Balmes tiene, hablando
de esto en su obra sobre el Protestantismo, páginas que
son una verdadera maravilla de sagacidad y de lógica...
La Fe nos hace vivir; sin ella la vida sería insoportable... ¡Y es lo triste que la Fe se pierda! ¡Y se pierda
con ella el sosiego, la resignación, la perfecta ataraxia
del espíritu que se contempla rodeado de dolores irre-
mediables, necesarios!

LASALDE

El dolor será siempre inseparable del hombre... Pero el creyente sabrá soportarlo en todos los instantes... Lo que los estoicos llamaban *ataraxia,* nosotros lo llamamos *resignación...* Ellos podrían llegar á una tranquilidad más ó menos sincera; nosotros sabemos alcanzar un sosiego, una beatitud, una conformidad con el dolor que ellos jamás lograron...

YUSTE

(Tras larga pausa.) Sí, el dolor es eterno... Y el hombre luchará en vano por destruirlo... El dolor es bello; él da al hombre el más intenso estado de consciencia; él hace meditar; él nos saca de la perdurable frivolidad mundana...

LASALDE

(Con afabilidad.) Amigo Yuste, amigo Yuste: es preciso creer... Esta tierra no es nuestra *casa...* Somos pobrecitos peregrinos que pasamos llorando... llorando como estas buenas mujeres *(señala á las estatuas)* que también sentían que el mundo es un lugar de amarguras.

Yuste, un poco triste —este buen maestro, decididamente, es un hombre muy sensible— Yuste se ha vuelto hacia las estatuas y ha visto riendo jocosamente, como en todos momentos, al hombre de las orejas descomunales.

Y le ha parecido que este hombre antipático, que este hombre odioso que no conoció á Cristo, se burlaba de él, pobre europeo entristecido por diez y nueve siglos de cristianismo.

XXIII

J U S T I N A está en su celda. Es una celda diminuta, de blancas paredes, con una ventana al patio. En un ángulo vese una pobre cama, compuesta —según lo manda la regla— de dos banquillos de hierro, tres tablas, un jergón de paja, soleras de estameña frailesca, una blanca frazada, una almohada. A un lado hay un banquillo de madera, con un cajón para las tocas, velos y labor; junto á él, una jofaina, un cántaro y un vidriado jarro blanco. Y en las paredes lucen estampas piadosas, estampas de vírgenes, estampas de santos.

Justina lee en un libro; su cara está pálida; sus manos son blancas. De cuando en cuando Justina suspira y deja caer el libro sobre el hábito. Y su mirada, una mirada ansiosa, suplicante, se posa en un gran lienzo colgado en una de las paredes. Este cuadro tiene un rótulo que dice: *Idea de una religiosa mortificada.* Representa una monja clavada por la mano izquierda en una cruz; la cruz está clavada en la esfera de un mundo. La religiosa sostiene en la mano derecha un cabo de vela; sus labios están cerrados con un candado; sus pies desnudos se posan sobre el mundo como para indicar que lo huella, que lo desprecia. Alrededor de la figura y en ella misma léense varias leyendas que explican el misterioso y pío simbolismo. En la bola del mundo: *Pereció el mundo con su concupiscencia.* En el pecho de la monja: *Mi carne descansará en la*

Esperanza. En el pie izquierdo: *Perfecciona mis pasos en tus sendas, porque no declinen mis huellas.* En el derecho: *Corrí por el camino de tus mandamientos cuando dilatastes mi corazón.* En el lado izquierdo, donde por una rasgadura de la túnica asoma un diminuto gusano: *No morirá jamás su gusano. Verdaderamente es loable el temor aun donde no hay culpa.* En el derecho: *Ceñid vuestro cuerpo; y entonces verdaderamente le ceñimos cuando refrenamos la carne.* En la mano izquierda: *Traspasa mi carne con tu temor, porque he temido tus juicios.* En la derecha: *Resplandezca vuestra luz delante de los hombres, para que vean vuestras buenas obras y glorifiquen á vuestro Padre que está en los cielos.* En el oído: *Hablad, Señor, que vuestra sierva oye vuestras palabras. Me llamáis y yo responderé, y obedeceré vuestra voz.* En los ojos: *Apartad mis ojos para que no se fijen y me perviertan por la vanidad; porque ellos han cautivado mi alma.* En la boca: *Poned, Señor, guarda á mi boca y un candado sobre mis labios.* En la cabeza: *Mi alma eligió este estado de mortificación. Yo estoy fija con Jesucristo en la Cruz, y su preciosa carga me hace más dichosa cuanto más me mortifica...* [82]

Justina mira esta religiosa clavada en el madero y piensa en sí misma. Ella también mortifica sus ojos, su boca, sus manos, su carne toda; ella también suplica al Esposo que no la abandone; ella tiene fe; ella espera; ella ama... Y, sin embargo, siente una gran tristeza, siente un íntimo desconsuelo. Y su cara está cada vez más blanca y sus manos más transparentes.

---

[82] Joaquín Entrambasaguas, en su prólogo a una edición de *La voluntad* (*Las mejores novelas contemporáneas*, II, p. 628), dice que en el libro *La Religiosa Mortificada, explicación del cuadro que la representa con sus inscripciones tomadas de la Sagrada Escritura* (Madrid, 1799), hay una lámina análoga al cuadro aquí descrito. La lámina aquí descrita también se halla en un tomo que contiene una obra del mismo título, seguido del *Manual del alma religiosa*, todo compuesto por el P. Manuel de Espinosa (Barcelona, 1898).

XXIV

Y U S T E y Azorín han ido al Pulpillo. El Pulpillo es
una de las grandes llanuras yeclanas. Amplios cuadros
de viñas vense entre dilatadas piezas de sembradura, y
los olivares se extienden á lo lejos, por las lomas amarillentas, en diminutos manchones grises, simétricos, uniformes. Perdida en el llano infinito aparece de cuando
en cuando una casa de labor; las yuntas caminan tar-
das, en la lejanía, rasgando en paralelas huellas la tierra
negruzca. Y un camino blanco, en violentos recodos,
culebrea entre la verdura del sembrado, se pierde, en-
sanchándose, estrechándose, en el confín remoto.

En los días grises del otoño, ó en Marzo, cuando el
invierno finaliza, se siente en esta planada silenciosa
el espíritu austero de la España clásica, de los místicos
inflexibles, de los capitanes tétricos —como Alba—;
de los pintores tormentarios [83] —como Theotocópuli—;
de las almas tumultuosas y desasosegadas —como Pala-
fox, Teresa de Jesús, Larra... El cielo es ceniciento; la
tierra es negruzca; lomas rojizas, lomas grises, remotas
siluetas azules cierran el horizonte. El viento ruge á
intervalos. El silencio es solemne. Y la llanura solitaria,
tétrica, suscita las meditaciones desoladoras, los éxtasis,

[83] "tormentarios", según el Diccionario de la Real Academia,
significa: "Perteneciente o relativo a la maquinaria de guerra des-
tinada a expugnar o defender las obras de fortificación". Querrá
decir Martínez Ruiz "atormentados".

los raptos, los anonadamientos de la energía, las exaltaciones de la fe ardiente...

Hay en el Pulpillo tres ó cuatro casas de labranza juntas; una de ellas es la *del Obispo*. A ésta han venido Yuste y Azorín. Es un vetusto edificio enjalbegado de cal amarillenta; tiene cuatro balcones diminutos; ante la casa se extiende un huerto abandonado, con las tapias ruinosas. Y en uno de los ángulos del huerto, dos negruzcos cipreses elevan al cielo sus copas desmochadas. [83 bis]

El maestro ama esta llanura solitaria; aquí se olvida por unos días de los hombres y de las cosas. La casa está rodeada de una vieja alameda; al final surte una fuente que llena una ancha balsa. Y Yuste, en estos días grises, pero templados, de los comienzos de la primavera, pasea entre los árboles desnudos, se sienta junto al manantial cristalino, escucha el susurro del agua que cae en el estanque cubierto de un suave légamo verde. Y en esta soledad, en este sosiego sedante, lee una página de Montaigne, unos versos de Leopardi, mientras el agua canta y la tierra —*la madre tierra*— calla en sus infinitos verdes sembrados, en sus infinitos olivos seculares.

Esta mañana Yuste y Azorín han ido á una de las casas del contorno: una casa de la familia de Iluminada. En la cocina han encontrado al Abuelo: el Abuelo es un viejo, padre del arrendatario, que ha trabajado mucho durante su vida ruda, y ahora que ya no puede hacer las faenas del campo, permanece junto

---

[83 bis] Las descripciones de El Pupillo aquí y en las páginas 278-283 de esta edición corresponden a la realidad tal como se puede observar hoy. A unos doce kilómetros de Yecla se llega, en la misma carretera, primero a un conjunto de dos casas (con un pozo delante de la puerta de una) y una ermita. Y a unos cien metros más lejos está "la casa del Obispo". Arriba en la esquina de la casa, según se viene de Yecla, hay un reloj de sol que lleva una inscripción en que se menciona el nombre de don Cayetano Ibáñez, poseedor del vínculo, y la fecha 1804. Un nieto de don Cayetano, Antonio Ibáñez Galiano, párroco de Yecla, llegó a ser Obispo de Teruel y pasó a ser dueño de la casa aquí descrita. También se pueden ver todavía los balcones, el huerto, la balsa, la alameda, etc.

al fuego, haciendo labores de esparto, cuidando de su nieta. Yuste y Azorín se han sentado junto al Abuelo.

—Yo no sé —ha dicho el maestro— cuál será el porvenir de toda esta clase labradora, que es el sostén del Estado, y ha sido, en realidad, la base de la civilización occidental, de veinte siglos de civilización cristiana... Nota, Azorín, que la emigración del campo á la ciudad es cada vez mayor: la ciudad se nos lleva todo lo más sano, lo más fuerte, lo más inteligente del campo. Todos quieren ser artesanos, todos quieren dejarse el urbano bigote, símbolo, al parecer, de un más delicado intelecto... Así, dentro de treinta, cuarenta, cien años, si se quiere, no quedará en el campo más que una masa de hombres ininteligentes, automáticos, incapaces de un trabajo reflexivo, incapaces de aplicar á la tierra nuevos y hábiles cultivos que la hagan producir doblemente, que hagan de la agricultura una industria... Además, observa que la pequeña propiedad va desapareciendo: en Yecla, la usura acaba por momentos con los pequeños labradores que sólo disponen de tierras reducidas. Usureros, negociantes, grandes propietarios van acaparando las tierras y formando lentamente vastas fortunas... ¿Llegará un día en que la pequeña propiedad acabe, es decir, en que surja el monopolio de la tierra, el *trust* de la tierra? Yo no lo sé; quizás en España está aún lejano el día, pero en otros países, en Francia, por ejemplo, ya se ha dado la voz de alarma... Un día —se ha dicho— el absentismo, la usura, las hipotecas, el exceso de tributos, pondrán la propiedad rústica en manos de los bancos de crédito, de los grandes financieros, de los grandes rentistas; entonces se formará una liga —porque la liga favorecerá el esfuerzo común—, las máquinas harán su entrada triunfal en los campos, y la tierra, hasta aquí mezquinamente labrada, será magnánima y reaciamente fecundada. ¡Figúrate lo que estos campos yeclanos, en los que sólo de legua en legua se ve una yunta, serán entonces con legiones de obreros bien trajeados y comidos, con máquinas que rápidamente realizan los expertos trabajos dirigidos por ingenieros agrícolas!...

—Pero para llegar á eso —observa Azorín— habrá que pasar por la lucha terrible que el labriego que se ve desposeído de su tierra entablará.

—No, no —replica el maestro—, la evolución es lenta. Hoy mismo, ¿quién niega que en España la pequeña propiedad se extingue? El labriego se acostumbrará prontamente al nuevo estado de cosas, tanto más cuanto que sus salarios serán más altos... Y los productos de la tierra desde luego, serán más baratos y de mejor calidad... Yo no digo que se forme un monopolio único, pero es innegable que las compañías financieras y los bancos de crédito, que se hallen en posesión de la tierra y de capitales para explotarla, llevarán al campo las máquinas y los procedimientos industriales, y realizarán una verdadera revolución, es decir, harán que la tierra que hasta ahora ha permanecido poco menos que estéril, sea fecunda, plenamente fecunda.

El Abuelo calla: sus manos se mueven incesantemente tejiendo el esparto. Sus ojuelos brilladores miran de cuando en cuando á Yuste, y una ligera sonrisa asoma á sus labios.

El maestro, tras larga pausa, prosigue:

—Caminamos rápidamente, Azorín, á una gran transformación social. Yo presiento que van á desaparecer muchas cosas que amo profundamente... Fíjate en que esto que llamamos *humanitarismo,* es como una nueva religión, como un nuevo dogma. El hombre nuevo es el hombre que espera la justicia social, que vive por ella, para ella, sugestionado, convencido. Todo va convergiendo á este deseo; todos lo esperamos, unos vagamente, otros con vehemencia. El arte, la pedagogía, la literatura, todo se encamina á este fin de mejoramiento social, todo está impregnado de esta ansia... Y de este modo va formándose un dogma tan rígido, tan austero como los antiguos dogmas, un dogma que ha de tener supeditadas y á su servicio á todas las manifestaciones del pensamiento... Hoy ya en las *universidades populares* de Francia, por ejemplo, que son escuelas obreras, no se puede practicar una pedagogía libre, amplia, sin prejuicios, *inutilitaria*; sino exclusivamente encaminada al fin de utilidad social. Uno de los profesores, al exponer un plan de estudios, dice que los maestros deberán procurar en sus programas demostrar que "todas las ciencias acaban en el socialismo"... ¿Qué será del arte dentro de poco, si tal cosa se piensa de la ciencia? El arte debe *servir* para la obra humanitaria, debe ser *útil*... es decir, es un *medio,* no un *fin*... Y vamos á ver cómo se inaugura una nueva crítica que atropelle las obras de arte puro, [84] que desconozca los místicos, que se ría de la lírica; y veremos cómo la historia, ese arte tan exquisito y tan moderno, acaba en manos de los nuevos bárbaros... "El período de los estudios imparciales sobre el pasado de la humanidad", ha dicho Renan, "no será quizás muy largo; porque el gusto por la historia es el más aristocrático de los gustos"... Y he aquí por qué yo me siento triste cuando pienso en estas cosas, que son las más altas de la humanidad; en estas cosas que van á ser maltratadas en esta terrible palingenesia, que será fecunda en otras cosas, también muy altas, y muy humanas, y muy justas.

Como llegara el crepúsculo, Yuste y Azorín han dejado la casa de Iluminada, y han dado un paseo por la alameda. El cielo está gris; la llanura está silenciosa.

---

[84] Martínez Ruiz y Maeztu, entre muchos otros, ya habían escrito varios artículos en que se declaran, con palabras muy semejantes a las anteriores de Yuste, en contra del *arte por el arte.* Y en la revista *Alma Española* (3-I-1904) el futuro Azorín firma una importante crónica, "Arte y utilidad", cuyo propósito es movilizar el entusiasmo de los artistas para que dediquen sus talentos a contribuir a la creación de una nueva patria (Véase también la *Introducción*).

XXV

L A S llamas temblotean en la ancha cocina de mármol negro. Ante el hogar, sobre la recia estera, se extiende una banda de zinc brillante. El quinqué destaca sobre la cornisa de la chimenea su redondo caparazón de verde intenso. Y en la pared, sobre el quinqué, esfumada en la penumbra suave, luce una grande tesis encuadrada en marco de noguera pulida. *D. O. M. Has juris civilis theses, quos pro ejusdem...* [85] rezan á la cabecera gruesos tipos, y abajo, en tres dilatadas columnas, las XLIX conclusiones hormiguean en diminutos caracteres sobre la brilladora seda rosa. Junto á la tesis, aquí y allá, en las blancas paredes, grandes fotografías pálidas de viejas catedrales españolas: la de Toledo, la de Santiago, la de Sigüenza, la de Burgos, que asoma sobre espesa alameda sus germinados ventanales y espadañas floridas; la de León, que enarca los finos arbotantes de su ábside sobre una oleada de vetustas casuchas con ventanas inquietadoras...

Las llamas tiemblan. Sobre el enorme armario fronterizo al hogar, espejean los reflejos. El armario es de roble. Tiene dos puertas superiores, dos cajones, dos

---

[85] Se refiere el autor a los carteles, generalmente impresos por una sola cara en una hoja en gran folio, en papel o sobre seda de colores, redactados en latín, en los cuales se hacía constar la tesis sostenida por el graduando. Normalmente éste lo conservaba enmarcado en su gabinete de trabajo o despacho.

puertas inferiores. Está encuadrado en primorosa greca tallada en hojas y botones. En los ángulos sobresalen las caras de gordos angelillos; arriba, en el centro del friso, una sirena sonriente abre sus piernas de retorcidas volutas que se alejan simétricamente entre el follaje. Y por una de las portezuelas superiores, abierta, se muestran los innumerables cajoncillos con el frontis labrado.

Algo de la elegante sobriedad castellana se respira en la estancia. A uno y otro lado del noble armario se yerguen los sillones adustos; sus brazos avanzan lucidores; en el respaldo, sobre el cuero negroso, resaltan los clavos de cabeza alongada. Y sobre los anchos barrotes destacan áureos en la penumbra como enormes trastes de guitarras.

Las horas pasan. A lo lejos una voz canta las cuatro. Al lado de la chimenea hay una mesilla de salomónicas columnas. La luz del quinqué hace brillar sobre el negro tablero, entre papeles y volúmenes, una tabaquera de plata, un reloj achatado, una interminable cadena de oro que serpentea entre los libros y cruza rutilante sobre el título grueso de un periódico.

El maestro Yuste reposa enfermo en la ancha cama. La voz canta más lejos. En la acera resuenan pasos precipitados...

Yuste se incorpora. Azorín se acerca. Yuste dice:

—Azorín, hijo mío, mi vida finaliza.

Azorín balbuce algunas palabras de protesta. Yuste prosigue:

—No, no; ni me engaño ni temo... Estoy tranquilo. Acaso en mi juventud me sentí indeciso... Entonces vivía yo en los demás y no en mí mismo... Después he vivido solo y he sido fuerte...

El maestro calla. Luego añade:

—Azorín, hijo mío, en estos momentos supremos, yo declaro que no puedo afirmar nada sobre la realidad del universo... La inmanencia ó trascendencia de la causa primera, el movimiento, la forma de los seres, el origen de la vida... arcanos impenetrables... eternos...

De pronto canta en la calle la vieja cofradía del Rosario. El coro rompe en una larga melopea monótona y llorosa. Las campanillas repican persistentes; las voces cantan plañideras, ruegan, suplican, imploran fervorosas.

> Míranos con compasión;
> no nos dejes, Madre mía... [85 bis]

El coro calla. Yuste prosigue:

—Yo he buscado un consuelo en el arte... El arte es triste. El arte sintetiza el desencanto del esfuerzo baldío... ó el más terrible desencanto del esfuerzo realizado... del deseo satisfecho.

La cofradía canta más lejos; sus deprecaciones llegan á través de la distancia opacas, temblorosas, suaves.

El maestro exclama:

—¡Ah, la inteligencia es el mal!... Comprender es entristecerse; observar es sentirse vivir... Y sentirse vivir es sentir la muerte, es sentir la inexorable marcha de todo nuestro ser y de las cosas que nos rodean hacia el océano misterioso de la Nada...

Ya en la lejanía, apenas se percibe, á retazos, la súplica fervorosa de los labriegos, de los hombres sencillos, de los hombres felices... Una campana toca cerca; en las maderas del balcón clarean dos grandes ángulos de luz tenue.

[85 bis] La Cofradía del Rosario es conocida por Los Auroros; y la popular oración, que todavía se recuerda en Yecla, a que se refiere Martínez Ruiz es la siguiente:

> Bendita sea tu pureza
> y eternamente lo sea,
> pues todo un Dios se recrea
> en tan graciosa belleza,
> a ti, Celestial Princesa,
> Virgen Sagrada María,
> te ofrezco desde este día
> alma, vida y corazón.
> Míranos con compasión;
> no nos dejes, Madre mía.

XXVI

A la cabeza, por la ancha calle, un labriego de larga
capa parda, tardo, contoneante, lleva la cruz cogida de
ambas manos. El manchón del féretro aparece luego.
En pos del féretro vienen el negro caparazón rameado
en gualdo, los trazos blancos de los sobrepellices, la
encendida veste roja del monago... Y detrás el cortejo
avanza en pintoresca confusión de mejillas rapadas,
barbas revueltas, bigotes lacios que asoman bajo los
anchos sombreros caídos, sobre los enhiestos cuellos de
las capas, en el hormigueo indistinto de los trajes negros, grises, azulados, pardos. El maestro Yuste ha
muerto. Los clérigos salmodian en voces desiguales,
temblorosas, cascadas, que ascienden en arpegios agudos, que bajan en murmullo rumoroso. La vibración
rasgada de una campana hiende los aires. El fagot, amplio, repercutiente, sonoroso, resalta sobre las voces
flébiles... Los cantos cesan. Reina un momento de silencio aflictivo. Percíbese el moscardoneo de los pies rastreantes. El féretro se tambalea suave y rítmico. La
mancha escarlata del acólito va y viene en la negrura.
Y de pronto el fagot salta en una harmoniosa nota
larga, las voces retornan á su angustioso clamoreo.

El cortejo avanza por la anchurosa calle de bajas
casas y grises tapias de corrales. Luego, doblada la esquina desemboca en pleno campo... A la derecha, en

una parda loma, luce la ventana azul de una diminuta casa blanca; á la izquierda el cerro de las Trancas se yergue pelado, negro, rasgado por largas vetas grises, ahoyado por socaves amarillentos. Y la llanura desolada, yerma, sombría, se aleja hasta la pincelada imperceptible de las montañas zarcas... El cortejo avanza. Un largo muro blanquecino cierra el horizonte; en un extremo, sobre un montón de piedras, una tabla alargada. negros jirones...

En frente de la puerta, al final del estrecho camino que cruza el cementerio, se abre la capilla. Es una capilla reducida. En el fondo se levanta el ara desnuda de un altar. Sobre el ara colocan el sencillo féretro. Y poco á poco los acompañantes se retiran. Y el féretro, resaltante en el blanco muro, queda sólo en la capilla diminuta. Azorín lo contempla un momento: luego, lentamente, sumido en un estupor doloroso, da la vuelta al espacioso recinto del camposanto. El piso, seco, negruzco, sin un árbol, sin un follaje verde, se extiende en hondonadas y alterones. El sol refulge en los cristales empolvados, en las letras doradas, en los azabaches de vetustas coronas. Tras el vidrio de un nicho, apoyada en la losa, una fotografía enrojecida se va destiñendo... Y ya en la mancha indecisa sólo quedan los cuadros de una àlfombra, los torneados pilares de una balaustrada, los pasamanos de un ancho vestido de miriñaque.

Azorín siente una angustia abrumadora. A lo lejos, por la senda del centro, avanza un grupo de labriegos. Al andar, entre los negros trajes, aparece de cuando en cuando, rápidamente, una mancha de vívida blancura. El grupo entra en la capilla. Azorín se acerca. En el suelo reposa una caja. La caja está cubierta de cristales. Y dentro, con las finas manos juntas, con las mejillas artificiosamente amapoladas, yace una niña de quince años. Hombres y mujeres hablan tranquilamente sobre el modo de enterrarla; uno de los asistentes la mira y dice sonriendo: "¡El sol la ha puesto coloraíca!" La

niña parece que va á despertar de un sueño. Lentamente van dejándola sola.

Azorín sale. Al final de una calle de nichos, un
hombre vestido con un chaquetón pardo, da, arrodi-
llado, fuertes piquetazos en la tapa de una terrera tumba. Todos los que han traído la transparente caja de
la "mocica" se agrupan en su torno. Al lado de Azorín,
en los brazos de una campesina un niño ronca sonoramente. A cada embate de la piqueta el humano cerco
se condensa. El negro agujero se va ensanchando. La
débil paredilla cede por fin y la siniestra oquedad queda completamente al descubierto. Todos miran ávida-
mente; los rostros se inclinan ansiosos; un niño se
acerca gateando; una vieja encorvada explica quien
fuera allí enterrado años atrás. El sepulturero mete el
busto en el nicho y forcejea. Un labriego exclama fes-
tivamente: "¡Arrempujarlo pá que se quede drento!"
Y todos ríen.

El sepulturero forcejea. La caja, pegada á tierra con
la humedad, se resiste. La mujer del sepulturero trae
un capazo. Y entonces el hombre rompe las podridas
tablas y va sacando á puñados tierra negruzca, trapos,
huesos amarillentos. Entre la concurrencia, una fornida
moza observa: "¡Repara cómo lo coge!" El sepulturero levanta la cara estúpidamente inexpresiva, tiende
un momento su mirada lúbrica por el rostro colorado
de la moza, por sus abombados pechos, por sus anchas
caderas incitantes, y exclama, tras de simular un ligero
ronquido: "¡Así te cogeré yo cuando te mueras!" Después, inclinándose de nuevo, saca del nicho una hincha-
da bota y la sacude en la pared con grandes golpes. La
tierra negra salta; los circunstantes retroceden, se alejan, desfilan indolentes, aquí, allá, ante los nichos —desaparecen.

Azorín regresa solo por el camino tortuoso. La tarde
muere. La llanura se esfuma tétrica. Y en el cielo una
enorme nube roja en forma de fantástica nave camina
lenta.

XXVII

Y u s t e ha muerto; el P. Lasalde se ha marchado al colegio de Getafe; Justina ha entrado en un convento. Y Azorín medita tristemente, á solas en su cuarto, mientras deja el libro y toma el libro. El no puede apartar de su espíritu el recuerdo de Justina; la ve á cada momento; ve su cara pálida, sus grandes ojos, su manto negro que flota ligeramente al andar... Y oye su voz insinuante, dulce, casi apagada. Así, en un estupor doloroso, Azorín permanece horas y horas sentado, vaga al azar por la huerta, solo, anonadado, como un descabellado romántico.

De cuando en cuando, alguna mañana, al retorno de misa, entra Iluminada, enhiesta, fuerte, imperativa, sana. Y sus risas resuenan en la casa, va, viene, arregla un mueble, charla con una criada, impone á todos jovialmente su voluntad incontrastable. Azorín se complace viéndola. Iluminada es una fuerza libre de la Naturaleza, como el agua que salta y susurra, como la luz, como el aire. Azorín ante ella se siente sugestionado, y cree que no podría oponerse á sus deseos, que no tendría energía para contener ó neutralizar esta energía. "Y después de todo ¡qué importa!", piensa Azorín; "después de todo, si yo no tengo voluntad, esta voluntad que me llevaría á remolque, me haría con ello el inmenso servicio de vivir la mitad de mi vida, es decir, de ayudarme á vivir... Hay en el mundo personas destinadas á vivir la mitad, la tercera parte, la cuarta parte de la vida; hay otras en cambio destinadas á vivir dos, cuatro, ocho vidas... Napoleón debió de vivir cuarenta, cincuenta, ciento... Estas personas claro es que el exceso de vida que viven, ó sea, lo que pasa de una vida, que es la tasa *legal,* lo toman de lo que no viven los que viven menos de una... Yo soy uno de estos: vivo media vida, y es probable que sea Iluminada quien vive una y media, es decir, una suya y media que me corresponde á mí... Así, me explico la sugestión que ejerce sobre mí... y si yo me casara con ella la unidad psicológica estaría completa: yo continuaría viviendo media vida, como hasta aquí, y ella me continuaría haciendo este favor inmenso, el más alto que puede darse, de ayudarme á vivir, de vivir por mí."

Azorín sonríe. Y en el zaguán, Iluminada, sana, altiva, imperiosa, pletórica de vida, va, viene, discute, manda, impone á todos jovialmente su voluntad incontrastable.

XXVIII

A las once la refitolera golpea el argentino cimbalillo. Y las monjas aparecen en la lejanía del claustro.
Las monjas entran en el refectorio. El refectorio es una
espaciosa estancia de paredes blancas. En las largas
mesas, cada religiosa tiene dos servilletas, una extendida y otra plegada, una cuchara de palo y un blanco
jarro de Talavera. Entre cada dos puestos, hay una alcucilla vidriada con vinagre y un osero de porcelana.

Las monjas rezan arrodilladas un *De profundis*.
Después, mientras todas permanecen en pie, con las
manos modosamente recogidas en las mangas, la hebdomadaria bendice la mesa. La abadesa se sienta; tras
ella, por orden de antigüedad, las demás monjas se van
sentando. Es sábado. La abadesa da un golpecito con
el cuchillo. Las novicias entran. Llevan todas puestas
sus penitencias: unas garrotes en la boca, otras esterillas en los ojos, otras recios ladrillos colgados al cuello.
En el refectorio se postran de rodillas, y la más antigua
dice: *Benedicite, madre abadesa*. La .abadesa, después
de bendecirlas, replica: *Diga*. Y la novicia añade: *Decimos nuestras culpas á Dios Nuestro Señor y á María
Santísima, como principal prelada nuestra, y á vuestra
reverencia y á esta santa comunidad, de muchos defectos y faltas que tenemos acerca de la Regla y buenas
costumbres que nos han sido enseñadas, y en particular
de nuestra pereza en levantarnos á maytines, motivo de*

esta penitencia; por lo cual pedimos perdón á Dios Nuestro Señor y á vuestra reverencia. La abadesa las amonesta dulcemente y las despide: *Vayan con Dios y quítense la penitencia.* Las novicias le besan los pies diciendo: *Sea por amor de Dios,* y salen del refectorio. Luego, quitadas las penitencias, vuelven.

La acólita comienza la lectura. Y dada la señal por la abadesa, las monjas hacen la cruz sobre la servilleta y se prestan á la comida. La cocinera aparece con un ancho tablero; sobre el tablero van puestas las escudillas; la cocinera pone ante cada monja su escudilla. Y las monjas comen. De cuando en cuando resuenan ligeros golpes sobre la mesa, y la refitolera sirve diligentemente lo pedido.

Acabada la comida cuatro novicias van recogiendo el menaje y vaciando en grandes esportillas los oseros. Después la abadesa hace una señal y cesa la lectura. La acólita canta: *Tu autem Domine miserere nobis.* Las monjas contestan: *Deo gratias.* Y puestas todas en pie, besan la mesa y salen.

Del comedor las monjas van al huerto. El huerto es un viejo jardín salvaje. En el centro, rodeado de gigantescos cipreses, un surtidor susurra en un ancho tazón de mármol. Sobre el fondo de la verdura esplendorosa los sayales blanquecinos van y vienen suavemente como mariposas enormes. El cielo, por encima de la espesura, brilla en su azul intenso.

Los instantes pasan en plácido sosiego. Al pie de un ciprés una religiosa lee en un libro. En el ciprés se para un pájaro y gorjea. La monja levanta los ojos y le mira absorta. El libro cae de sus manos. En la primera hoja pone con letra grande y delgada: † *En uso de sor Justina de la Purificación, que Dios haga santa y muy perfecta religiosa.*

Justina está pálida; su cuerpo es tenue; sus manos son transparentes; sus ojos miran ávidos...

*
* *

Al anochecer, al toque de Animas, recogidas las monjas en sus celdas, una hermana va cantando por los largos corredores: *Acuérdense, madres y hermanas, por amor de Dios Nuestro Señor, de las benditas Animas del purgatorio y de los que están en pecado mortal.* Las monjas salen á las puertas de sus celdas. En la puerta la monja reza piadosamente un responso; la hermana le ofrece de rodillas el hisopo; después pide una oración por los que están en pecado mortal. La monja la reza en secreto. Y la hermana murmura: *Sea por el amor de Dios,* y pasa adelante.

Justina, inmóvil en la puerta, ha susurrado también la oración para el protervo. ¿Por qué pecador, allá en las intimidades de su espíritu, habrá ofrecido su oración Justina?

*
**

A media noche la campanilla repica á lo largo de los claustros obscuros. Las monjas van al coro. En la puerta toman agua bendita: *Aqua benedicta sit mihi salus...* El coro es grande; á lo largo de las paredes se extienden anchos bancos de nogal; en medio se levanta el facistol con sus enormes libros; en los cuatro ángulos, cuatro bacietas con cal viva sanean el ambiente. Las acólitas comienzan el *Invitatorio...* Y en la callada serenidad de la noche, las notas desgarradas, chillonas, argentinas, vuelan por la anchurosa nave, suben á las rasgadas ojivas, se pierden en las lejanas capillas donde las lucecillas parpadean.

Los oficios acaban. La religiosa sacristana apaga la lámpara; llena el coro un ligero rumor de paños removidos. Y las cimbreantes varas de mimbre golpean las suaves encarnaduras, y hacen correr sobre el marfil palpitante rojas gotas de sangre.

*
**

Justina ha vuelto á su celda. La luna ilumina tenue la reducida estancia; en el jardín los cipreses se recortan hieráticos en la foscura pálida del cielo.

Justina tiene la cara blanca; sus ojos miran extáticos. Extenuada, ansiosa, jadeante, su mirada se enturbia y su cuerpo cae desplomado.

Y entonces, Justina contempla, iluminado por espléndidos resplandores, el reino de los cielos... En lo alto, la Trinidad preside en beatitud augusta; más bajo muéstrase ingenua y amorosa la Virgen; á la derecha de la Virgen reposa S. José; á la izquierda S. Juan Bautista. En círculos jerárquicos, toda la inmensa muchedumbre de serafines, querubines, virtudes, potestades, principados, dominaciones, tronos, arcángeles, ángeles, rodea fervorosamente, juntas las manos y gozosas las caras, á la divina corte. Recias murallas, defendidas por altas torres, cercan la urbe celeste. Ante la puerta —en forma de cavidad sepulcral— convergen nueve angostos caminos: la *via martirum,* la *via religiosorum,* la *via virginum,* la *via conjugatorum,* la *via pauperum,* la *via divitum,* la *via castitatis et continentie,* la *via ecclesiasticorum,* la *via prelatorium.* Jesús, desde la puerta, en la cumbre de un montecillo —*mons perfectionis*— llama dulcemente á los dolorosos pasajeros de estos caminos.

Justina se ve marchando lentamente por el camino de las vírgenes. Férvida muchedumbre se agita rumorosa en la estrecha vía. Y avanzan en pintoresca confusión las blancas mercenarias, las servitas negras, las trinitarias con sus cruces coloradas, las grises franciscanas, las cistercienses de Valladolid con sus grandes collares de azabache, las hospitalarias del regio monasterio de Sijena, envueltas en sus túnicas de larga cola, resaltante la blanca cruz nillada en la negrura de los mantos... [86] Justina se va acercando á la puerta del reino de los cielos. Jesús la mira sonriendo amorosamente.

[86] Véase la nota 81 al capítulo XXI de esta parte.

Justina escala el montecillo suspirado. Jesús la coge de la mano. Justina franquea la puerta de la Gloria. Y en el mismo instante su envoltura terrena gime blandamente y se agita en convulsión postrera.

En la lejanía del horizonte el cielo blanquea con las inciertas claridades del alba: un gallo canta...

XXIX

D E S D E lo alto de las Atalayas, el campo del Pulpillo
se descubre infinito. A lo lejos, en lo hondo, la llanura
—amarillenta en los barbechos, verde en los sembrados, negra en las piezas labradas recientemente— se
extiende adusta, desolada, sombría. En perfiles negruzcos, los atochares cortan y recortan á cuadros desiguales
el alcacel temprano. Los olivares se alejan en minúsculas manchas simétricas hasta esfumarse en las estriba-
ciones de los terrenos grises. Y acá y allá, desparrama-
das en la llanura, resaltantes en la tierra uniforme, lucen
blanquecinas las paredes de casas diminutas.

Enfrente, las lomas de las Moratillas corren ondu-
losas á la derecha, destacando en el cielo sus mellas y
picachos, hasta sumirse en suave declive con el llano.
Adentro, en la inmensa profundidad del horizonte, la
leve pincelada de la cordillera de Salinas azulea por
encima de otra larga pincelada blanca de la niebla. Y
á través de la niebla, al pie de un cerro, la microscópica silueta de una cúpula destella imperceptible. Luego,
cerrado el claro abierto, la montaña recomienza bravía
sus corcovos.

En las Moratillas, grandes rasgones rojos descienden
de la cumbre hasta los recuestos tapizados de atochas.
Sobre el lomo ondulante, á la otra banda, destaca una
distante montaña festoneada de pinos. Los puntitos negros se esparcen claros, se apelotonan en densas man-

chas, resaltan sobre el perfil en pequeñísimo dentelleo.

El aire es vivo y transparente. En la lejanía el cielo cobra tonos de verde pálido. El mediodía llega. La mancha gris de los olivos se esclarece; el verde obscuro de los sembrados se torna verde claro; suavemente se disgrega la niebla. Y la cúpula, en la remota hondonada, irradia luminosa como un diamante...

El campo está en silencio. De una casa oculta entre negros olmos surge recta una columna de humo blanco. El minúsculo trazo negro de una yunta se mueve allá en lo hondo lentamente. El sol espejea en las paredes blancas. De cuando en cuando un pájaro trina aleteando voluptuoso en la atmósfera sosegada; cerca, una abeja revolotea en torno á un romero, zumbando leve, zumbando sonora, zumbando persistente. Luego desaparece...

En el Pulpillo, Azorín contempla la campiña infinita. Ante la casa, un camino amarillento se aleja serpenteando en violentos zig-zags. En los días grises, la tierra toma tintes cárdenos, ocres, azulados, rojizos, cenicientos, lívidos; las lomas se ennegrecen; los manchones rojos de las Moratillas emergen como enormes cuajarones de sangre. A ratos, el gemido del viento, el tintinar lejano de una esquila, el silabeo inperceptible de una canción fatigosa, conmueven el espíritu con el ansia perdurable de lo Infinito. Y Azorín contempla á través de los diminutos cristales el cielo gris y la llanura gris.

Al anochecer, bajo la ancha campana de la cocina, ante el fuego de leños tronadores, [87] Azorín permanece absorto en el corro de los labriegos. Fuera, la mancha negra del cielo se funde con la mancha negra de la tierra en las últimas claridades de un crepúsculo negro. Los picachos de las Atalayas se borran; los perfiles de las Moratillas desaparecen. En lo alto una débil claror recorta los contornos de las nubes inmóviles.

---

[87]   No parece ser el adjetivo propio a la descripción; sin embargo, así lo escribe el joven Martínez Ruiz.

Ana van Cronenburch. *Dama y niña*

Museo del Prado. Madrid

Regla primera de la bienaventurada virgen
Sta. Clara.

Este ejemplar tiene este letrero manuscrito: ✝ En
uso de sor Rosalía María de la Purificación que
D.S. aga Sta. y muy perfecta religiosa
amen. (letra grande).

(Primer capítulo)

I

En el nombre de Nuestro señor Jesucristo comienza y sigue la forma de la vida
y regla de las sorores pobres, la cual el
bienaventurado S. Francisco instituyó.

noble y austero lenguaje de esta
regla: severo.

—

Autógrafo de Azorín. Apuntes tomados
para la redacción de *La Voluntad*

Ante el fuego, acabada la cena, el Abuelo relata penosamente, con la tarda coordinación del campesino, amarguras pasadas. Los pedriscos asoladores, las hambres, las sequías, las epidemias, las muertes remotas de remotos amigos, van pasando en desfile tétrico... El Abuelo tiene ochenta años. Menudo, fuerte, seco, sus ojillos aquilinos, escrutadores eternos de la llanura, brillan como dos cuentas de vidrio en su cara rapada. La luz del candil, colgado arriba, refleja sobre su redondo cráneo calvo.

El Abuelo sintetiza al labrador manchego. La fe mana abundosa en el corazón del labrador manchego. Es sencillo como un niño; es sanguinario exasperado. Habla lentamente; se mueve lentamente. Impasible, inexpresivo, silencioso, camina tras el arado tardo en los llanos inacabables; ó permanece, si los días son crudos, inmóvil junto al fuego, mientras sus manos secas tejen automáticamente el fino esparto. El labrador manchego no tiene amor al árbol. Viste de paño prieto; come frugalmente. Es cauto; recela de los halagos oficiosos; malicia de la novedad incomprendida. Así, el Abuelo, sonriente, irónico, va contando su provechosa incredulidad en los remedios de la farmacia. Los únicos remedios de sus males son las hierbas del campo. Temeroso en su última enfermedad de que los alimentos solapasen las medicinas, tres días ha estado sin tomar alimentos. Y el Abuelo concluye sentencioso: "Yo *vus* digo que todo me lo he curado con agua de romero y pedazos de sarmientos verdes machucaícos..." Las llamas del hogar se agitan, lamen las negras paredes, ponen en los rostros pétreos de los labriegos encendidos reflejos tembladores.

Azorín se retira. La habitación es una larga estancia de paredes desmanteladas. Ni un lienzo, ni una chillona oleografía, ni una estampa mancha el monótono enlucido. El piso es de ladrillos blancos... Azorín pasea ensimismado. La luz escasa de una lamparilla ilumina el cuarto. En un extremo, sobre la mesa, los libros, en borrones rojos, azules, amarillos, cortados por vetas blanquecinas, resaltan junto al ancho trazo negro de una botella. Al otro extremo, en lo hondo de la negrura, las cortinillas de la alcoba destacan confusamente en grande mancha roja.

Azorín pasea. Arrebujado en la larga capa, en sus idas y venidas serpenteantes, su sombra, como la silueta de un ave monstruosa, revolotea por las paredes. Azorín se para ante la mesa; llena una copa; la bebe lentamente. Y piensa en las palabras del maestro: "¿Qué importa que la realidad interna no ensamble con la externa?" Luego torna á sus paseos automáticos. En el recogimiento de la noche, sus pasos resuenan misteriosos. La luz titilea en ondulosos trembloteos agonizantes. Los amarillentos resplandores fluyen, refluyen en las blancas paredes. La roja mancha del fondo desaparece, aparece, desaparece. Azorín bebe otra copa. "La imagen lo es todo", medita. "La realidad es mi conciencia". Después pasea; torna á pararse; recomienza el paseo. Y en sus pausas repetidas ante la mesa, el líquido de la botella mengua. La llama de la lamparilla se encoge formando en torno del encendido pábilo un diminuto nimbo de violeta. Los muebles se sumen turbiamente en la penumbra. De la mesa parte sobre la pared una rígida sombra larga que se ensancha hasta esfumarse cerca del suelo. Azorín se sienta; sus ojos miran hacia la sombra. La luz chisporrotea: una chispa del pábilo salta y se divide crujiendo en diminutas chispas de oro. Azorín cierra los ojos. La luz se apaga: en la obscuridad los purpúreos grumos de la pavesa reflejan sobre la dorada lamparilla... El afanoso tic-tac de un reloj de bolsillo suena precipitado.

Fuera, el campo reposa. En las cercanas pedrizas de las Moratillas las zorras gañen desesperadamente. Y en el silencio de la noche, sus largos gritos repercuten á través de la llanura solitaria como gemidos angustiosos.

SEGUNDA PARTE

I

A z o r í n, á raíz de la muerte de Justina, abandonó el pueblo y vino á Madrid. En Madrid su pesimismo instintivo se ha consolidado; su voluntad ha acabado de disgregarse en este espectáculo de vanidades y miserias. Ha sido periodista revolucionario, y ha visto á los revolucionarios en secreta y provechosa concordia con los explotadores. Ha tenido luego la humorada de escribir en periódicos reaccionarios, y ha visto que estos pobres reaccionarios tienen un horror invencible al arte y á la vida.

Azorín, en el fondo, no cree en nada, ni estima acaso más que á tres ó cuatro personas entre las innumerables que ha tratado. Lo que le inspira más repugnancia es la frivolidad, la ligereza, la inconsistencia de los hombres de letras. Tal vez este sea un mal que la política ha creado y fomentado en la literatura. No hay cosa más abyecta que un político: un político es un hombre que se mueve mecánicamente, que pronuncia inconscientemente discursos, que hace promesas sin saber que las hace, que estrecha manos de personas á quienes no conoce, que sonríe siempre con una estúpida sonrisa automática... Esta sonrisa Azorín la juzga emblema de la idiotez política. Y esa sonrisa es la que ha encontrado también en el periodismo y en la literatura. El periodismo ha sido el causante de esta contaminación de la literatura. Ya casi no hay literatura. El

periodismo ha creado un tipo frívolamente enciclopé-
dico, de estilo brillante, de suficiencia abrumadora. Es
el tipo que detestaba Nietzsche: el tipo "que *no
es* nada, pero que lo *representa* casi todo". Los especia-
listas han desaparecido: hoy se escribe *para* el periódico, y el periódico exige que se hable de todo. Dentro
de treinta años todos seremos periodistas, es decir, nadie sabrá nada de nada. Nos limitaremos á *sospechar*
las cosas, lo cual tiene la ventaja de que ahorra tiempo
y no entristece el espíritu con la melancolía de las lecturas largas.

Y véase cómo lo que parece una calamidad, ha de
resultar un bien andando el tiempo: porque evitando
la reflexión y el auto-análisis —matadores de la Voluntad—, se conseguirá que la Voluntad resurja poderosa
y torne á vivir... siquiera sea á expensas de la Inteligencia.

Azorín ha llegado demasiado pronto para alcanzar
estas bienandanzas. Su espíritu anda ávido y perplejo
de una parte á otra; no tiene plan de vida; no es capaz del esfuerzo sostenido; mariposea en torno á todas
las ideas; trata de gustar todas las sensaciones. Así en
perpetuo tejer y destejer, en perdurables y estériles amagos, la vida corre inexorable sin dejar más que una
fugitiva estela de gestos, gritos, indignaciones, paradojas...

II

A la derecha, la rojiza mole de la plaza de Toros, destacando en el azul luminoso, espléndido; á la izquierda, los diminutos hoteles del Madrid Moderno, en pintarrajeado conjunto de muros chafarrinados en viras rojas y amarillas, balaustradas con jarrones, cristales azules y verdes, cupulillas, sórdidas ventanas, techumbres encarnadas y negras... todo chillón, pequeño, presuntuoso, procaz, frágil, de un mal gusto agresivo, de una vanidad cacareante, propia de un pueblo de tenderos y burócratas.

La tarde es tibia y radiante: se sienten los primeros hálitos confortadores de la primavera que llega. El sol baña la ancha vía. Y Azorín camina por ella lentamente, hacia las Ventas... Pasan los enormes tranvías eléctricos, zumbando, campanilleando, carromatos, recuas, coches fúnebres, negros, blancos, ripers [88] atestados de gente que van camino del Este, cuesta abajo. En el fondo, cerca del viejo puente, aparecen los tapiales roñosos de una casa terrera: es el *Parador del Espíritu-Santo*.

Delante, al sol, juegan en una mesilla redonda cuatro labriegos; unas palomas blancas vuelan pausadas; sobre el césped verde de un descampado resaltan grandes

---

[88] "ripers", o rippert, nombre dado, por su inventor a un ómnibus arrastrado por caballerías; ha sido un invento feliz porque podía correr sobre los carriles de los tranvías o el empedrado de las calles.

sábanas puestas á secar y sujetas con piedras... Aparece
un coche blanco, con una cajita blanca, con los pena-
chos de los caballos blancos. Desde en medio del arroyo, donde picotean sosegadas, alzan el vuelo dos palomas; un perro, con la rosada lengua fuera, anillado
el rabo, discurre por la acera; el coche fúnebre da una
violenta sacudida, y pasa impetuoso un tranvía eléctrico.
Luego, detrás viene otro coche, negro, con una caja
negra; unos muchachos retozan frente al parador; pasa otro coche blanco; la sombra de una paloma cruza
sobre la acera. Y los cascabeles de los ripers tintinean;
un perro ladra; los organillos de las ventas musiquean;
los muchachos gritan: ¡ninguna, ninguna, no!... ¡A esta,
á esta, á esta!... ¡Ha dao aquí!

Azorín avanza lentamente. Los barracones de las
Ventas aparecen, pintarrajeados, de verde, de amarillo,
de rojo, con empalizadas de madera tosca, con sus grandes letreros llamativos: Restaurant de la Unión... Villa
de Madrid... La Gloriosa... Los Andaluces... La gente
va y viene, en abigarrado flujo y reflujo de chulapos
con pantalones abombados y un palillo en la oreja,
estudiantes, criadas, modistas, horteras. señoritos con
sombrero castaño y pañuelo blanco al cuello. Los organillos desgranan ruidosamente marchas toreras y valses
lánguidos; el tío-vivo gira frenético; suben y bajan
los columpios. Y en los barracones suenan los platos,
y las parejas voltean cachondas, fatigosas... Pasa un
coche fúnebre blanco, pasa un coche fúnebre negro;
dos mujeres chillan y se enseñan los puños sentadas
en el pretil del puente; un mendigo camina á grandes
trancos apoyado en dos palitroques; un chulapón le
grita a un carromatero que pasa sobando á unas mu-
las: !Adiós, Pepito! Y las notas alegres, precipitadas,
resonantes de los organillos, estallan, saltan, rebotan
sobre el rumor formidable de gritos, campanillazos de
tranvías, traqueteo de coches, pregones de vendedores,
ladridos de perros, ruido de organillos, rasgueos de
guitarras...

Pasa un coche fúnebre negro, pasa un coche fúnebre blanco. Más allá del puente, en un barracón empinan vasos, devoran chuletas, y los féretros casi pasan rozando las mesas, mientras los organillos prosiguen incansables. Azorín avanza. En una esquina borbolla el aceite en grandes sartenes y chirrían trozos de lomo, que una astrosa mujer, lagrimeante, va revolviendo con una freidera; por delante, el ras de las enormes vacas y cerdos desollados que penden de la pered en garfios, pasan los coches fúnebres. Y un momento las manchas negras de las cajas destacan, entre el humazo de las sartenes, junto á las manchas sanguinolentas de las carnes.

Azorín camina por la carretera del Este. Y en lo alto de la verdosa loma, en medio de un gran recuesto tapizado de césped, se detiene y contempla la lejanía... El telégrafo rezonguea sonoramente; un gallo canta; por la carretera van lentamente coches negros, coches blancos; vuelven precipitados coches negros, coches blancos; detrás los ripers repletos de figuras negras cascabelean, los simones en larga hilera espejean al sol en sus barnices. En frente, sobre una colina verde, destacan edificios rojizos que marcan su silueta en el azul blanquecino del horizonte, y un enrejado de claros árboles raya el cielo con su ramaje seco. A la derecha, aparecen los grandes cortados y socaves amarillentos de los tejares, y acá y allá, los manchones rojos de las pilas de ladrillos; más lejos, cerrando el panorama, la inmensa mole del Guadarrama, con las cúspides blancas de nieve, con aristas y resaltos de azul negruzco... Dos, tres blancas humaredas se disuelven en la lejanía suavemente; por la carretera pasan coches y coches; los cocheros gritan: ¡ya! ¡ya!; el aire en grandes ráfagas trae las notas de los organillos, cacareos de gallos, ladridos. Cerca, un rebaño pasta en el césped: las ovejas balan; se oye el silbido largo, *ondulante,* de una locomotora; y de cuando en cuando, incesantemente, llega el ruido lejano de cuatro ó seis detonaciones.

Y Azorín, cansado de sus diez años de Madrid, hastiado de periódicos y de libros, piensa en esta danza frenética é inútil de vivos y de muertos... y regresa por la carretera lentamente. Van y vienen coches negros, coches blancos; un hombre pasa de prisa con una cajita gris al hombro; en la tapa dice: *S. Juan de Dios*. A lo lejos suena roncamente el batir de tambores; el viento trae el *fó-fó* asmático de una locomotora. Y mientras cae la tarde, ante los barracones asordadores, mientras tocan los organillos y se baila frenéticamente, y los mozos van y vienen con platos, y se grita, y se canta, y se remueve en espasmo postrero la turba lujuriosa de chulapos y fregonas, Azorín, emocionado, estremecido, ve pasar un coche blanco, con una caja blanca cubierta de flores, y en torno al coche, un círculo de niñas que lleva cada una su cinta y caminan fatigadas, silenciosas, desde la lejana ciudad al cementerio lejano...

*
* *

Y ya en Madrid, rendido, anonadado, postrado de la emoción tremenda de esta pesadilla de la Lujuria, el Dolor y la Muerte, Azorín piensa un momento en la dolorosa, inútil y estúpida evolución de los mundos hacia la Nada...

III

A lo largo del andén van y vienen labriegos con
alforjas, mujeres con cestas, mozos con blusas azules,
mozos con chaquetas de pana. Se oye un sordo *fó-fó*;
una locomotora avanza lentamente y retira un tren de
lujo. Después sale otra máquina. Y suenan silbidos ondulantes, silbidos repentinos, bocinas, ruido de engranajes, chirridos, rumor de carretillas. Las portezuelas
abiertas muestran una línea de manchas amarillas. Al
otro extremo del andén, al final de la nave inmensa,
aparece la plancha gris del cielo, y resaltantes en su
uniformidad plomiza, las redondas bombas eléctricas,
la enorme aspa de las señales con sus cuatro cruces,
una garita acristalada, postes, cables, siluetas de vago-
nes. Suenan silbidos breves, silbidos largos, pregones de
periódicos, estruendos de cadenas. Y los viajeros van,
vienen, entran en los coches, dan fuertes portazos.

Azorín sube á un vagón de tercera. El tren va á
partir. Dos labriegos charlan: "...dejé yo el cuartelillo...
hace seis ú ocho meses que dejé yo el cuartelillo, y
cada mes una..." En la portezuela, una mujer acompañada de dos niños, discute con otra del andén:
"...tómalo, mujer... que lo tomes... tómalo... yo llevo
bastante..." Y tira un duro que rebota sobre el andén
tintineando. Se oye un largo campanilleo; luego, portazos. "¡Tenéis que escribir á la tía en las cartas!", les
gritan á los niños desde el andén. Y Gedeón entra en

el coche. Gedeón es un ciego que va y viene en los
trenes y en ellos canta y limosnea...

Suena otro largo campanillazo; la locomotora suelta
un formidable alarido; el tren avanza. Y una gran claror ilumina el coche. Atrás van quedando rojizos edificios que emergen reciamente en la tristeza del cielo.
Gedeón ensaya: *tiriro, tiriro, tiro*... Luego palmotea,
incoa un plañidero *áaa*, y comienza:

> Aunque del cielo bajaran
> los serafines á hablar contigóoo...

En lo hondo del terraplén, á la derecha, aparecen
los talleres de la estación. A lo lejos, dentelleando el
horizonte, resalta una línea de cipreses negros. Azorín
piensa: "Allí está Larra". [89] El humo denso de una
enhiesta chimenea se va desparramando lentamente.
Madrid se pierde en lontananza, en una inmensa mancha gris, esmaltada por las manchitas blancas de las
fachadas, erizada de torres, cúpulas cenicientas, chimeneas, rasgada por la larga pincelada negra del Retiro.
Y detrás, casi imperceptible, el tenue telón, semi-azul,
semi-blanco, del Guadarrama nevado.

Comienza la desolada llanura manchega. Junto á
Azorín un labriego corta con una desmesurada navaja
un pan. Gedeón pregunta: "¿Quién me da un cigarrito
sin pedirlo?" Luego exclama en tono de resignación
jovial: "¡Ay qué vida ésta!... ¡Esta vida no es *pá*
llegar á viejo!" Aparecen lomas amarillentas, cuadros
de barbecho, cuadros de clara sembradura. Y el tren
para en Villaverde.

Pasa Villaverde. Madrid se esfuma en la remota
lejanía. El cielo está ceniciento: una larga grieta de
azul verdoso rasga las nubes. Un rebaño pasta en la
llanura infinita; al cruzar un paso nivel, aparece una

[89] El tren sale de la estación de Atocha, cerca de la cual se en-
contraba el cementerio de la Sacramental de San Nicolás donde estaba
enterrado Larra. Hoy reposa con otros literatos en un panteón de la
Sociedad de Escritores y Artistas en la Sacramental de San Justo.

mujer vestida de negro, con la bandera en una mano, con la otra mano puesta bajo el codo derecho, rígida, hierática como un estatua egipcia; un hombre envuelto en una larga capa negra, montado en un caballo blanco, marcha por un camino... Y el tren vuelve á parar —en Getafe. Azorín baja. El P. Lasalde es rector del noviciado de escolapios. Azorín, por una añoranza de los lejanos días, viene á visitarle.

De la estación al pueblo va un camino recto; junto á él hay una alameda; la llanura se extiende sombría á un lado y á otro. En el fondo destaca el ábside de un iglesia coronada por una torre puntiaguda. Y ya en el pueblo aparecen calles de casas bajas, anchos portalones con colgadizos, balcones de madera, tejados verdosos con manchas rojizas del retejeo reciente... Es un destartalado pueblo manchego, silencioso, triste. Azorín recorre las calles; de cuando en cuando una cara femenina se asoma tras de los cristales al ruido de los pasos. Unos muchachos juegan dando gritos en una plaza solitaria; en una fuente rodeada de evónimos raquíticos charlan dos ó tres mujeres. "Pa mí *toas* son buenas... y *toas* somos buenas y malas", dice una. Toca una campana; caen anchas gotas.

Azorín llega al colegio. Un viejo colorado, con blancas patillas marinas y una bufanda azul, recibe su tarjeta. Y poco después el P. Lasalde aparece en el recibimiento. Está más delgado que antaño; su cara es más pálida y más buida; tiene más pronunciadas las arrugas que entrecoman su boca. Y la nerviosidad de sus manos se ha acentuado.

—No sé lo que tengo —dice—; estoy así no sé cómo, Azorín... Yo creo que es cansancio... He trabajado, he trabajado...

Calla; sus silencios habituales son más largos ahora que antes; á veces se queda largo rato absorto, como si hubiese perdido la ilación de la frase. Y sus ojos miran extáticos al suelo.

—No sabes el trabajo que tengo... y sigo, no sé cómo... por acceder á los deseos de un editor de

Alemania y por empeño de la Orden... Ya ves; la *Revista Calasancia* ya no la publicamos; la dirigía yo, y ya no puedo.

Vuelve á callar; después prosigue:

—Todo es vanidad, Azorín... Esto es un tránsito, un momento... Vive bien; sé bueno, humilde... desprecia las vanidades... las vanidades...

Y Azorín, cuando ha vuelto á la calle, en este día gris, en este pueblo sombrío de la estepa manchega, se ha sentido triste. Al azar ha recorrido varias calles, una ancha y larga, la de Madrid; después otras retorcidas de tapias de corrales y anchos postigos, la de San Eugenio, la de la Magdalena...

Luego ha entrado en el *Café-restaurant del Comercio*. Es un café diminuto; no hay en él nadie. Reina un gran silencio; un perro de puntiagudo hocico y ojos brillantes, un perro joven, inexperto, se acerca á la mesa; al andar sobre el entarimado sus uñas hacen un ligero ruido seco. Azorín acaricia al perro y pide una copa de ginebra —dos cosas perfectamente compatibles.

Y luego mientras bebe, piensa:

—Todo es vanidad; la imagen es la realidad única, la única fuente de vida y de sabiduría. Y así, este perro joven é ingenuo, que no ha leído á Troyano, [90] este perro sin noción del tiempo, sin sospechas de la inmanencia ó trascendencia de la causa primera, es más sabio que Aristóteles, Spinosa y Kant... los tres juntos.

El perro ha enarcado las orejas y le ha lamido las manos: parecía agradecer la alta justicia que se le hacía.

---

[90] Manuel Troyano (1843-1914), periodista de gran autoridad como articulista político, y de ponderado juicio liberal en *España de su tiempo*. Fue redactor de *El Imparcial*, y fundó y dirigió *España*, diario en que colaboró Azorín en 1904.

IV

A z o r í n se siente cansado de la monotonía de la vida
madrileña y hace un breve viaje á Toledo. [91] Toledo es
una ciudad sombría, desierta, trágica, que le atrae y
le sugestiona. Azorín vagabundea á lo largo de sus ca-
llejas angostas, recorre los pintorescos pasadizos, se detiene en las diminutas plazas solitarias, entra en las
iglesias de los conventos y observa, a través de las rejas,
las sombras inmóviles de las monjas que oran.

Azorín vive en una posada: la posada Nueva. Visitar una ciudad histórica posando en una fonda habitada
por viajantes de comercio, turistas, militares, empleados,
es renunciar á las más sugestivas impresiones que pueden recogerse poniéndose en contacto con la masa
incosmopolita en un medio, como paradores y mesones,
frecuentado por tipos populares... Azorín observa como
entran y salen en esta posada Nueva los labradores de
la tierra toledana, los ordinarios, los carromateros, las

[91] Este capítulo trata de las impresiones de Martínez Ruiz durante un viaje a Toledo, que hizo con Pío Baroja en diciembre
de 1900 (véase *Madrid*, cap. XXIV, de Azorín y *Final del siglo XIX
y principios del XX*, cuarta parte, III, de Baroja). El viaje había de
producir material para *Diario de un enfermo* (1901), una especie
de pre-*La voluntad*, y para *Camino de perfección* de Don Pío. Es
interesante comparar las estancias en Toledo de los dos protagonis-
tas, Antonio Azorín y Fernando Ossorio, de las dos novelas, ambas
publicadas en el mismo año. El gobernador a quien alude el autor
en este capítulo es Julio Burell, famoso periodista político y amigo
de Martínez Ruiz y Baroja. Baroja, en *Camino de perfección*, también comenta la costumbre del gobernador de levantarse tarde.

mozas recias, las viejas silenciosas, los alcaldes que llegan á las ocho y esperan hasta la una á que el gobernador, que es un inveterado noctámbulo madrileño, se digne levantarse...

Hoy, después del parco yantar posaderil, en el obscuro comedor que hay entrando á la izquierda, mientras una criada zazosita y remisa alzaba los manteles, Azorín ha oído hablar á un labriego de Sonseca. ¡Era un viejo místico castellano! Con grave y sonora voz, con ademanes sobrios y elegantes, este anciano de complexión robusta, iba discurriendo sencillamente sobre la resignación cristiana, sobre el dolor, sobre lo falaz y transitorio de la vida... "Por primera vez", pensaba Azorín, "encuentro un místico en la vida, no en los libros, un místico que es un pobre labrador castellano que habla con la sencillez y elegancia de un Fray Luis de León, y que siente hondamente y sin distingos ni prejuicios... En el pueblo castellano debe aún de quedar mucho de nuestro viejo espíritu católico, no bastardeado por las melosidades jesuíticas, ni descolorido por un frívolo y artificioso liberalismo que ahora comienza á apuntar en nuestro episcopado —precisamente aquí en Toledo— y que acaso dentro de algunos años haga estragos. Amplios de espíritu, flexibles, comprensivos, eran Fray Luis de Granada, Fray Luis de León, Melchor Cano: Fernando de Castro, en su discurso sobre la Iglesia española, tiene hermosas páginas en que pone de relieve este castizo espíritu del catolicismo español... [92] El catolicismo de ahora es cosa muy distinta, está en oposición abierta con esta tradición simpática, que ya se ha perdido por completo entre las clases superiores, que sólo se encuentra aquí y allá, á retazos, entre los tipos populares, como este labriego de Sonseca

---

[92] El discurso aquí mencionado de Fernando de Castro (1814-1874), sacerdote krausista y rector de la Universidad de Madrid durante la Revolución de Septiembre, es su discurso de ingreso en la Real Academia de la Historia, el día 7 de enero de 1866: *Caracteres históricos de la Iglesia Española*. Fue muy discutido por sus ideas progresistas.

que habla tan maravillosamente de la resignación cristiana... ¡Las clases superiores! No hay hoy en España ningún obispo inteligente; yo leo desde hace años sus pastorales y puedo asegurar que no he repasado nunca escritos tan vulgares, torpes, desmañados y antipáticos. ¡Son la ausencia total de arte y de fervor! No sale nunca de la pluma de un obispo una página elegante y calurosa. Aun los que entre ciertos elementos pseudo-democráticos pasan por cultos é inteligentes —como este cardenal Sancha [93]— no aciertan ni siquiera á hacer algo fríamente correcto, discretamente anodino. Su vulgarismo es tan enorme, tan lamentable, que hace sonreir de piedad... Los libros del mismo cardenal Sancha pueden servir de ejemplo. Es difícil encontrar nada más chabacano: son mosaicos de trivialidades, de insignificancias, de recortes de periódicos, de citas vulgares. Y yo me figuro á un augusto señor, vestido de púrpura, con una resplandeciente cruz al cuello, sentado en un sillón de talla, metido en una cámara con alfombras y tapices... que coge unas tijeras largas y va recortando un artículo de *Il Pease,* de Perusa, de *La Vera Roma,* de *El correo de Bruselas,* ó de *Le* [sic] *Times.* Recuerdo que en el libro de Sancha titulado —con título un poco portugués— *Régimen del terror en Italia unitaria,* el autor desciende á nimiedades indignas de la púrpura. Dice por ejemplo dirigiéndose á un general que disuelve no sé qué comité: "El general Bava Becaris, comisario de Milán, podrá ser muy competente en asuntos de la milicia, pero sin que tengamos intención de ofenderle, ha de permitirnos decirle que en su mencionado *Decreto,* disolviendo él comité diocesano de aquella ciudad, revélase completo desconocimiento de las ciencias jurídicas y sociales". En otra ocasión se dirige á un gobernadorcillo de Vicenza y escribe: "Valdría más que el prefecto de Vicenza, antes de dar su decreto

---

[93] Ciriaco María Sancha (1833-1909), muy amigo de la Reina Regente, fue obispo de Madrid-Alcalá, arzobispo de Valencia (1892) y luego cardenal arzobispo de Toledo (1898). Enemigo de los liberales, dedicó muchas pastorales a combatirlos.

disolviendo Círculos de la Juventud católica, hubiera ido á un colegio para recibir educación y nociones de filosofía para saber razonar". ¡Estupendo! Estos chabacanismos cómicos de un respetabilísimo arzobispo y cardenal dan la medida intelectual de nuestro episcopado... [94]

Azorín se levanta de la mesa. "El catolicismo en España es pleito perdido: entre obispos cursis y clérigos patanes acabarán por matarlo en pocos años". Azorín sale á la plaza de Zocodover y da una vuelta por los clásicos soportales. La noche está templada. Los escaparates pintan sobre el suelo vivos cuadros de luz; en el fondo de las tiendas, los viejos mercaderes —como en los cuadros de Marinus [95]— cuentan sus monedas, repasan sus libros. La plaza está desierta; de cuando en cuando pasa una sombra que se detiene un momento ante las vitrinas repletas de mazapanes; luego continúa y desaparece por una callejuela. "Este es un pueblo feliz", piensa Azorín; "tienen muchos clérigos, tienen muchos militares, van á misa, creen en el demonio, pagan sus contribuciones, se acuestan á las ocho... ¿Qué más pueden desear? Tienen la felicidad de la Fe, y como son católicos y sienten horror al infierno, encuentran doble voluptuosidad en los pecados que á los demás mortales, escépticos de las chamusquinas eternas, apenas nos enardecen".

Azorín se detiene en la puerta de una tienda. Dentro, ante el mostrador, examinando unas cajas redondas hay una vieja con un manto negro y una moza con otro manto negro. La moza es menuda, verdadero tipo de la toledanita aristocrática, con la cara pálida, vivarachos los ojos, prestos y elegantes los ademanes. Decía Isabel la Católica ponderando la inteligencia de las to-

---

[94] Esta última frase fue suprimida en todas las ediciones de *La voluntad* a partir de la de Biblioteca Nueva (1940).

[95] Marinus van Reymerswaele (n. 1497), pintor holandés que se distinguió por la meticulosidad de los pormenores y cierto aspecto caricaturesco de muchos de los personajes. Martínez Ruiz alude al cuadro *El cambista y su mujer* que se conserva en el Museo del Prado.

ledanas, que *sólo se sentía necia en Toledo*; Azorín
no se siente precisamente necio —aunque otros lo sientan por él—, pero casi declara que le atrae más una
toledana comprando mazapán que los libros del cardenal Sancha.

Por eso Azorín permanece ensimismado en la puerta.
La vieja y la niña miran y vuelven á mirar cajas y más
cajas. La compra se prolonga con esa pesadez de las
mujeres cuando no se deciden a cerrar un trato. Mientras, Azorín piensa en que estas dos mujeres viven sin
duda en un viejo caserón, con un enorme escudo sobre
la puerta, con un lóbrego zaguán empedrado de menudos cantos, con ventanas diminutas cerradas por celosías, y que él, el propio Azorín, que está cansado de
bullangas literarias, sería muy feliz casándose con esta
muchachita del manto negro. "Sí, muy feliz", piensa;
"viviría en esa casa grande, en una callada vegetabilidad
voluptuosa, en medio de este pueblo artístico y silencioso... Llegaría á ser un hombre metódico, que tose
con pertinacia, que se levanta temprano, que come á
horas fijas, que tiene todas sus cosas arregladas, que
sufre de un modo horrible si una silla la colocan un
poco más separada de la pared que de ordinario, que
se queja arrullando como las palomas cuando tiene una
neuralgia, que llega á la estación con una hora de an-
ticipo cuando hace un viaje, que lee los discursos políticos, que se escandaliza de las láminas pornográficas,
que sabe el precio de la carne y de los garbanzos, que
usa, en fin, un bastón de vuelta con una chapa de plata
que hace un ruido sordo al caminar... Esta vida, ¿no
puede ser tan intensa como la de Hernán Cortés ó
Cisneros? La *imagen lo es todo,* decía el maestro. La
realidad no importa; lo que importa es nuestro ensueño. Y yo viviría feliz siendo, aquí en Toledo, un hombre
metódico y catarroso... con esta niñita apetitosa, de
erguidos senos é incitantes pudores..."

La vieja y la niña salen al fin de la tienda. Azorín
las sigue. Bajan por las empinadas escaleras del Cristo
de la Sangre; luego recorren intrincado laberinto de

callejuelas retorcidas; al fin, desaparecen en la penumbra como dos fantasmas. Suena un portazo... Y Azorín permanece inmóvil, extático, viendo desvanecerse su ensueño. Entonces, en la lejanía, ve pasar, bajo la mortecina claridad de un farol, una mancha blanca en que cabrillean vivos reflejos metálicos. La mancha se aproxima en rápidos tambaleos. Azorín ve que es un ataúd blanco que un hombre lleva á cuestas. ¡Honda emoción! A lo largo de las calles desiertas, lóbregas, Azorín sigue, atraído, sugestionado, á este hombre fúnebre cuyos pasos resuenan sonoros en los estrechos pasadizos. El hombre pasa por junto á Santo Tomé, entra luego en la calle del Angel, se detiene, por fin, en una diminuta plazoleta y aldabonea en una puerta. La caja hace un ronco son al ser dejada en tierra. Encima de la puerta aparece un vivo cuadro de luz y una voz pregunta: ¿Quién? El hombre contesta: ¿Es aquí donde han encargado una cajita para una niña?... No, no es allí, y el fúnebre portador coge otra vez la cajita y continúa su camino. Unas mujeres que están en una puerta exclaman: Es para la niña de la casa de los Escalones. ¡Qué bonita era! El hombre llega á otra reducida plazoleta y golpea ante una puerta que tiene tres peldaños. Le abren; hablan; la mancha blanca desaparece; suena un portazo... Y Azorín, en el silencio de las calles desiertas, vaga al azar y entra por fin en un café desierto. [96]

Es el café de Revuelta. Se sienta. Da dos palmadas y produce una honda sensación en los mozos, que le

---

[96] El episodio del ataúd ha debido ser un verdadero suceso que presenciaron Baroja y Martínez Ruiz en su viaje a Toledo. Se menciona primero por Baroja en un artículo "Domingo en Toledo" (*Electra*, 23-III-1901) y Martínez Ruiz lo elabora con los mismos detalles aquí descritos en *Diario de un enfermo* (*OC*, I, p. 714-715). La elaboración del episodio por Baroja en *Camino de perfección* (Cap. XXX) se parece demasiado a la de Martínez Ruiz para poder ser una simple cuestión de coincidencia. Es difícil saber con certeza si Baroja o Martínez Ruiz fue el primero en elaborarlo artísticamente, pero ya que *Camino de perfección* se publicaba en folletín en 1901 y *Diario de un enfermo* salió tarde en el mismo año, hay algo de evidencia para creerlo originalmente de Baroja y sencillamente aprovechado por nuestro autor.

miran absortos. La enorme campana de la catedral suena diez campanadas que se dilatan solemnes por la
ciudad dormida. Y Azorín, mientras toma una copa de
aguardiente —lo cual no es óbice para entrar en hondas meditaciones— reflexiona en la tristeza de este pueblo español, en la tristeza de este paisaje. "Se habla
—piensa Azorín— de la alegría española, y nada hay
más desolador y melancólico que esta española tierra.
Es triste el paisaje y es triste el arte. Paisaje de con-
trastes violentos, de bruscos cambios de luz y sombra,
de colores llamativos y reverberaciones saltantes, de
tonos cegadores y hórridos grises, conforma los espíritus en modalidades rígidas y las forja con aptitudes
rectilíneas, austeras, inflexibles, propias á las decididas
afirmaciones de la tradición ó del progreso. En los países
septentrionales, las perpetuas brumas difuminan el horizonte, crean un ambiente de vaguedad estética, suavizan
los contornos, velan las rigideces; en el Mediodía, en
cambio, el pleno sol hace resaltar las líneas, acusa reciamente los perfiles de las montañas, ilumina los dilata-
dos horizontes, marca definidas las sombras. La mentalidad, como el paisaje, es clara, rígida, uniforme, de
un aspecto único, de un solo tono. Ver el adusto y duro
panorama de los cigarrales de Toledo, es ver y comprender los retorcidos y angustiados personajes del Greco; como ver los maciegales de Avila es comprender
el ardoroso desfogue lírico de la gran santa, y ver Castilla entera con sus llanuras inacabables y sus rapadas
lomas, es percibir la inspiración que informara nuestra
literatura y nuestro arte. Francisco de Asís, el místico
afable, amoroso, jovial, ingenuo, es, interpretado por
el cincel de Cano, un asceta espantable, amojamado,
escuálido, bárbaro.

No busquemos en nuestro arte un soplo de amplio
y dulce humanismo, una vibración íntima por el dolor
universal, una ternura, una delicadeza, un consuelo so-
segador y confortante. Acaso lo más íntimo y confortador de toda nuestra literatura es la maravillosa epís-
tola de Fernández de Andrada, y su lectura deja en el

ánimo la impresión del más amargo pesimismo. El poeta
pinta la inanidad de los afanes cortesanos, la inutilidad
de las andanzas y aspiraciones de los hombres, la eterna
mentira de sus tratos y contratos, la perpetua iniquidad
de sus justicias: todo es desorden y maldad, peculio
propio de la privanza el que antes fué de Astrea, pre-
mio del malo lo que debió ser recompensa del bueno,
intachable y elogiada virtud lo que es arte de "infames
histriones"... Todo es vanidad y mentira. Nuestra misma vida no es más que "un breve día" comparable al
heno, á la mañana verde, seco á la tarde. *¡Oh, muerte*
—dice al final el autor en hermosísima frase—; *ven
callada como sueles venir en la saeta!*

Y al igual que Andrada, todos cuantos poetas han
profundizado en una concepción del hombre y del universo. El mismo dulce cantor de la *Noche serena,* ¿no
iguala en sus negruras al más pesimista de los poetas
contemporáneos? Leopardi, entre todos y el primero de
todos, no produce tal impresión de angustia y desconsuelo. Implacable en la censura de las desdichas y miserias humanas, Fray Luis de León va mostrando poco
á poco, en admirables versos de una apacible serenidad
platónica, como el tiempo "hambriento y crudo" lo
trasmuda todo y todas esas glorias y pasiones las acaba
en muerte y nada. Vanidad de vanidades es la vida:
si alguien, acaso, hay en ella dichoso, es aquel que á sí
mismo, y no á los hombres y á las cosas que le rodean,
pide consuelo.

> Dichoso el que se mide,
> Felipe, y de la vida el gozo bueno
> Á sí sólo lo pide;
> Y mira como ajeno
> Aquello que no está dentro en su seno.

Es una tristeza desoladora la tristeza de nuestro arte.
El descubrimiento de América acaba de realizar la obra
de la Reconquista: acaba por transformar al español
en hombre de acción, irreflexivo, inpoético, cerrado á
toda sensación de intimidad estética, propio á la decla-

mación aparatosa, á la bambolla retumbante. Y he aquí los dos géneros que marcan nuestra decadencia austriaca: el teatro, la novela picaresca. Lope da fin á la dramaturgia en prosa, sencilla, jugosa, espontánea, de Timoneda y Rueda; su teatro inaugura el período bárbaro de la dramaturgia artificiosa, palabrera, sin observación, sin verdad, sin poesía, de los Calderón, Rojas, Téllez, Moreto. No hay en ninguna literatura un ejemplo de teatro más enfático é insoportable. Es un teatro sin madres y sin niños, de caracteres monofórmicos, de temperamentos abstractos, resueltos en damiselas parladoras, en espadachines grotescos, en graciosos estúpidos, en gentes que hablan de su honor á cada paso, y á cada paso cometen mil villanías...

La novela, en cambio —á excepción del *Lazarillo,* obra juvenil y escrita cuando aun los patrones y resortes retóricos de la novela no estaban formados—, la tan celebrada novela picaresca es multiforme y seco tejido de crueldades pintorescas y horrideces que intentan ser alegres. Nadie hay más seco y más feroz que el gran Quevedo. La *Vida del Buscón D. Pablo,* exagerado, dislocado, violento, penoso, lúgubre desfile de hambrones y mujerzuelas, es fiel síntesis de toda la novela. Causan repulsión las artimañas y despiadadas tretas que al autor se le ocurren para atormentar á sus personajes... Aquí, como en los demás libros castellanos, descubre patente y claro el genio de la raza, hipertrofiado por la decadencia. Entre una página de Quevedo y un lienzo de Zurbarán y una estatua de Alonso Cano, la correspondencia es solidaria. Y entre esas páginas, esos lienzos, esas estatuas y el paisaje castellano de quebradas bruscas y páramos inmensos, la afinidad es lógica y perfecta"... [97]

[97] Ampliado algo —pero muy poco— aquí, este segmento de las meditaciones de Martínez Ruiz sobre el paisaje y el arte españoles apareció primero con el título "La tristeza española" en el único número de *Mercurio* (3-III-1901), un periódico que hicieron solos el futuro Azorín y Baroja sobre sus impresiones de Toledo.

Azorín bebe otra copa de aguardiente: lo menos que se puede hacer como protesta contra unos hombres que aplaudían á Calderón y expulsaban á los moriscos.

"Sí —continúa pensando—; nuestra literatura del siglo XVII es insoportablemente antipática. Hay que remontarse á los primitivos para encontrar algo espontáneo, jovial, plástico, íntimo; hay que subir hasta Berceo, hasta el Romancero —en sus pinturas de la Infantina, del paje Vergilios, del conde Claros, etc.— hasta el incomparable Arcipreste de Hita, tan admirado por el maestro. Él y Rojas son los dos más finos pintores de la mujer; pero, ¡qué diferencia entre el escolar de Salamanca y el Arcipreste de Hita! Arcipreste y escolar trazan las mismas escenas, mueven los mismos tipos, forjan las mismas situaciones; mas Rojas es descolorido, ingráfico, esquemático, y el Arcipreste es todo sugestión, movimiento, luz, color, asociación de ideas. El quid estriba en esto: que Rojas pinta lo subjetivo y Juan Ruiz lo objetivo; uno el espíritu, otro el mundo; uno la realidad interna, otro la externa; uno, en fin y para decirlo de una vez y claro, es pintor de *caracteres* y otro de *costumbres*. La misma esencialísima diferencia nótase en la novela contemporánea, dividida entre Flaubert, maestro en psicología, y los Goncourt, maestros en plasticidad.

El Arcipreste sólo una frase necesita para trazar el aspecto de una cosa; tiene el sentido del movimiento y del color, la intuición rápida que le hace dar en breve rasgo la sensación entera y limpia.

La figura de Trotaconventos es superior en mucho á la ponderada Celestina. Trotaconventos es una vieja sutil, artera, sigilosa, sabidora de mil artes secretas, formidable dialéctica, habilísima embaucadora. Ella va por las casas vendiendo joyas, enseñando novedades, contando chismes. A los mancebos afligidos proporciona *juntamientos con fembras placenteras*; á las mozuelas tristes logra consolaciones eficaces. Así á don Melón, perdido por doña Endrina, promete el socorro de sus trazas; y poco á poco va captando con sus embelesos,

en gradación maestra, á la cuitada viuda. "¿Por qué
—le dice— siempre encerrada en casa? Aquí, en la ciudad, hay muy hermosos mancebos, lozanos, discretos,
nobles... Aquí vive don Melón de la Huerta, que por
cierto aventaja á todos en gentileza y linaje. ¿Por qué
estar sola, triste, encerrada?"

Acontece que, al fin, la bella viudita se ablanda á
las argucias de la anciana; y ya espera con impaciencia
sus visitas, ya le echa los brazos al cuello cuando llega,
ya cuando Trotaconventos le habla del amante, se le
pone el color *bermejo* y *amarillo,* ya, en fin, mientras
la vieja va desembuchando sus nuevas, ella, conmovida,
ansiosa,

"apriétame mis dedos en sus manos quedillo."

Azorín bebe otra copa de aguardiente.

"Sí —continúa pensando—, este espíritu jovial y
fuerte, placentero y fecundo, se ha perdido... Estos
pueblos tétricos y católicos no pueden producir más
que hombres que hacen cada hora del día la misma
cosa, y mujeres vestidas de negro y que no se lavan.
Yo no podría vivir en un pueblo como éste; mi espíritu inquieto se ahogaría en este ambiente de foscura,
de uniformidad, de monotonía eterna... ¡Esto es estúpido! La austeridad castellana y católica agobia á esta
pobre raza paralítica. Todo es pobre, todo es opaco,
todo es medido. Aun los que se llaman demagogos son
en el fondo unos desdichados reaccionarios. No creen en
un dogma religioso, pero conversan la misma moral, la
misma estética, la misma economía de la religión que
rechazan... Hay que romper la vieja *tabla de valores
morales,* como decía Nietzsche".

Y Azorín, de pie, ha gritado: *¡Viva la Imagen!
¡Viva el Error! ¡Viva lo Inmoral!* Los camareros, como
es natural, se han quedado estupefactos. Y Azorín ha
salido soberbio del café.

No es posible saber á punto fijo las copas que Azorín ha sorbido. Verdaderamente, se necesita beber mucho para pensar de este modo.

V

TODA la prensa de la mañana da cuenta del banquete con que la juventud celebró anoche la publicación de la flamante novela de Olaiz, titulada *Retiro espiritual...* [98]

Azorín lee *El Imparcial,* que refiere minuciosamente el acto. Inició el brindis, leyendo un corto y enérgico discurso, Azorín; luego dos, tres, cuatro, seis mozos más, hábiles manejadores de la pluma, hablaron también en grave registro ó por pintoresca manera. El cronista de *El Imparcial* los enumera á todos, da breves extractos de sus arengas, trátalos con afectuosa deferencia...

Después Azorín coge *El Liberal.* En *El Liberal* ha hecho la reseña un antiguo compañero suyo. Y Azorín ve con sorpresa que se nombra á todos los que en la comida hablaron, á todos sin faltar uno, menos á él.

[98] (Enrique) Olaiz es Pío Baroja (véase también *Diario de un enfermo*); la novela *Retiro espiritual* es *Camino de perfección;* y el banquete se celebró el 25 de marzo de 1902 en el Parador de Barcelona, calle de San Miguel, 27. A él asistieron Silverio Lanza, Mariano de Cavia, Ortega Munilla, Galdós, José Martínez Ruiz, Ramiro de Maeztu, Manuel Bueno, Valle-Inclán, Cornuty y el maestro Vives, entre otros (véase Baroja, *Final del siglo XIX y principios del XX,* cuarta parte, V). La mención de este banquete, entre otras cosas (por ejemplo, las pruebas de Manuel Daza en agosto de 1901), nos ayuda a fijar las fechas de la composición de *La voluntad* desde el otoño de 1901 hasta mayo o junio de 1902. La primera reseña de la novela se publica en *El Imparcial,* el 21 de julio de 1902.

IDEA DE UNA RELIGIOSA MORTIFICADA

según se representa en el cuadro que hay en la Sala capitular del Convento de las Sras Descalzas Rs. de Madrid, y en el de Capuchinas del Desierto de penitencia de Granada.

Idea de una religiosa mortificada

La Voluntad. Cap. XXIII. Primera Parte

Ad munera Cathedrae Noviss. Recopil.

ADIMPLENDA IN REGALI COMPLUTENSI LICEO,

PUBLICO CERTAMINE SEQUENTES THESES PROPUGNABUNTUR.

I.

EX LEG. 6. TIT. 11. LIB. 10 NOVISS. RECOP.

Inter omnes cujuscumque generis creditores, prælatio da-
tur domino predii pro ipsius reditibus in fructibus ex eo natis.

II.

EX LEG. 6. TIT. 13. LIB. 10. NOVISS. RECOP.

Si res empta fuerit cum fidejussione solutionis ad tempus,
cui competat jus retrahendi, eodem modo licebit retrahere,
dum fidejubeat intra novem dies.

A Bach. D. Nicasio Iosepho ab Ulaortua,

SUB AUSPICIIS DOCTORIS

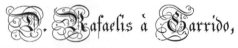

D. Rafaelis à Garrido,

EJUSDEM ASSIGNATIONIS CATHEDRATICI.

DIE VIII MENSIS MARTII ANNO MDCCCXXVII.

H.   N.   M.

Tesis semejante a la mencionada en el Capítulo
XXV. Primera parte de *La Voluntad*

al propio Azorín. El autor —su viejo amigo— ha hecho pasmosos y admirables equilibrios para no mentar su nombre, mentando á todos. [99]

—Este rasgo de inquina mujeril —piensa Azorín—, esta insignificancia rastrera, propia de un espíritu sin idealidad, sin altura, sin grandeza, es como el símbolo de esta juventud de la que yo formo parte, entre la que yo vivo; de esta juventud que, como la otra juventud pasada, la vejez de hoy, no tiene alientos para remontarse sobre las miserias de la vida... Es un detalle éste que casi nada vale; pero la existencia diaria está formada de estos microscópicos detalles, y la historia, á la larga, no es sino, de igual manera, un diestro ensamblaje de estas despreciables minucias. Yo recuerdo que hace años, en un periódico en que dominaba un literato tenido por insigne, se copiaban los sumarios de una revista literaria, y al copiarlos suprimían el nombre de un escritor, colaborador de esta revista, que tiempo atrás había molestado con su sátira al literato insigne. ¡Imposible llevar más allá la ruindad de espíritu! Y este es otro detalle elocuentísimo para la pintura de nuestra sociedad literaria: en Madrid es raro el literato de corazón ancho. Se vive en un ambiente de dimes y diretes, de pequeños odios, de minúsculas adulaciones, de referencias insidiosas, de sonrisas falsas, de saludos equívocos...

Azorín deja caer al suelo el periódico y prosigue en sus quimeras:

—Sí, esto es ruin, esto es estúpido... Hace dos días salí de un café distraídamente, sin despedirme del ilustre poeta X, que estaba en una mesa próxima; ayer lo encontré por la calle y volvió la cabeza por no saludarme. Anoche en el Ateneo encontré al novelista N. y le pedí su libro reciente. *He decidido* —me contestó

---

[99] Efectivamente, salió un artículo, sin firma, "Banquete a Pío Baroja", en *El Liberal*, el 26 de marzo de 1902, y entre la lista de los presentes no figura el nombre de Martínez Ruiz. No sabemos quién sería el "viejo amigo" que le ha menospreciado.

cariñosamente— *no regalar ejemplares de mis libros...*
Y he aquí que estando hablando se acerca un redactor
de un gran periódico, amigo de ambos, y le da las gracias por haberle mandado su obra. Caigo en la cuenta
de que yo, hace un año, le prometí una crítica de un
libro anterior y no se la hice; y caigo también en la
cuenta de que este buen señor me regalaba sus libros
para que yo le hiciera reclamos más ó menos justos...
La lista de estos síntomas del tiempo sería interminable... Hay en todos una susceptibilidad, un orgullo y
un egoísmo extraordinarios. En Madrid no se puede
hacer crítica literaria sincera: no hay ni un solo escritor que sepa remontarse por encima de una censura;
no hay ni uno solo que pueda leer con perfecta ataraxia
espiritual un adjetivo denigrante para su honra literaria; no hay ni uno solo que pueda hablar indiferente
con su censor, sin prejuicios, sin restricciones, sin odios.
¡Todos son débiles! Yo soy entre todos los escritores
jóvenes el que ha atraído sobre sí más enorme cantidad
de censuras... No guardo odio á nadie; leo las más
acres virulencias con inalterable sosiego; considero á
mis censores del mismo modo antes y después de la
crítica. Y si viniera á mí alguno de ellos en requeri-
miento de un favor, yo le atendería con la misma indiferencia que á mis elogiadores...

Y es porque yo soy un determinista convencido.
Desde luego que esta actitud intelectiva para sobrepo-
nerse á las mezquindades de la vida es innata, instintiva,
congenital: pero mucho influye en ella asímismo la concepción filosófica que se tenga del universo. Y véase
cómo, aunque parezca extremada paradoja, Lucrecio ó
Moisés pueden hacer sonreir o desazonar ante la mi-
núscula insidia literaria de un cariñoso amigo, como
éste que hoy suprime mi nombre en su crónica... ¡Son-
riamos! El universo es un infinito encadenamiento de
causas y concausas; todo es necesario y fatal; nada
es primero y espontáneo. Un hombre que compone un
maravilloso poema ó pinta un soberbio lienzo, es tan
autómata como el labriego que alza y deja caer la aza-

da sobre la tierra, ó el obrero que da vueltas á la ma-
nivela de una máquina... ¡Los átomos son inexorables!
Ellos llevan las cosas en combinaciones incomprensibles
hacia la Nada; y ellos hacen que esta fuerza misteriosa
que Schopenhauer llamaba *Voluntad* y Forschamer [100]
Fantasía, se resuelva en la obra artística del genio ó
en la infecunda del crimen... Hay una famosa litografía
de Daumier que representa el galop final de un baile
en la Ópera de París; es un caos pintoresco, delirante,
frenético de cabezas tocadas con inverosímiles caretas, de
piernas que corren, de brazos en violentas actitudes,
de máscaras, en fin, que se atropellan, saltan, gesticulan,
gritan, bailan en un espasmo postrero de la orgía... Pues
bien; el mundo es como este dibujo de Daumier, [101]
en que el artista —como Gavarni [102] en los suyos y
como más tarde Forain [103] en sus visiones de la Ópera—
ha sabido hacer revivir el austero y á la vez cómico
espíritu de las antiguas Danzas de la Muerte. Desde el
punto de vista determinista, todo este tráfago, todo este
flujo y reflujo, toda esta movilidad inconsciente de una
humanidad inquieta, vienen á ser cómicos en extremo.
¡El mundo es una inmensa litografía de Daumier!

Azorín queda absorto un momento, acaso satisfecho
de su frase: es modesto. Luego prosigue pensando:

[100] Es Jakob Frohschammer (1821-1893), filósofo post-kantiano
que admitió como principio único y fundamental de conocimiento la
Phantasie. El propio universo se convierte, según Frohschammer, en
un producto de la fantasía divina (*Die Phantasie als Grundprinzip
des Weltprozesses,* 1877).
[101] Honoré Daumier (1808-1879), pintor y dibujante francés,
comparado muy a menudo con Goya. Liberal en política, empleó la
difusión de la litografía para criticar a los funcionarios y la burguesía franceses. Daumier fue muy poco dado al violento dinamismo en
sus litografías, y la obra a que alude Martínez Ruiz, *Voilà le
grrrand galop charivarique,* es casi única en toda su producción.
[102] Guillaume Gavarni (1804-1866), otro dibujante francés muy
apreciado en su tiempo. Tuvieron mucho éxito sus litografías satíricas sobre la aristocracia. También empleó su arte como propaganda en la Revolución de 1848.
[103] Jean-Louis Forain (1852-1931), caricaturista francés comparado por muchos con Daumier. Satirizaba amargamente a la burguesía
en sus obras, y como Daumier y Gavarni antes, tuvo influencia directa
en la política de su país.

—Lo doloroso es que esta danza durará millares de siglos, millones de siglos, millones de millones de siglos. ¡Será eterna!... Federico Nietzsche, estando allá por 1881 retirado en una aldea, entregado á sus fecundas meditaciones, se quedó un día estupefacto, espantado, aterrorizado. ¡Había encarnado de pronto en su cerebro la hipótesis de la *Vuelta eterna*! La Vuelta eterna no es más que la continuación indefinida, *repetida,* de la danza humana... Los átomos, en sus continuas asociaciones, forman mundos y mundos; sus combinaciones son innumerables; pero como los átomos son unos mismos —puesto que nada se crea ni nada se pierde— y como es una misma, uniforme, constante, la fuerza que los mueve, lógicamente ha de llegar —habrá llegado quizás— el momento en que las combinaciones se repitan. Entonces se dará el caso —como ya el maestro Yuste sospechaba— de que este mismo mundo en que vivimos ahora, por ejemplo, vuelva á surgir de nuevo, y con él todos los seres, idénticos, que al presente lo habitan. "Todos los estados que este mundo puede alcanzar —dice Nietzsche—, los ha alcanzado ya, y no solamente una vez, sino un número infinito de veces. Lo mismo sucede con este momento: *ha sido* ya una vez, muchas veces, y volverá á ser, cada vez que todas las fuerzas estén repartidas exactamente como hoy; y lo mismo acontecerá con el momento que ha engendrado á este y con el momento al cual ha dado origen. ¡Hombre, toda tu vida, como un reloj de arena, será siempre de nuevo retornada y se deslizará siempre de nuevo —y cada una de estas vidas no estará separada de la otra sino por el gran minuto de tiempo necesario para que todas las condiciones que te han hecho nacer se reproduzcan en el ciclo universal! Y entonces encontrarás otra vez cada dolor y cada alegría, y cada amigo y cada enemigo, y cada esperanza y cada error, y cada brizna de hierba y cada rayo de sol, y toda la ordenanza de las cosas todas. Ese ciclo del que tú eres un grano, brilla de nuevo. Y en cada ciclo de la existencia humana, hay siempre una hora en que en un individuo

primero, después en muchos, luego en todos, se eleva
el pensamiento más poderoso: el de la Vuelta universal
de todas las cosas. Y ese momento es siempre para la
humanidad la hora de mediodía". [104]

Azorín torna á quedarse ensimismado. Lo mismo
que el maestro Yuste, su espíritu padece la obsesión de
estas indefinidas combinaciones de los átomos. ¿Serán
realmente eternas? ¿Se repetirán los mundos? Su misticismo ateo encuentra en estas metafísicas un gran venero de especulaciones misteriosas. Dice un crítico, que
cuando Nietzsche halló su hipótesis —fácil de hallar,
como la halló Yuste que no conocía á Nietzsche,
después de una lectura de Lucrecio ó del moderno
Toland [105]— experimentó un sentimiento de inmenso
entusiasmo mezclado de un indecible horror.

—Yo no siento la angustia que sentía Nietzsche ante
la Vuelta eterna —piensa Azorín—; la sentiría si en
cada nuevo resurgimiento tuviésemos conciencia del anterior. Entonces, el universo sería algo infinitamente más
hórrido que el infierno católico, y el primer deber del
hombre, el más imperioso, consistiría en llegar á todos
los placeres por todos los medios, es decir, en *ser fuerte*... Nietzsche cree que, aun sin la conciencia, es ésta
la necesidad única. Yo también lo siento de este modo;
sólo que la energía es algo que no se puede lograr á
voluntad, algo que, como la inteligencia, como la belleza, no depende de nosotros el poseerla... Las cosas
nos llevan de un lado para otro fatalmente; somos de
la manera que el medio conforma nuestro carácter.
Acaso, al través del tiempo, las minúsculas reacciones
que el individuo puede operar contra el medio, lleguen,

[104] Estas palabras son de las *Obras de Nietzsche* (XII, p. 122);
sin embargo, es casi seguro que Martínez Ruiz las cita de Henri
Lichtenberger, *La philosophie de Nietzsche* (París, 1898), p. 162,
donde se encuentra la misma cita. El libro de Lichtenberger servía
para todos los de 1898 como la fuente más importante de sus conocimientos nietzscheanos (véase Azorín, *Madrid*, Cap. XXV).
[105] John Toland (1670-1722), filósofo y polemista inglés cuya
obra domina la historia del deísmo en Inglaterra. Un escéptico, su
libro más importante es *Tratado del librepensador*.

aunadas, continuadas, á determinar un tipo de hombre fuerte, pletórico de vida, superior. Pero eso nosotros no lo veremos, no lo sentiremos, y lo que á mí me importa es mi propio yo, que es *el Unico,* como decía Maz Stirner, [106] mi propia vida, que está antes que todas las vidas presentes y futuras...

Un largo momento de estupor. Luego Azorín se levanta decidido. Decidido ¿á qué?

El maestro Yuste hubiera sonreído irónicamente de Azorín, de este Azorín ingenuo que cree que los literatos madrileños son débiles porque tienen una cenestesia delicada, y que él es fuerte porque sufre impasible el diminuto arañazo de un amigo insidioso.

El maestro hubiera sonreído.

---

[106] Max Stirner, seudónimo de Johann Caspar Schmidt (1806-1856), pensador ácrata y pre-nietzscheano, cuya obra *El único y su propiedad* (1843), muy leída en España a la vuelta del siglo, predica un egoísmo total de los instintos y la voluntad individuales.

VI

E L Anciano está sentado en un amplio sillón. Tiene la barba blanca; sus mejillas están sonrosadas; los recios cristales de unas gafas tamizan el brillo de la mirada. Es menudo de cuerpo; su voz es incisiva y penetrante. Y conforme va hablando, sencillamente, ingenuamente, va frotándose las manos una con otra, todo encogido, todo risueño.

Trabaja ante una mesa cargada de papeles, libros, periódicos, en un despacho sencillo, junto á un balcón por el que entra una amplia oleada de sol. Y así, bañado en luz, sosegado, silencioso, el Anciano va cubriendo con su letrita microscópica cuartillas para la imprenta, alegatos para el juzgado.

Azorín ha venido á ver al Anciano. El Anciano recibe simplemente á todas sus visitas. Y durante un rato, Azorín ha oído sonar la vocecilla atiplada y ha visto las blancas manos pasar una sobre otra suavemente.

—La literatura española contemporánea no ha encontrado hasta ahora su historiador... Yo allá en mis mocedades intenté hacer algo, pero concretándome sólo á la literatura dramática. Mi idea era publicar un estudio sobre el teatro, acompañado de la mejor producción de cada autor. En París se ha hecho algo parecido, pero con respecto á nuestro teatro antiguo... Hay una colección de doce comedias de los grandes autores, *las doce*

223

mejores comedias... Y, ¿á que no sabe usted quién la hizo? Augusto Comte. [107]

El Anciano calla un momento; y luego prosigue:

—Augusto Comte era aficionadísimo á nuestra literatura. Los dos libros que él recomendaba á sus discípulos que leyesen, eran el *Quijote* y el *Kempis.* Él quería que leyesen todos los días por lo menos una página. Pero —les decía— donde en la *Imitación de Cristo,* pone *Dios,* vosotros poned *Humanidad,* y resultará todo conforme á nuestra religión... Comte era más que nada un gran soñador, un sentimental... Y para ver cómo este hombre entendía la palingenesia social, la mutación de un estado social en otro, y cuáles eran las vías para llegar á él, no hay más que leer sus *Circulares.* Así, yo recuerdo que en la que publicó en 1855 dice que "la enfermedad occidental exige un tratamiento *más afectivo que intelectual*", y luego añade que "aunque los positivistas hayan debido ascender primero desde la fe hacia el amor, *deben en adelante preferir la marcha, más rápida y más eficaz, que desciende del amor á la fe*"... Por aquí puede verse que Comte era uno de esos hombres afectivos destinados á abrir una honda huella en la humanidad. Fué un filósofo, pero por encima de eso, fué un apóstol, un hombre de multitudes... Además, ya sabe usted que intentó fundar una religión: el positivismo no es una escuela filosófica, como puede serlo el cartesianismo, el hegelianismo; es algo más trascendental, es una religión... Vea usted qué cosa tan extraña á primera vista, pero justificable cuando se piensa en su sentimentalismo: Comte profesaba un verdadero culto á la Virgen, culto que sus discípulos han continuado fervorosamente. Jorge Lagarrigue [108] en sus

[107] Según nuestras indagaciones, Comte nunca hizo una colección de las comedias españolas. Sin embargo, en la lista de lecturas recomendadas por él para la educación positivista, *Bibliothèque Positiviste du XIXᵉ Siècle,* viene una edición, *Théâtre espagnol,* hecha por José Segundo Flórez.

[108] Jorge Lagarrigue (1854-1894), literato chileno que estudió Derecho y Medicina en París, donde vivió muchos años. Fue uno de los adeptos más entusiastas de las doctrinas positivistas, y autor de *Le positivisme et la Vierge Marie,* el libro que se comenta aquí.

Cartas sobre el positivismo dedica largas páginas á la Virgen-Madre, que siendo, según él, "la mejor representación de la Humanidad, y el fin constante y supremo de nuestros esfuerzos, debe ser el resumen natural de nuestra religión, el centro de su culto, de su dogma y de su régimen"... Comte, en el fondo, sobre todo en sus últimos años, era un católico, y sin disputa, un místico. En el *Catecismo positivista* recomienda la oración. *La oración —dice— se convierte para nosotros en el ideal de la vida, porque orar es á la vez amar, pensar y obrar.* El positivismo tenía también sus sacramentos; el sacramento de la *presentación* era una especie de bautismo... Los discípulos, siempre que hablaban de la muerte del maestro, no decían *la muerte,* sino *su gloriosa transformación...* Llegaron también á cambiar los nombres de los meses; así, Homero era Febrero; Abril, César; Marzo, Aristóteles; Septiembre, Gutemberg; Diciembre, Bichat...

El Anciano calla un instante. Y prosigue:

—Yo, cuando estuve en París, seguí dos cursos de positivismo. Entonces conocí á los discípulos de Comte, que luego han continuado escribiéndome y consultándome sobre sus diferencias. Cuando la desavenencia entre Laffitte [109] y Lagarrigue, éste me escribió una larga carta ...Pocos discípulos deben de quedar: Laffitte, Lagarrigue, Flores... [110] Laffitte es el sucesor, con gran enojo de Lagarrigue que ve en él algo así como un traidor á la causa santa. Laffitte tiene ahora —si vive— la cátedra en el Colegio de Francia que Comte solicitó de

[109] Pierre Laffite (1823-1903), discípulo de Comte, y, después de la muerte del maestro (1854), el apóstol del positivismo. En 1878 fundó la *Revue occidentale,* el órgano del positivismo, y en 1892 ocupa la primera Cátedra de la Historia de las Ciencias en el Collège de France.

[110] Martínez Ruiz estará pensando en José Segundo Flórez (véase la nota 107 arriba), nacido en 1789. Fraile exclaustrado, emigró en 1848 a Francia, donde llegó a ser uno de los discípulos más fieles de Comte. Baroja le admira en *Final del siglo XIX y principios del XX* (cuarta parte, X) y dedica un artículo a su vida (*OC*, V, p. 1213-1216).

Guizot. [111] Es un hombre austero, un asceta. Vive po-
brísimamente, y con todo de pasarse todo el día aje-
treado dando lecciones, no hay noche que no vaya á
dar también lecciones, pero gratuitas, á *la capilla de
Comte*... Esta capilla es la casa donde él vivió; sus discípulos la compraron á costa de grandes sacrificios para
consagrarla á su memoria. Y como Laffitte es pobre,
le invitaron á que la ocupase. "No —contestó él—, no
quiero profanar la casa del maestro". Y continuó viviendo en un desván donde, cuando yo le visité, no
tenía ni unas malas tablas para poner los libros, que
andaban tirados por el suelo...

El Anciano calla. Y Azorín piensa en este hombre
austero, discípulo y amigo de otros hombres austeros.
En el tremendo desconcierto de la última década del
siglo XIX, sólo este español se yergue puro entre la turba
de negociantes discurseadores y cínicos. Y es tanta su
rigidez, tal su inflexibilidad, que ellas mismas le han
llevado en ocasiones á negar la vida y hacer obra de
reacción infecunda. Así, en 1873, siendo ministro de la
Gobernación, pudo haber instaurado la república federal, con ocasión de las insurrecciones de Sevilla, Barcelona y Cartagena. ¡Y este hombre que desde el 54
venía predicando la Federación y consagrando á ella
todas sus energías, permaneció inerte! "¿Hice bien?
—pregunta en su folleto *La República de 1873*—; lo
dudo ahora si atiendo al interés político; lo afirmo sin
vacilar, si consulto mi conciencia..." Azorín no se ex-
plicaba esta dualidad absurda. ¡Predicar la Verdad, y
no hacerla surgir, llegado el momento, por respeto á
una ley, por no conculcar una ley! ¡Y todo un pueblo,
que creemos nosotros que será feliz con nuestras doctrinas, sufriendo por un exagerado puritanismo nuestro!
¡Lo inmoral, aquí, en este caso, es el respeto á esa ley
que se opone al bienestar de una nación!

[111] François-Pierre Guizot (1787-1874), importante historiador y
político en el siglo XIX francés. Fue en una ocasión Ministro de
Educación Pública.

El Anciano, en la puerta, despide á Azorín, frotándose dulcemente las manos, sonriendo, con su voz atiplada:

—Adiós, señor Azorín... Adiós, señor Azorín.

Y Azorín se entristece pensando en la enorme paradoja de Comte, en la enorme paradoja de su discípulo Pí y Margall —un hombre sabio y bueno que pudo hacer menos grande el dolor de España y no lo hizo. [112]

[112] Pi y Margall, a quien el militante Martínez Ruiz consideraba como el padre del anarquismo español, siempre fue altamente respetado por él. La mayor parte de este capítulo se publicó como colaboración de prensa en *Vida Nueva* (24-XII-1899) con el título de "En casa de Pi y Margall". Conviene recordar también que el gran pensador socio-político puso el prólogo al estudio de Martínez Ruiz, *Sociología criminal* (1899).

VII

Y es lo cierto —piensa Azorín mientras baja por la calle de Toledo—, que yo tengo un cansancio, un hastío indefinible, invencible... Hace diez años, al llegar á Madrid después del fracaso de aquel amor... infausto; al llegar á Madrid con mis cuartillas debajo del brazo, tenía cierto entusiasmo, cierto ardimiento bárbaro, indómito... ¡Qué crónicas aquellas de *La Península*! El director todas las noches, muy grave, con su respirar de foca vieja: "Amigo Azorín, *esto* no puede continuar; los suscriptores se quejan; hoy he recibido ocho cartas..." Y luego, cuando salió mi artículo sobre *El amor libre*, ¡un aluvión de protestas! [113] *El autor* —decía en una de ellas un viejo progresista— *ó es un loco ó no debe de tener hijas*... No, no tenía hijas, ni nada... No tenía este tedio de ahora, después de haber hecho mi nombre un poco célebre —que vale más que ser célebre del todo—; después de haber devorado miles de libros y haber emborronado miles de cuartillas...

Azorín pasa ante la iglesia de San Isidro.

—Y esto es inevitable; mi pensamiento nada en el vacío, en un vacío que es el nihilismo, la disgregación

[113] El autor se refiere, sin duda alguna, a su colaboración en *El País* (desde diciembre de 1896 hasta febrero de 1897) bajo la dirección de Ricardo Fuente. Sus percances de cronista y la subsiguiente destitución se relatan en *Charivari* (OC, I). El artículo mencionado debe de ser "Crónica" (22-I-1897), en el cual arremete contra el matrimonio como institución inmoral y aboga por el amor libre.

de la voluntad, la dispersión silenciosa, sigilosa, de mi personalidad... Sí, sí, el trato de Yuste ha influído sin duda en mí; su espíritu se posesiona de mí definitivamente, pasados estos años de entusiasmo. Y luego, la figura de Justina, negra, pálida... y el ambiente tétrico de aquel pueblo... la herencia, acaso, también, y más poderosamente que nada... todo, todo rompe y deshace mi voluntad, que desaparece... ¿Qué hacer?... ¿Qué hacer?... Yo siento que me falta la Fe; no la tengo tampoco ni en la gloria literaria ni en el Progreso... que creo dos solemnes estupideces... ¡El progreso! ¡Qué nos importan las generaciones futuras! Lo importante es nuestra vida, nuestra sensación momentánea y actual, nuestro *yo,* que es un relámpago fugaz. Además, el progreso es inmoral, es una colosal inmoralidad: porque consiste en el bienestar de unas generaciones á costa del trabajo y del sacrificio de las anteriores.

Azorín entra en la calle de los Estudios. Pasa por la misma una mujer con dos niños. Y Azorín piensa:

—No sé qué estúpida vanidad, qué monstruoso deseo de inmortalidad, nos lleva á continuar nuestra personalidad más allá de nosotros. Yo tengo por la obra más criminal esta de empeñarnos en que prosiga indefinidamente una humanidad que siempre ha de sentirse estremecida por el dolor: por el dolor del deseo incumplido, por el dolor, más angustioso todavía, del deseo satisfecho... Podrán llegar los hombres al más alto grado de bienestar, ser todos buenos, ser todos inteligentes... pero no serán felices; porque el tiempo, que se lleva la juventud y la belleza, trae á nosotros la añoranza melancólica por las pasadas agradables sensaciones. Y el recuerdo será siempre fuente de tristeza. Yo de mí sé decir que nada hay que tanto me contriste como volver á ver un lugar —una casa, un paisaje— que frecuenté en mi adolescencia; ni nada que ponga tanta amargura en mi espíritu como observar cómo ha ido envejeciendo... cómo ha perdido el brillo de los ojos, y la flexibilidad de sus miembros, y la gallardía de sus movimientos... la mujer que yo amé secreta y fugazmente siendo muchacho. [114] ¡Todo pasa brutalmente, inexorablemente! Y yo veo junto á esta mujer deforme, lenta, inexpresiva... un gesto, una mirada, un movimiento de la muchacha de antaño... su modo peculiar de sonreir entornando los ojos titileantes, su manera de decir *no*, su expresión deliciosamente grave al hacer una confidencia... ¡Y. todo este resurgimiento instintivo me llena de una tristeza casi anhelante! Y pienso en una inmensa danza de la Muerte, frenética, ciega, que juega con nosotros y nos lleva á la Nada!... Los hombres mueren, las cosas mueren. Y las cosas me recuerdan los hombres, las sensaciones múltiples de esos hombres, los deseos, los caprichos, las angustias, las voluptuosidades de todo un mundo que ya no es.

Azorín se encuentra frente al Rastro. En la calle de los Estudios comienzan las avanzadas del pintoresco mercado. Van y vienen gentes apresuradas; gritan los vendedores; campanillean los tranvías eléctricos. Al borde de la acera se extienden los puestos de ropas, hules, marcos, cristalería, libros. Junto á la puerta del

---

[114] Sabemos muy poco de la vida amorosa del joven Martínez Ruiz. Ángel Cruz Rueda, en su *Semblanza*, llama "imaginarios a los amores entre Justina y Antonio Azorín"; y en una entrevista con Víctor Arlanza, publicada en *El Español* (19-XII-1942), el maestro dice: "Y en cuanto a Justina tampoco existió nunca". Sin embargo, Castillo Puche, en otra entrevista (*El Español*, semana del 14 al 20 de junio de 1953), le preguntó si realmente existió Justina y Azorín contestó: "Oí contar el caso". Claro que aquí Martínez Ruiz no puede estar pensando en el episodio, nada secreto, de esta novela, sino, tal vez, en su único amor —por cierto fugaz— documentado. Se trata de la Srta. Etelvina, hija del registrador de Monóvar, quien revela las declaraciones del joven muchacho luego a José Alfonso, biógrafo de Azorín (véase *Azorín, íntimo*, p. 59-60, y *Azorín, en torno a su vida y a su obra*, p. 32-33). En "La primera carta de amor de Azorín y otras epístolas" (*Ínsula*, núm. 199, junio de 1963), Ricardo Gullón publica una carta a Etelvina, por lo visto, nunca contestada, que reza así:

Monóvar 6 julio, 89.

Señorita Etelvina: habiéndome tocado el corazón esa chispa de amor; no pudiendo retenerla por más tiempo dentro de mi corazón, me decido a comunicarle, haber *(sic)* si me hace el favor de contestarme afirmativamente.

Sin más espera S. S. S. Q. B. S. P.

José Martínez

Instituto, arrimada á la pared, una vendedora de cordones lee en voz alta el folletín de un periódico. "*¡Ah, yo evitaré que se esconda!* dijo el duque con voz..." Después grita: *¡Cinco cordones en una perra chica, cinco cordones en una perra chica!* Una diligencia pasa cascabeleando, con estruendo de herrumbre y muelles rotos. Resaltan las telas, rojas, azules, verdes, amarillas, de los tenderetes; brillan los vasos, tazas, jarrones, copas, floreros; llena la calle rumor de gritos, toses, rastreo de pies. Y los pregones saltan repentinos, largos, plañideros: *¡Papel de Armenia para perfumar las habitaciones á perro grande!...* *¡Son de terciopeelo y peluche!...¡La de cuatro y seis reales, á real!...* Un vendedor de dátiles pasea silencioso, envuelto en una amplia capa parda, encasquetada una montera de pieles; sentada en el resalto de una ventana baja, una ciega extiende la mano. La cordonera lee: "...el niño vencido por el terror..." Y luego: *¡Cinco cordones en una perra chica, cinco cordones en una perra chica!* Se acerca una mujer con un gran saco á la ciega. Hablan: "...decirte que vaya tu marido á hacer colchones el lunes..." Pasan carromatos, coches, tranvías.

En la calle de los Estudios, lucen colgados en las fachadas los blancos muebles de pino; junto á la acera continúan los puestos de cintas, tapetes, jabones, libros. Van y vienen traperos, criadas, señoritos, chulos, mozos de cuerda... Y recorrida la calle del Cuervo, con sus pañerías y zapaterías, se llega á la Cabecera del Rastro. Confusión formidable; revoltijo multiforme de caras barbadas y caras femeninas, de capas negras, toquillas rojas, pañuelos verdes; flujo y reflujo de gentes que tropiezan, de vendedores que gritan, de carros que pasan. En la esquina un círculo de mujeres se inclina sobre un puesto; suena dinero; se pregona: *¡A quince y á real peines!* Y un mozo cruza entre la multitud con un enorme espejo que lanza vivísimos destellos.

La gente sube y baja; una vendedora de pitos, con una larga pértiga en que van clavados, silba agudamente; un vendedor de vasos los hace tintinear

golpeándolos; chocan, en las tiendas, con ruido metáli-
co, los pesos contra el mármol. Y á intervalos rasga los
aires la voz de un carretero, el grito de un mozo carga-
do con un mueble: *Ahí va, eh!... ¡ahéeeh!*

Se pasa luego frente á la calle de la Ruda, entre lòs
puestos de las verduleras, y aparece la Ribera de Curti-
dores. Entre las dos líneas blancas de los toldos, resalta
una oleada negra de cabezas. Al final, en lo hondo, un
conjunto de tejados rojizos, una chimenea que lanza
denso humo, la llanura gris, á trechos verde, que se
extiende en la lejanía, limitada por una larga y tènue
pincelada azul... Gritan los vendedores —de jabones,
de tinta, de papel, de agujas, de ratoneras, de cucha-
ras, de corbatas, de fajas, de barajas, de cocos, de
toquillas, de naranjas— que van y vienen por el centro.
Y ante dos papeles de tabaco extendidos en el suelo,
vocea un hombre jovialmente: *!Aire, señores, aire á la
jamaica¡*

Las telas colgadas flamean blandamente; reflejan al
sol los grandes círculos dorados de los braseros; resaltan las manchas blancas y azules de platos y cazuelas;
un baratillero toca una campana; un niño con dos
gruesos volúmenes grita: *¡La novela* La esposa már-
tir,*[115] la vendo!*; trinan los canarios de multitud de
jaulas apiñadas; se oyen los lejanos gruñidos angustiosos de los cerdos del matadero. Y en el fondo, destacando sobre el llano manchego, la chimenea va silenciosamente difuminando de negro el cielo azul.

A la izquierda de las *Grandiosas Américas,* baja un
callejón lleno de puestos de hórridas baratijas: cafete-
ras, bragueros, libros, bisagras, pistolas, cinturones, bol-
sas de viajes, gafas, leznas, tinteros... todo viejo, todo
roto, todo revuelto. Junto á la puerta de la Escuela de
Artes y Oficios, un grupo rodea una ruleta. El ruletero
es un clásico rufián de cavernosa voz; sus mostachos son
gruesos; las mangas cortas de la chaqueta descubren

---

[115] Novela de Enrique Pérez Escrich (1829-1897), autor que
triunfó en las novelas "por entregas", a las que da intención mora-
lizadora.

recias muñecas. De cuando en cuando hace girar la
pintada rueda de madera y exclama: *¡Hagan juego,
señores!... Donde quieran y como quieran... ¡Pueden
jugar de 5, de 10, de 15, de 20 y de real!...* Se oye
como se va apagando el tic-tac de la ballena. Y luego:
¡Número 13, blanco! Y tintinean las monedas.

Se cruza luego la ronda de Toledo, y se entra en
el más miserable bazar del Rastro. Es á modo de una
feria hecha con tablas rotas y lienzos desgarrados, formada en calles estrechas y fangosas, repleta de mil tras-
tos desbaratados.

Aquí en esta trastienda del Rastro hay una barraca
de libros viejos, y á ella viene los domingos Azorín, á
sentarse un rato, mientras curiosea en los sobados volúmenes. Entran y salen clérigos pobres, ancianos con
capas largas, labriegos. Revuelven, preguntan, regatean.
El librero defiende su mercancía: "... se venden sueltas
á dos pesetas y la *Desesperación* de Espronceda está
agotada..." Una niña viene á vender una novela; una
vieja pregunta por otro vendedor que se ha suicidado;
pasa un mozo con unas vidrieras á la espalda; suena
la musiquilla asmática de un acordeón.

Y Azorín, cansado, siente cierta vaga tristeza en este
inmenso y rumoroso cementerio de cosas —que representan pasados deseos, pasadas angustias, pasadas voluptuosidades.

VIII

E s t e Enrique Olaiz está ahora paseando por su despacho, en cortos paseos, porque el despacho es corto. Olaiz es calvo —siendo joven—; su barba es rubia y puntiaguda. Y como su mirada es inteligente, escrutadora, y su fisonomía toda tiene cierto vislumbre de misteriosa, de hermética, esta calva y esta barba le dan cierto aspecto inquietante de hombre cauteloso y profundo, algo así como uno de esos mercaderes que se ven en los cuadros de Marinus, [116] ó como un orfebre de la Edad Media, ó como un judío que practica el cerrado arte de la crisopeya, metido allá en el fondo de una casucha toledana.

Y tiene Olaiz realmente algo de misterioso. El ama lo extraño, lo paradójico; le seducen las psicologías sutiles y complicadas; admira esos pueblos castellanos, tan sombríos, tan austeros, perdidos en la estepa manchega. Yo creo que ha sido él quien ha infundido entre los jóvenes intelectuales castellanos el amor al *Greco*... Y véase la contradicción: este hombre tan complejo, tan multiforme, es sencillo, sencillo en su escritura. Escribe fluidamente, sin preparación, sin esfuerzo; y su estilo es claro, limpio, de una transparencia y de una simplicidad abrumadoras. Acaso por esto sus libros no son admirados, plenamente admirados, por la crítica. Es natural que suceda esto en un medio literario en

[116] Véase la nota 95, Cap. IV, Segunda Parte.

que sólo alcanza admiraciones lo que se suele llamar
el estilo "brillante", y que es en realidad una moda
momentánea de retórica y de sintaxis. Olaiz no es brillante: tiene la simplicidad que no envejece, que es de
todos los tiempos, la simplicidad, incorrecta á veces
—¡y qué importa!— de lo que se siente hondamente,
de lo que es original, pintoresco, sugestivo.

Aquí en su despacho está ahora Olaiz conversando
con Azorín. Tiene un pañuelo blanco al cuello; lleva
unos zapatos suizos. Y con las manos metidas en los
bolsillos y un poco encorvado, esfumada casi su silueta
en la turbia claror de este día de invierno, en que sólo
resaltan la mancha rosa de la calva y la mancha oro de
la barba, parece que va á comunicar misteriosamente
que la ansiada transmutación se realizará de un momento á otro, tal vez hoy, acaso mañana.

El despacho es una pieza cuadrada con una ventana
que da á un patio. A un lado hay una mesa y un estante con libros; junto á la ventana, otra mesa con
tapete verde, y por la estancia, ligeros sillones de guta-
percha y sillas de reps verde. Lucen en las paredes re-
producciones de cuadros del Greco, una fotografía del
Descendimiento de Metsys, [117] aguas fuertes de Goya,
grabados de Daumier y Gavarni. De cuando en cuando
Yock, [118] que es un perro kantiano, entra y sale familiarmente. Y un reloj marca con su tic-tac sonoro el
correr del tiempo inexorable.

Enrique Olaiz dice:
—Nuestro tiempo es un tiempo de excepción para
los intelectuales. En primer lugar, el hecho que se ha

[117] Quintín Metsys (1465-1530), pintor de la escuela flamenca.
¿Estará pensando Martínez Ruiz más bien en el célebre *Descendimiento* de Roger Van Der Weyden (1400-1464)? Se encuentra en el
Prado y salió reproducido, acompañado por un texto de Renan, en
el número 12, el último, de la revista *Juventud* (27-III-1902). Enca-
bezó una serie de artículos por Baroja, Martínez Ruiz y Unamuno
en los cuales dan su interpretación —de orientación política— del
drama de la Pasión.
[118] Recuerde el lector que Yock era el perro "filósofo" de Silvestre Paradox en *Aventuras, inventos y mixtificaciones de Silvestre
Paradox* (1901), de Baroja.

mostrado claramente á todos los pensadores es que el principio democrático es un error, que los dogmas de la Revolución, *Libertad, Igualdad y Fraternidad,* contienen una contradicción, una blasfemia en contra de la naturaleza eterna... Libertad é Igualdad son incompatibles porque la Naturaleza ha hecho á los individuos desiguales, y por consiguiente éstos en la realización de su libertad volverán siempre á la reconstrucción de su desigualdad... Hay también otro motivo: la destrucción de los privilegios de la herencia no ha tenido por consecuencia ni siquiera aquella igualdad relativa que correspondería á la desigualdad natural de los hombres; sino que esta destrucción de los privilegios ha allanado el camino á dos nuevos dueños, ó sea, á la burguesía y al pueblo... En contraste con los sueños de la Revolución francesa, la realidad ha demostrado que la mera liberación de una Humanidad todavía ineducada é ignorante, fundada en el principio democrático... esta liberación no podía producir otra cosa que un nuevo privilegio: el de los declamadores, entre los astutos y entre los interiormente menos delicados.

La libertad llevada á sus últimas consecuencias, repugna. Actualmente un hombre, á no ser un sectario, encuentra lógica y necesaria la libertad de conciencia y la libertad de emisión del pensamiento. La mayoría de los hombres creemos que todos tienen el derecho de buscar la verdad, su verdad; pero esta libertad que para el pensamiento la aceptamos todos, no la aceptamos respecto, por ejemplo, del comercio. Si alguien tratara de vender en la calle venenos ó abortivos, todos creeríamos que la libertad del vendedor debería ser atajada... También nos molesta pensar que un hombre pueda comprar los favores de una mujer por dinero, y sin embargo, es libre él para comprarlos y ella para prostituirse...

La igualdad no es necesaria llevarla al absurdo para comprender que es una idea sin base ninguna... Respecto á la fraternidad es un sueño hermoso, pero irrealizable, al menos por ahora.

Consecuencia de estos tres dogmas es la Democracia, la santa, la intangible Democracia, que es el medio de realizar esos ideales... Hablo, al decir Democracia, del dogma político-social así llamado, no de esa piedad y benevolencia por las clases menesterosas, producto de la cultura de la humanidad y que no tiene nada que ver con el dogma... Me refiero á la Democracia que tiende al dominio de la masa, al absolutismo del número, y que ya no tiene tantos partidarios como antes entre los hombre libres que piensan sin prejuicios... El número no podrá nunca ser una razón; podría serlo si la masa estuviera educada; pero para educarla, alguno tiene que ser el educador, y ese educador tiene que estar alto, para imponer una enseñanza que quizás la misma masa rehusara... Hoy todos los que no tenemos intereses ni aspiraciones políticas, estamos convencidos de que la Democracia y el sufragio son absurdos, y que un gran número de ineptos no han de pensar y resolver mejor que un corto número de inteligentes. Estamos viendo la masa agitada siempre por malas pasiones; vemos los clamores de la multitud ahogando la voz de los hombres grandes y heroicos. Desde la que condena á Cristo hasta la que grita á Zola, casi siempre la masa es de instintos protervos... A pesar de la cultura adquirida, con haber triunfado la Democracia no se puede decir que haya abierto el campo á las energías de los fuertes; actualmente al menos no se ve que la Democracia sea comadrona de genios ó de hombres virtuosos. Dada la manera de ser comunista de la enseñanza —y esto es bastante para que todos los espítitus libres y algo revoltosos sientan antipatías por ella—; dada esta enseñanza un hombre de talento ó de carácter no tiene más medios que antes de sobresalir; acaso tenga menos que hace doscientos años, porque el afán de lucro arrastra hacia las universidades y escuelas especiales, y un turbión de gente obstruye todos los caminos y ahoga con su masa las personalidades más enérgicas...

Para la realización de la Democracia, medio de conseguir el sagrado lema *Igualdad, Libertad, Fraternidad,* se creyó primero en la república; hoy ya se consideran como formas superiores la del Socialismo y la de la Acracia... El socialismo se ve lo que es. Bernstein en sus obras, ya célebres, *Hipótesis del socialismo* y *¿Es posible un socialismo científico?*, [119] ha demostrado que las afirmaciones de Marx no tienen el carácter de seguridad y de certeza que se les ha querido asignar. Ha observado Bernstein, y ha observado concienzudamente en Alemania, en Inglaterra, en Francia; y de sus estudios, de la comparación de los hechos, de las estadísticas se obtiene un resultado diametralmente opuesto á la teoría de Karl Marx. Y este resultado es la diseminación de la propiedad territorial, la multiplicación de las empresas, el fraccionamiento de los capitales. En Inglaterra la propiedad territorial lleva camino de dividirse menudamente; en Francia las propiedades pequeñas forman, según las estadísticas, las tres cuartas partes de la propiedad rústica; en Alemania se observan fenómenos análogos. Esto respecto á la tierra... Con relación á la industria, Bernstein demuestra con datos que la fábrica grande permite vivir á las pequeñas, á las cuales necesita muchas veces como auxiliares... Y en cuanto al dinero, según las observaciones del autor, se fragmenta y se democratiza como las demás riquezas gracias á la multiplicación de las sociedades y al precio siempre pequeño de las acciones... Estas obras de crítica de Bernstein han producido verdadero pánico entre los socialistas científicos. La negación de las premisas del marxismo ha bastado para llevar á todos los afiliados á la doctrina á la desorientación más profunda.

Estamos acercándonos á la *débâcle* del socialismo doctrinario. El obrero, cuanto más instruído, aparece más individualista. Y es lógico. La emancipación de la

---

[119]   Eduard Bernstein (1850-1932), escritor y político alemán que abrazó muy joven el socialismo. Dentro del socialismo es decidido adversario de Marx, figurando como jefe del grupo evolucionista. Aludiría Martínez Ruiz (Baroja) a los artículos de Bernstein en la revista *Neue Zeit* de Kautsky. Su único libro publicado en estos años es *Die Voraussetzungen des Sozialismus und die Aufgaben der Sozialdemokratie* (1899).

clase trabajadora podrá ser un gran ideal para el apocado, para el pobre de espíritu, para el que no se re-
conoce con fuerzas ni cualidades de hombre de presa;
pero para el audaz, para el enérgico, la emancipación
suya, que le permita desenvolver sus energías, estará
siempre y en todos los actos antes que la emancipación
de la clase. El hombre podrá tener solidaridad con la
humanidad, pero ¿por qué la va á tener con su clase?
El obrero fuerte y ambicioso ha de encontrar absurdo
cerrar su porvenir arruinando á la burguesía. ¿Qué
fuerza puede tener la famosa lucha de clases cuando no
hay diferencia de jerarquía social, ni antagonismo desde el punto de vista económico entre el obrero y el pequeño burgués, cuando el paso de una clase á otra es
continuo y sin dificultades? Podrá tener, y esto es todo,
el odio que en un ejército, donde los grados se conquis-
tan por méritos de guerra ó por intrigas, pueden tener
los soldados á los jefes... Esto sin contar con lo repul-
sivo que es para todo espíritu libre, el sentir el peso de
la disciplina social en los actos más individuales... porque la solidaridad humana ha de ser sentimiento de
afecto espontáneo, no imposición de disciplina rigurosa.

Olaiz calla un momento. Silenciosamente va y viene
en la penumbra. El reloj marca su tic-tac infatigable.
Yock reposa tranquilo debajo de la mesa.

Olaiz prosigue:

—El edificio socialista cruje, se derrumbará; el porvenir es individualista. Todo lo que asciende se diversi-
fica... Vamos hacia un tiempo en que cada uno pueda
viajar en automóvil, en que por la facilidad de trans-
portar la fuerza motriz á distancia, cada uno pueda
convertir su casa en taller... Vamos al máximum de libertad compatible con el orden, al mínimum de inter-
vención del Estado en los intereses del individuo. Y
esto se lo debemos á la ciencia, no á la democracia. La
ciencia es más revolucionaria que todas las leyes y de-
cretos inventados é inventables. La máquina que fun-
ciona da más ideas que todos los libros de los sociólogos...

Después del socialismo, especie de dogma católico de la Humanidad, viene el anarquismo dogmático, que es un misticismo ateo. Sólo pensando que la doctrina anarquista supone como premisa la bondad innata del hombre, la utilización y el aprovechamiento de las pasiones como fuerzas de bien y de vida, y otras cosas muy bellas, se comprende la imposibilidad de este sueño de Arcadia venturosa, de esa Jerusalén Nueva de hombres sin malas pasiones, sin vicios, sordideces, ni miserias... Habría que creer que toda la historia antigua, moderna y aun actual es mentira, para figurarse al animal humano como un cordero, más que como una bestia feroz á quien las necesidades de todos han limado los dientes y han cortado las uñas... Y yo creo que, desgraciadamente, hoy el hombre es malo. La evolución, la herencia pueden cambiar ó hacer desaparecer los instintos... Sí, sí, será cierto... en lo futuro. Hoy la realidad es dolorosa: la mentira, la explotación, la tiranía, triunfan. Y es preciso destruir el mal, ser sinceros, ser audaces, no contemporizar, no transigir, ¡marchar hacia delante con toda la brutalidad de quien se siente superior á los otros! [120]

Olaiz calla. Y sus palabras son como el espíritu, como el aliento de un grupo de jóvenes entusiastas que son un anacronismo en el ambiente actual de industrialismo literario é industrialismo político.

---

[120] Que este monólogo de Olaiz (Baroja) viene de algo suyo ya publicado, no he podido confirmarlo con documentos. Sin embargo, es un conjunto de ideas —algunas expresadas con las mismas palabras— sostenidas por él en varios artículos aparecidos en *Revista Nueva* en 1899 y en *Electra* en 1901.

IX

Y este grupo de jóvenes entusiastas decidió celebrar
el aniversario de Larra. Era el día 13 de febrero. [121]

—Larra, para mí —decía por la mañana Olaiz en su
despacho—, representa la generación romántica de 1830...
Es algo como un símbolo de toda una época... Yo veo

[121] La peregrinación a la tumba de Larra tuvo lugar el 13 de
febrero de 1901, y los actos quedan descritos en una circular, *Larra
(1809-1837). Aniversario de 13 de febrero de 1901* (Madrid, Imprenta
de Felipe Marqués). Consiste la hoja de una descripción del cementerio de San Nicolás y de la tumba de Larra, firmada por Pío
Baroja; de un discurso por Martínez Ruiz, reproducido íntegro y
sin cambios en este capítulo de *La voluntad;* de una nota biográfica;
y de una lista de los concurrentes: Baroja, Martínez Ruiz, Ignacio
Alberti, Camilo Bargiela, Ricardo Baroja, José Fluixá, Jesús Fluixá
y Antonio Gil. El comentario biográfico sobre Larra que sigue en el
capítulo se forma de citas de la "Nota Biográfica" (sin firma) de la
hoja. Pero más extraordinaria todavía es cómo el futuro *Azorín*
se aprovecha de la descripción de Baroja. Creo que conviene copiar
a continuación el texto barojiano, nunca reproducido, según nuestras
noticias, en un libro. Cito de la hoja circular que tengo:

LA TUMBA DE LARRA

"El día trece por la tarde, aniversario de la muerte de Larra,
fuimos algunos amigos a visitar su tumba al cementerio de San
Nicolás.

El cementerio éste, se encuentra colocado a la derecha de un camino próximo a la estación del Mediodía. A su alrededor hay eras
amarillentas, colinas áridas, yermas, en donde no brota ni una mata,
ni una hierbecilla.

A los lados del camino del Camposanto se levantan casuchas roño-
sas, de piso bajo sólo, la mayoría sin ventanas, sin más luz ni más
aire que el que entra por la puerta.

El día en que fuimos era espléndido, el cielo estaba azul, tranquilo, puro. Desde lejos a mitad de la carretera, por encima de los

en toda esta gente cierto lirismo, cierto ímpetu hacia un ideal... que ahora no tenemos. Y por eso nosotros, cuatro, ó seis, ó los que seamos, al ir á celebrar la

tejadillo del cementerio se veían las copas de los negros cipreses que se destacaban en el horizonte de un azul luminoso.

Llegamos al Camposanto; tiene éste delante un jardín poblado de árboles secos y de verdes arrayanes y una verja de hierro que le circunda.

Llamamos, sonó una campana de triste tañido, y una mujer y una niña salieron a abrirnos la puerta. Enfrente de ésta hay un pórtico como una ventana semicircular en medio, con los cristales rotos; a los lados se ven las campanas.

Por encima del tejado del pórtico, de una enorme chimenea de ladrillo salía una bocanada lento de humo negrísimo.

—¿Vienen ustedes a ver a alguno de la familia?— nos dijo la mujer.

—Sí —contestó uno de nosotros.

Entramos, cruzamos el jardín, después el pórtico, en donde un enorme perrazo quiso abalanzarse sobre nuestras piernas, y pasamos al primer patio.

Un silencio de muerte lo envuelve. Sólo de cuando en cuando se oye el cacareo lejano de algún gallo, o la trepidación de un tren que pasa.

Las paredes del patio, bajo los arcos, están atestadas de nichos, abandonados, polvorientos; cuelgan aquí corona de siemprevivas, de las que no queda más que su armazón; allí se ven cintajos podridos, en otra parte una fotografía iluminada, más lejos un ramo arrugado, seco, símbolo de vejez o de ironía. En los suelos crece la hierba, hermosa y fresca, sin preocuparse de que vive con los detritus de los muertos.

La mujer, acompañada de la niña, nos lleva frente al nicho que guarda las cenizas de Larra. Está en el cuarto tramo, su lápida es de mármol negro, junto a él en el suelo, se ve el nicho de Espronceda. Los dos amigos se descansan juntos, bien solos, bien olvidados. En el nicho de Larra cuelga una vieja corona; en el de Espronceda, nada. Nosotros dejamos algunas flores en el marco de sus nichos.

Martínez Ruiz lee unas cuartillas hablando de Larra. Un gran escritor y un gran rebelde, dice; y habla de la vida atormentada de aquel hombre, de su espíritu inquieto, lleno de anhelos, de dudas, de ironías; de sus ideas amplias, no sujetas a un dogma frío e implacable, sino libres, movidas a los impulsos de las impresiones del momento. Nos dice como desalentado y amargado por la frivolidad ambiente, sin esperanza en lo futuro, sin amor por la tradición, los desdenes de la mujer querida, colmaron su alma de amargura y le hicieron renunciar a la existencia.

Y concluye de leer y permanecemos todos en silencio. Se oye el silbido de un tren que parece un llamamiento de angustia y de desesperación.

—Pueden ustedes ver lo demás —nos dice la mujer; y siguiéndola a ella y a la niña, bajamos escaleras y recorremos pasillos obscuros como catacumbas llenas de nichos, adornados con flores y coronas y cintas marchitas.

memoria de Larra damos un espectáculo extraño, discordante del medio en que vivimos.

Y Olaiz paseaba, arriba, abajo, por la estancia, con sus recios pantuflos, con su pañuelo blanco al cuello, reluciente la prematura calva, dorada la barba puntiaguda.

—Sí —observa Azorín—, Larra es acaso el hombre más extraordinario de su siglo, y desde luego el que mejor encarna este espíritu castellano, errabundo, tormentoso, desasosegado, trágico... Fueron en él acordes la vida, la obra y la muerte... Espronceda, que es quien con él comparte esta encarnación de su tiempo, en los últimos años de su vida dejó de ser poeta y romántico. Era diputado; pronunciaba discursos sobre las tarifas arancelarias de los algodones. ¡Él, que escribió el canto á Teresa!...

—Larra —replica Olaiz— no llegó á ser diputado. Espronceda era rico.

—Larra vivió de su pluma. Y si viajó por el extranjero —Portugal, Inglaterra, Bélgica, Francia— fué porque le pagaba sus viajes su íntimo amigo el conde de Campo-Alange... En los últimos años, en 1835, ya logró asegurarse una renta holgada. Le daban diez mil pesetas á cambio de doce artículos todos los meses.

La muerte pesa sobre nosotros e instintivamente vamos buscando la salida de aquel lugar. Ya de vuelta en el jardín, miramos hacia el pórtico y nos ponemos a leer un letrero confuso que hay en él. La mujer sonriendo, cogida de la mano de la niña nos dice, señalando el letrero:

Templo de la verdad es el que miras,
No desoigas la voz con que te advierte
Que todo es ilusión menos la muerte.

—Eso es lo que pone ahí, adiós, señoritos. Y la mujer saludó alegremente, después de recitar estos versos lúgubres. Y salimos, y nos fuimos encaminando hacia Madrid. Iba apareciendo a la derecha el ancho tejado de la estación del Mediodía, enfrente la mole del Hospital General, amarillento, del color de la piel de un ictérico, a la izquierda el campo yermo, las eras amarillas, las colinas desnudas, con la enorme desolación de los alrededores madrileños..." — Pío Baroja.

Larga pausa. Olaiz pasea silenciosamente. Azorín mira una fotografía del *Entierro del Conde de Orgaz*, en que la ringla de píos hidalgos, escuálidos, espirituá- lizados, extienden sus manos suplicantes y alzan estáticos sus ojos.

Azorín prosigue:

—En Febrero, el mes en que se suicidó, Larra ya no escribía. Pasaba los días solo, retraído en algún café silencioso, vagando por algún apartado paseo... El día 13, por la mañana, recobra su animación, y va á ver á Mesonero Romanos con quien charla de proyectos literarios... Por la tarde pasea por Recoletos con el mar- qués de Molíns; al despedirse, le dice: *Usted me co- noce; voy á ver si alguien me quiere todavía...* Tenía cita aquella tarde con su querida; fué la última.

—Es un hombre raro —observa Olaiz.

Y tras breve silencio, profundo, denso, doloroso casi, en que parece que el espíritu de *Fígaro* flota en el aire, Azorín exclama:

—¡Sí, es un hombre raro... y legendario!

A la tarde todos han ido al cementerio de San Ni- colás, allá pasada la estación del Mediodía. El grupo, enlutado, con sus altos sombreros relucientes, recorría en silencio las calles. Todos llevaban en la mano un ramo de violetas. Y los transeuntes miraban curiosos esta extraña comitiva que iba á realizar un acto de más trascendencia que una crisis ministerial ó una sesión ruidosa en el Congreso...

El cementerio de San Nicolás está cerrado hace mu- chos años. Pasada la estación de Atocha, al final de una mísera barriada, lindando con la desolada llanura manchega, aparecen sobre los tejados negruzcos las pun- tiagudas cimas de los cipreses, resaltantes en el azul del cielo. Luego una verja larga de hierro que deja ver el seco ramaje de un jardín abandonado... Una campana suena; una mujer llega y abre la puerta. Y el grupo penetra en el diminuto jardín yermo. En frente, un pórtico agrietado, con los cristales de sus ventanas rotos; y una inscripción sobre la puerta:

Templo de la verdad es el que miras,
No desoigas la voz con que te advierte
Que todo es ilusión menos la muerte.

El grupo atraviesa el zaguán, donde un perro amarra-
do á una cadena gruñe sordamente con la cabeza baja...
Y entra en el cementerio, de grandes arcadas, ruinosas,
con anchas hendiduras negras que las rayan de arriba
á bajo, repletas de nichos con lápidas borrosas. La
hierba crece rozagante entre las junturas de las piedras;
los pájaros saltan y trinan en los panteones; brilla el
sol en los cristales de los nichos; un dulce sosiego se
percibe en el aire. Y de cuando en cuando, á lo lejos,
se oye el silbido de una locomotora, el cacareo persistente de un gallo.

El nicho de Larra está en el primer patio, en la
cuarta galería. No lejos está el de Espronceda, al ras
del suelo. La mujer que les ha abierto la puerta les
acompaña. Todos se descubren ante la tumba. Reina el
silencio. La mujer exclama: *¡Ay, Señor! ¡Ay, Señor!*
Y Azorín lee con voz pausada su discurso:

"Amigos: consideremos la vida de un artista que
vivió atormentado por ansias inapagadas de ideal; y
consideremos la muerte de un hombre que murió por
anhelos no satisfechos de amor. Veintisiete años habitó
en la tierra. En tan breve y perecedero término, pasó
por el dolor de la pasión intensa y por el placer de la
creación artística. Amó y creó. Se dió entero á la vida
y á la obra; todas sus vacilaciones, sus amarguras, sus
inquietudes están en sus vibradoras páginas y en su
trágica muerte.

Y he aquí porqué nosotros, jóvenes y artistas, atormentados por las mismas ansias y sentidores de los pro-
pios anhelos, venimos hoy á honrar, en su aniversario,
la memoria de quien queremos como á un amigo y
veneramos como á un maestro.

Maestro de la presente juventud es Mariano José de
Larra. Sincero, impetuoso, apasionado, Larra trae antes

que nadie al arte la impresión íntima de la vida, y con Larra antes que con nadie llega á la literatura el personalismo conmovedor y artístico. La lengua toda se renueva bajo su pluma: usado y fatigado el viejo idioma castellano por investigadores y eruditos en el siglo XVIII, aparece vivaz y esplendoroso, pintoresco y ameno en las páginas del gran satírico.

La vida es dolorosa y triste. El desolador pesimismo del pueblo griego, el pueblo que creara la tragedia, resurge en nuestros días. "¡Quién sabe si la vida no es para nosotros una muerte y la muerte no es una vida!", exclama Eurípides. Y Larra, indeciso, irresoluto, escéptico, es la primera encarnación y la primera víctima de estas redivivas y angustiosas perplejidades. El constante é inexpugnable "muro" de que *Fígaro* hablaba, es el misterio eterno de las cosas. ¿Dónde está la vida y dónde está la muerte?

"Tenme lástima, literato", le dice á Larra, en uno de sus artículos, su criado, "yo estoy ebrio de vino, es verdad; pero tú lo estás de deseos y de impotencia". Ansioso é impotente cruza Larra la vida; amargado por el perpetuo *no saber* llega á la muerte. La muerte para él es una liberación: acaso es la vida. Impasible franquea el misterio y muere.

Su muerte es tan conmovedora como su vida. Su muerte es una tragedia y su vida es una paradoja. No busquemos en Larra el hombre unilateral y rectilíneo amado de las masas: no es liberal ni reaccionario, ní contemporizador ni intransigente: no es nada y lo es todo. Su obra es tan varia y tan contradictoria como la vida. Y si ser libre es gustar de todo y renegar de todo —en amena inconsecuencia que horroriza á la consecuente burguesía—, Larra es el más libre, espontáneo y destructor espíritu contemporáneo. Por este ansioso mariposeo intelectual, ilógico como el hombre y como el universo ilógico; por este ansioso mariposeo intelectual, simpática protesta contra la rigidez del canon, honrada disciplina del espíritu, es por lo que nosotros lo amamos. Y porque lo amamos, y porque lo consideramos como á uno de nuestros progenitores literarios, venimos hoy, después de sesenta y cuatro años de olvido, á celebrar su memoria.

Celebrémosla, honrémosla, exaltémosla en nuestros corazones. Mariano José de Larra fué un hombre y fué un artista: saludemos, amigos, desde este misterio de la vida á quien partió sereno hacia el misterio de la muerte."

Cae la tarde. Las postreras claridades del crepúsculo palidecen en los cristales de los nichos; suenan los silbidos lejanos de las locomotoras. Y Azorín, de vuelta á Madrid, se siente estremecido por el recuerdo de este hombre que juzgó inútil la vida...

X

ESTA tarde Azorín ha estado en la Biblioteca Nacional. Como está un poco triste, nada más natural que procurar entristecerse otro poco. Parece ser que esto es una ley psicológica. Pero séalo efectivamente ó deje de serlo —lo cual después de todo es indiferente—, Azorín ha pedido una colección vieja de un periódico. Una colección *vieja* es una colección del año 1890... Decía el maestro que nada hay más desolador que una colección de periódicos. Y es cierto. En ella parece como que quedan momificados los instantes fugitivos de una emoción, como que cristaliza este breve término de una alegría ó de una amargura, ¡este breve término que es toda la vida!... Además, se ve en las viejas páginas cómo son ridículas muchas cosas que juzgábamos sublimes, cómo muchos de nuestros fervorosos entusiasmos son cómicas gesticulaciones, cómo han envejecido en diez ó doce años escritores, artistas, hombres de multitudes que creíamos fuertes y eternos.

Azorín ha ido pasando hoja tras hoja y ha sentido una vaga sensación de desconsuelo. ¡Las crónicas que le parecieron brillantes hace diez años, son frívolas y ampulosas! ¡Los artículos que le parecieron demoledores son ridículamente cándidos! Y después, ¡qué desfile tétrico de hombres que han vivido un minuto, de periodistas que han tenido una semana de gloria! Todos han hecho algo, todos han estrenado un drama, han pronunciado un discurso, han publicado veinte

crónicas; todos gesticulan un momento ante este cine-
matógrafo, agitan los brazos, menean la pluma, mueven
los músculos de la cara violentamente... luego se esfuman, desaparecen. Y cuando, después, al cabo de los
años, los vemos en la calle, estos hombres ilustres se
nos antojan fantasmas, aparecidos impertinentes, sombras que tienen el mal gusto de mostrarse ante las nuevas generaciones.

Azorín se ha salido descorazonado de la Biblioteca.
Un poco triste es este espectáculo para un espíritu hi-
perestesiado, no cabe negarlo; pero es preciso conve-
nir también en que no hay que tomar como una gran
catástrofe el que hoy no se acuerde nadie de Selgas, [122]
por ejemplo, ni que Balart, [123] que ha sido un estupendo
crítico, nos parezca anticuado.

Luego Azorín, para templar estas hórridas impresiones, se ha entretenido en repasar una colección de retratos que Laurent [124] hizo allá por los años del 60 al
70. Observe el lector que continúa esa importantísima
ley que hemos formulado antes. Repasar esta serie
inacabable de fotografías es más triste que hojear una
colección de *El Imparcial*. Figuran en ella diputados,
ministros, poetas, periodistas, tiples, tenores, gimnastas,
obispos, músicos, pintores. Y todos pasan lamentables,
trágicos, ridículos, audaces, anodinos: Rivero [125] con su
colosal sombrero de copa y su levita ribeteada, el bastón
en la mano y mirando de perfil con las cejas enarca-
das; —la *Prusiana*, [126] de los Bufos, con tonelete de

---

[122] Véase la nota 38, Cap. IX, Primera Parte.
[123] Federico Balart (1831-1905), poeta español. También fue crítico de arte y de literatura.
[124] Fotógrafo muy popular en la última mitad del siglo XIX,
cuyos retratos llenaban las revistas ilustradas.
[125] Nicolás María Rivero (¿1814?-1878), orador y jurisconsulto
español. Diputado y gobernador de Valladolid bajo Espartero, fue
importante liberal, llegando a ser presidente de las Cortes Constituyentes de 1869-1870, y luego Ministro de la Gobernación.
[126] La Prusiana, una cantante popular de los "Bufos madrileños", una compañía de zarzuela fundada, en 1866, y dirigida por
Francisco Arderius para representar obras francesas del género bufo.
Luego las sustituyeron con obras españolas. Tenían su salón en el
teatro-circo del Príncipe Alfonso, Madrid.

gasa, los brazos cruzados sobre el pecho, la cabeza inclinada; —Arrazola, [127] presidente del Consejo, con su cara de hombrecito apocado, asustadizo, y la mano derecha puesta sobre el pecho al modo doctrinario, en actitud que se usaba mucho en tiempo de Cousin [128] y de Guizot; [129] —Pacheco, [130] con su faz de lobo marino, y unos bordados en el enhiesto cuello, y una banda, y una medalla, y una cruz; —D. Modesto Lafuente [131] escribiendo atento sobre una mesa torneada sus insoportables cronicones; —el actor García Luna, [132] sentado, envuelto en una gran capa y señalando una estatuilla de Shakespeare mientras mira al objetivo de la máquina; —Calatrava, [133] con un libro en la mano; —Manterola, [134] con el codo apoyado en dos gruesos infolios y la cabeza, de expresión picaresca, apoyada en la mano; —Dalmau, [135] vestido de malla, cruzados los brazos, mirando altivo, al pie de una soberbia

---

[127] Lorenzo Arrazola (1797-1873), moderado importante durante el segundo tercio del siglo XIX. Fue consejero real, procurador general, presidente del Tribunal Supremo, diputado a Cortes, senador del Reino, ministro de Gracia y Justicia siete veces, tres de Estado y presidente del Consejo de Ministros.

[128] Victor Cousin (1792-1867), filósofo y político francés. Fue jefe de la escuela espiritualista ecléctica.

[129] Véase la nota 111, Cap. VI, de esta parte.

[130] Juan Pacheco y Rodrigo (1835-1917), marqués de Pacheco y grande de España. Pertenecía al cuerpo de Estado Mayor y desempeñó importantes cargos. Fue muy condecorado.

[131] Modesto Lafuente y Zamalloa (1806-1866), historiador y escritor satírico. Fundó y redactó la revista satírica *Fray Gerundio*, actuó en política. Es más conocido, sin embargo, por su *Historia general de España* (1850-1867), 29 tomos.

[132] José García Luna (1798-1865), actor, hijo de la célebre Rita Luna. Su genio se adecuaba a todos los teatros y todos los géneros. Se distinguió notablemente interpretando las comedias de Bretón de los Herreros y otras obras románticas.

[133] Uno de los dos hermanos: José María (1781-1847) y Ramón María (1786-1876), ambos políticos y jurisconsultos importantes hacia mediados del siglo XIX.

[134] Vicente de Manterola y Pérez (1833-1891), sacerdote, político y escritor español. Diputado carlista, sus discursos en las Cortes le dieron fama de gran orador, y fue quien provocó el famoso discurso de Castelar, en las Cortes Constituyentes de 1869, sobre la libertad de cultos.

[135] Probablemente Rosendo Dalmau (m. 1902), cantante español que interpretó con acierto todas las zarzuelas de la época. También escribió una: *Un sol que nace y un sol que muere.*

escalera; —el general Rosales, [136] con su cabecita blanca, su blanco bigotito de cepillo, sus ojillos maliciosos;
—Pedro Madrazo, [137] con sus melenas, su bigote, su
perilla, su corbata á cuadros, su espléndido chaleco lis-
tado; —Vildósola, [138] mirando melancólicamente, con
una mano sobre otra; —Roberto Robert, [139] con sus
patillas prusianas, junto á un velador con libros, con
un gabán ribeteado, en flexión la pierna derecha, caído
á lo largo del cuerpo el brazo izquierdo; —Carlos Rubio, [140] con su cabellera revuelta, su barba hirsuta, tra-
jeado desaliñadamente, puesto el brazo izquierdo sobre
el respaldo de la silla y con una colilla de puro entre
los dedos; —D. Antonio María Segovia, [141] de pie,
fino, atildado, con los guantes en una mano á estilo
velazqueño...

Azorín va repasando la inmensa colección de retratos. Y por un azar que llamaremos misterioso, pero que
en realidad, yo lo aseguro, [142] no tiene nada de impe-
netrable, sus ojos se fijan en cinco fotografías que son
como emblemas de todo lo más intenso que el hombre
puede alcanzar en la vida.

La primera es símbolo de la Voluptuosidad. Representa un hombre vestido de arzobispo. Está de pie, junto
á una mesa sobre la que hay un cristo. Tiene en la mano
un libro. Lleva una banda. Penden de su pecho dos

---

[136] Nuestras investigaciones para identificar al general Rosales
no han dado resultado de ninguna clase.

[137] Pedro Madrazo y Kuntz (1816-1898), escritor español y
académico de la Historia y de la Lengua. Fue destacado crítico de
arte y arqueólogo.

[138] Antonio Juan de Vildósola (1830-1893), periodista y político
español. Polemista de gran cultura, también escribió novelas.

[139] Véase la nota 41, Cap. IX, Primera Parte.

[140] Carlos Rubio y Collet (1832-1871), literato y político español.
Periodista y poeta, entró en el partido progresista. Pasa como el prototipo del descuido, pues su suciedad dio lugar a numerosas anéc-
dotas.

[141] Antonio María Segovia e Izquierdo (1808-1874), poeta y escritor español. Por 1833, se hizo periodista con el seudónimo de El
Estudiante y defendió ideas conservadoras. También estrenó algunas
obras de teatro.

[142] "yo lo aseguro". Conviene señalar el descuido de la inter-
vención gratuita, de parte del novelista, en la narración.

cruces. Y en su cara, de hondas arrugas que bajan de la
nariz hasta la boca, de ojos brillantes, de labios recios,
golosamente contraídos, está marcada el ansia del placer
sensual... Este hombre se llamaba Antonio Claret y
Clará. [143] Y fué un hombre realmente, porque gozó de
lo más placentero é intenso que hay en el mundo: del
amor. Él era un refinado; su nariz, sus arrugas, la expresión de la boca se asemejan extraordinariamente á
las de Baudelaire, el poeta perverso y decadente. Decadente era también este arzobispo; de él dice uno de sus
biógrafos que "llegó á enloquecer por una joven con
quien ensayó y gustó refinamientos que se imaginan
pero nunca se escriben"... [144]

La segunda fotografía simboliza la Fuerza. Es un
hombre recio, enérgico, brutal; tiene el pulgar de la
mano derecha metido en uno de los bolsillos del chaleco. La pierna izquierda avanza decidida en actitud de
marcha incontrastable. Y hay en su cabeza de ancha
frente, de ojos provocadores, de enorme cuello bovino,
tal energía, tal imperativa señal de mando, que sugestiona y doma. Este hombre se llamaba Antonio Cánovas
del Castillo. Debeló a las muchedumbres, se impuso á
los reyes, hizo y deshizo en un Estado que se movía
á su antojo... Fué grande porque su voluntad lo anona-
daba todo.

La tercera fotografía es la de un gentilísimo caballero que apoya ligeramente la mano izquierda sobre el
respaldo de una ligera silla. Está pulcramente afeitado;
su cara es bellamente ovalada; sobre la oreja se arre-
bujan los finos bucles de una corta y graciosa melena.

[143] Antonio Claret y Clará (1807-1870), prelado español canoni-
zado en 1950. Primero fue arzobispo de Santiago de Cuba, y luego
confesor de Isabel II y muy importante en la política. Con la Septembrina tuvo que emigrar con Isabel. Restaurador de El Escorial,
fue blanco del anticlericalismo, acusado de relaciones *non sanctas*
con la Reina y con sor Patrocinio.
[144] La descripción del arzobispo como símbolo de la voluptuosidad se suprimió definitivamente en todas las ediciones de *La voluntad* a partir de 1940. En todas las ediciones anteriores (todas
agotadas), figura el pasaje; y a pesar de su posible falta de gusto,
es una expresión del violento anticlericalismo característico del joven
Martínez Ruiz y de toda su generación.

Viste una impecable levita, y su pantalón es inmaculado...Este hombre es la Elegancia; se llamaba Julián Romea. [145] Y fué adorado por los públicos y por las mujeres.

La cuarta fotografía representa á un hombre afeitado también correctamente. Tiene asimismo una corta melena, en finos mechones, como mojados, en elegante desaliño. Su boca se pliega desdeñosa y su mirada es soberanamente altiva. Se llamaba este hombre José de Salamanca. Simboliza el Dinero. Por él fué grande, y su grandeza fué mayor porque supo gastarlo y despreciarlo...

Y he aquí el postrer retrato. Ante todo este retrato tiene fondo; los demás no lo tienen. Y es un paisaje con una lejana montaña, con un remanso de sosegadas aguas, con palmeras cimbreantes, con lianas que ascienden bravías... un paisaje exuberante, tropical, romántico, de ese romanticismo sensual y flébil, que gustó tanto á nuestras abuelas inolvidables. Ante este fondo permanece erguido un hombre de cerrada barba; tiene en la mano un sombrero de copa; el pantalón es de menudas rayas; los pies se hunden en el felpudo que figura ingenuamente el césped. En los ojos de esta figura, unos ojos que miran á lo lejos, á lo infinito, hay destellos de un ideal sugestionador y misterioso... Este hombre se llamaba Gustavo Adolfo Bécquer. Es el más grande poeta de nuestro siglo XIX. Simboliza la Poesía. Fué adorado por las mujeres, y como los hombres son tan tontos que sonríen de todo lo que apasiona á las mujeres, los contemporáneos del poeta le han guardado cierta secreta consideración despreciativa, hasta que han llegado nuevas generaciones que no han encontrado ridículo admirar al mismo hombre á quien admiran nuestras hermanas, nuestras primas y nuestras queridas.

[145] Julián Romea y Yanguas (1813-1868), actor y literato español. Un gran representante de las tragedias, se distinguió por su arte de declamación natural. Su triunfo fue grande, y lograba siempre conmover al auditorio.

Azorín ha mirado largamente estos cinco retratos. Y ahora sí que él, que tiene alma de artista, se ha puesto triste, muy triste, al sentirse sin la Voluptuosidad, sin la Fuerza, sin la Elegancia, sin el Dinero y sin la Poesía.

Y ha pensado en su fracaso irremediable; porque la vida sin una de estas fuerzas no merece la pena de vivirse.

XI

A L fin, Azorín se decide á marcharse de Madrid. ¿Dónde va? *Geográficamente,* Azorín sabe dónde encamina sus pasos; pero en cuanto á la orientación *intelectual* y *ética,* su desconcierto es mayor cada día. Azorín es casi un símbolo; sus perplejidades, sus ansias, sus desconsuelos bien pueden representar toda una generación sin voluntad, sin energía, indecisa, irresoluta, una generación que no tiene ni la audacia de la generación romántica, ni la fe de afirmar de la generación naturalista. Tal vez esta disgregación de ideales sea un bien; acaso para una síntesis futura —más ó menos próxima— sea preciso este feroz análisis de todo... Pero es lo cierto que entretanto lo que está por encima de todo —de la Belleza, de la Verdad y del Bien— lo esencial, que es la Vida, sufre una depresión enorme, una extraordinaria disminución... que es disminución de la Belleza, de la Verdad y del Bien, cuya harmonía forma la Vida —la Vida plena.

La balsa de la "Casa del Obispo" y el paisaje de El Pulpillo

TERCERA PARTE

E S T A parte del libro la constituyen fragmentos sueltos escritos á ratos perdidos por Azorín. El autor decide publicarlos para que se vea mejor la complicada psicología de este espíritu perplejo, del cual un hombre serio, un hombre consecuente, uno de esos hombres que no tienen más que una sola idea en la cabeza, diría que "está completamente extraviado" y que "va por mal camino".

Puede ser que el camino que recorre Azorín sea malo; pero al fin y al cabo, es un camino. Y vale más andar, aunque en malos pasos, que estar eternamente fijos, eternamente inconmovibles, eternamente idiotizados... como estos respetables señores que no pudiendo moverse, condenan el movimiento ajeno.

1

Blanca. [146]

L L E G O á las cinco de la madrugada. ¡Estoy anonadado por un viaje de cuatrocientos kilómetros! Me
acuesto; duermo; despierto. En el balcón clarean grandes rayos de luz tenue. Y un gran silencio, un silencio
enorme, un silencio abrumador, un silencio aplastante
pesa sobre mi cerebro. Abro el balcón. El sol refleja
vivamente en las aceras; arriba el cielo se extiende en
un manchón de añil intenso. La calle está solitaria: de
tarde en tarde pasa un labriego; luego, tras una hora,
un niño; luego, tras otra hora, una vieja vestida de
negro apoyada en un palo... Enfrente aparece el perfil
negruzco de un monte; los frutales, blancos de flores,
resaltan en las laderas grises; una paloma vuela aleteando voluptuosa en el azul; el humo de las chimeneas asciende suave. Y de pronto resuena el grito
largo, angustioso, plañidero de un vendedor...

Decididamente, estoy en provincias, bien lejos de la
Puerta del Sol, bien distante del salón de actos del
Ateneo. Y como en provincias se puede salir á la calle
cuando el cacique no lo veda, yo salgo á la calle con
beneplácito de la autoridad municipal. ¿Dónde ir? No
sé; no puedo tomar el tranvía del Retiro, no puedo
comprar *Le Figaro,* no puedo curiosear en los anaqueles

---

[146] Pueblo a 30 kilómetros de Murcia.

de Fe, no puedo hablar mal con nadie del último artículo de un amigo... ¿Qué hacer? Entro en *el Casino*: un viejo lee *El Imparcial*; otros dos viejos hablan de política.

—Fulano —dice uno— será presidente del Consejo.

—Yo creo —contesta el otro— que Mengano se impone.

—Dispense usted —observa el primero—, pero Fulano tiene más trastienda que Mengano.

—Perdone usted —replica el segundo—, pero Mengano cuenta con el ejército.

¿Qué he de hacer yo en un Casino donde se habla de tal ex ministro ó de cual jefe de partido? Voy á una barbería. Las barberías en los pueblos suelen ser democráticas. ¡La democracia seduce á los barberos españoles! Y en esta barbería el maestro que es un antiguo admirador de Roque Barcia, [147] habla del sufragio universal mientras enjabona á un parroquiano.

—El sufragio —dice el maestro— es la base de la libertad... El pueblo no tendrá libertad mientras los gobiernos falseen las elecciones... Y las falsearán mientras no haya hombres... ¡Ya no los hay!... Roque Barcia ¡ese sí que era un tío!

Yo no sé si Roque Barcia era efectivamente un tío; pero sospecho que en una barbería donde se admira al autor de un *Diccionario etimológico* debe de andar mal el servicio. Y me traslado á la calle.

Doy un paseo y entro en una carpintería. Los carpinteros tienen algo de evangélicos. Recuerde el lector que S. José era carpintero. Ver trabajar es siempre una cosa edificante, y ver trabajar á un carpintero es casi un idilio conmovedor. Lo malo es que este carpintero es un antiguo republicano.

[147] Roque Barcia (1823-1885), revolucionario y director de *El Demócrata Andaluz*, fue excomulgado y obligado a emigrar a Portugal hasta 1868. En 1873 secundó el movimiento cantonal y se puso al frente de los sublevados de Cartagena. Durante la Restauración se retira de la política activa, pero escribe novelas y dramas en que combate la religión y la monarquía. Como dice Martínez Ruiz, fue autor de un *Diccionario Etimológico de la Lengua Castellana*.

—¡Qué tiempos —exclama dando golpes con el mazo sobre el escoplo—, qué tiempos *aquellos*!... Ahora ya no vamos á ninguna parte... Yo desde que Llano y Persi [148] se retiró que ya no creo en nadie.

Un carpintero devoto de Llano y Persi me parece más peligroso que un barbero entusiasta de Roque Barcia. Y salgo de la carpintería. Y como tengo ganas de hablar con alguien, me siento al lado de un viejo que toma el sol en una puerta.

—Todo está mal, todo está muy mal —me dice el viejo—; el vino no se vende, los jornaleros están sin trabajo, no pueden comer ni aun pan de cebada... Dentro de cuatro años este pueblo será un cementerio...

El buen viejo prosigue despiadadamente contando la ruina de esta hermosa tierra. Y yo pienso:

—Pues señor, es admirable el espectáculo de este pueblo (que es lo mismo que todos los pueblos españoles). Unos hablan del último discurso de Fulano, otros de las últimas declaraciones de Zutano, aquéllos de la actitud de Mengano, todos de lo que hacen, de lo que dicen, de lo que piensan los políticos. Ellos no comen, ellos van vestidos con harapos, ellos pasan mil estrecheces, pero ellos admiran profundamente á todos los elocuentísimos oradores que les han traído á la miseria.

---

[148] Manuel Llano y Persi (1826-1903), autor de algunas obras de teatro, luego toma parte activa en los movimientos revolucionarios de aquella época (1854-1856). Encarcelado en 1866, la revolución septembrina le salva. Después de la Restauración fue presidente de la Junta directiva del partido republicano progresista, hasta la muerte de Ruiz Zorrilla (1899) cuando se retiró a la vida privada.

II

Blanca.

N O T O en mí un sosiego, una serenidad, una clarividencia intelectual que antes no tenía. ¿Es la experien-
cia? ¿Es la decepción de los hombres y de las cosas?
No sé, no sé; lo cierto es que no siento aquella furibunda agresividad de antes, por todo y contra todo,
que no noto en mí la fiera energía que me hacía estremecer en violentas indignaciones. Ahora lo veo todo
paternalmente, con indulgencia, con ironía... En el fondo me es indiferente todo. Y la primera consecuencia
de esta indiferencia es mi descuido del estilo y mi desdén por los libros. Yo creo que he sido alguna vez un
escritor *brillante*; ahora, por fortuna, ya no lo soy;
ahora, en cambio, con la sencillez en la forma he llegado á poder decir todo cuanto quiero, que es el mayoɪ
triunfo que puede alcanzar un escritor sobre el idioma.
El estilo brillante hace imposible esto; con él, el escritor
es esclavo de la frase, del adjetivo, de los *finales,* y no
hay medio muchas veces de encajar la idea entera.
Además, y esto es lo más grave, se tiene prevención
contra las palabras humildes, bajas, *prosaicas,* y de este
modo el léxico resulta enormemente limitado. Yo recuerdo que Gómez Hermosilla, en su librejo *Juicio crítico,* censura á Jovellanos por emplear vocablos tan

plebeyos como *campanillas, mula, mayoral.* [149] Entonces, la primera vez que yo me enteré de tal purismo,
sonreí de Hermosilla; mas luego he visto que la ley
de castas perdura entre la prosa moderna y que los
escritores *brillantes* la mantienen aún inexorable...

Otra de mis preocupaciones eran los libros. Yo he
sido también un formidable erudito: lo leía todo, en
pintoresca confusión, en revoltijo ameno: novelas, filosofía, teatro, versos, crítica... Tenía fe en los libros;
los compraba á montones... y poco á poco he ido viendo que en el fondo todos dicen lo mismo, y que con
leer cincuenta —y creo que es mucho— se han leído
todos. En filosofía, desde Aristóteles hasta Kant, ¿quién
ha dicho nada nuevo? Aparte de esto, tenemos el prejuicio de que los libros extranjeros han de decir cosas
originales porque están en lenguas extrañas. Algo influye
el leer una vulgaridad en francés, en inglés, ó en alemán: porque parece menos vulgaridad, puesto que las
frases hechas, los tópicos, los recursos sintácticos ma-
noseados, pasan inadvertidos para el extranjero. Mas en
el fondo la vulgaridad subsiste, y Sanz Escartín [150] puesto en francés y publicado por Alcan es tan vulgar como
escrito en castellano. ¡Y cuántos Escartines hay en esa
Biblioteca de Filosofía contemporánea que á tantos ha
rematado el juicio! [151]

[149] Si es verdad que José Gómez Hermosilla censura, en su obra
póstuma *Juicio crítico de los principales poetas de la última Era*
(1840), a Jovellanos el uso de algunas palabras, su juicio general es
que el poeta es uno de "los restauradores de la poesía castellana".
Martínez Ruiz ataca a Hermosilla también en *Anarquistas literarios,*
1895 (*OC,* I, p. 159-164) y en *La evolución de la crítica,* 1899 (*OC,*
I, p. 414).
[150] Eduardo Sanz Escartín (n. 1855), economista y sociólogo cuyos estudios sobre Nietzsche y los movimientos ácratas son muy importantes. Fue uno de los primeros en disertar seriamente sobre
Nietzsche en Madrid (véase su conferencia en el Ateneo publicada
con el título de *Federico Nietzsche y el anarquismo intelectual,* 1898).
A pesar de lo que dice Martínez Ruiz aquí, tenía buena reputación
internacional, y varias obras suyas, entre ellas *El individuo y reforma social* (1896), fueron traducidas al francés.
[151] *Bibliothèque de Philosophie Contemporaine,* la serie publicada en París por Félix Alcan que divulgó las obras de Nietzsche, Schopenhauer, Nordau, Spencer, Tarde, Fouillée, etc. Este comentario del

Al presente yo no leo ningún libro; es decir, aun me quedan rezagos de la vieja manía y compro alguno, leo alguno que me manda tal ó cual amigo; pero el ardor ha pasado y ahora domino yo á los libros y no ellos á mí. Cuando se ha vivido algo, ¿para qué leer? ¿Qué nos pueden enseñar los libros que no esté en la vida?

De este modo en mi escepticismo de los libros y del estilo he llegado á una especie de *ataraxia* que me parece muy agradable. Entre la indignación y la ironía, me quedo con la ironía... Hoy he cogido la pluma y he continuado planeando *mi obra,* una obra de humor, en que procuro sonreir de todos los sistemas filosóficos y de todas las bellas cosas que apasionan á los hombres. *El bastón de Manuel Kant* será una síntesis de la locura humana, algo como el resumen de esta farsa estúpida que llamamos Humanidad.

He trabajado dos horas: ¿qué iba á hacer en este pueblo, yo solo, sin saber á dónde ir? Mañana salgo para Jumilla, [152] y sin detenerme, saldré para el convento de Santa Ana. Tengo necesidad de reposo. Temo que mi tranquilidad no sea más que fatiga, pero yo necesito descansar. Hace dos días estaba en Madrid: de pronto lo he abandonado todo y me he marchado. La *vida literaria* se me hacía insoportable; hay en ella algo de ficticio, de violento, de monótono que me repugna. No, no; no quiero más *retórica*...

---

autor representa un cambio de orientación intelectual porque sus conocimientos —y los de toda su generación— de las nuevas ideas sociológicas y filosóficas se deben en gran parte a la lectura de los libros publicados por Alcan.

152 Ciudad algunos kilómetros al sur de Yecla. Muy cerca está el convento de la Abuela Santa Ana, muy venerada en la comarca. Este convento, que tiene hospedería, tenía importantes conexiones con Yecla. Allí, por ejemplo, el cura Pascual Puche Martínez (posible contrafigura del Puche de esta novela) fue durante muchos años padre confesor.

III

Santa Ana.

H A C E dos días que estoy en este convento de Santa
Ana. Está rodeado de extensos pinares; los frailes son
buenos; se respira un dulce sosiego. Yo no hago nada;
apenas escribo de cuando en cuando seis ú ocho cuartillas.

Hoy el P. Fulgencio... el P. Fulgencio es un hombre
joven, alto, de larga barba, de ojos inteligentes, de ademanes afables. Hoy ha venido á mi celda y me ha alar-
gado un libro pequeño, que me ha dicho que era *La
Pasión.* Yo lo he tomado sonriendo ligeramente (con
una sonrisa de quien ha leído á Strauss [153] y á Renan). [154] Luego he principiado á leerlo y poco á poco
he ido experimentando una de las más intensas, de las
más enormes sensaciones estéticas de mi vida de lector.
Se trata del libro de Catalina Emmerich, [155] y es un li-

---

[153] David Strauss (1808-1874), teólogo alemán y autor de una
Nueva Vida de Jesús, traducida al castellano por el excomulgado
José Ferrándiz (véase la nota 70, Cap. XVIII, Primera Parte) y publicada en la editorial Sempere de Valencia, en que considera la
historia del evangelio como un mito.
[154] Ernest Renan (1823-1892), historiador y exégeta francés
muy discutido que fue también autor de la *Vie de Jésus*, obra que
influyó algo en la formación anarquista de Martínez Ruiz.
[155] Catalina Emmerich (1774-1824), religiosa extática nacida en
Alemania. En 1789 el Señor le había, en una visión, impuesto una
corona de espinas, que le causaba dolores de cabeza, de la cual
manaba con frecuencia sangre. En 1812 le salían visibles las heridas

bro de una extraordinaria fuerza emotiva, de una sugestión avasalladora. Aparte de *La educación sentimental*, de Flaubert y de las *Poesías* de Leopardi, que son los que encajan más en mi temperamento, yo no recuerdo otro que me haya producido esta impresión. La autora cuenta simplemente el drama del Calvario como si lo hubiese presenciado, como si fuese una de las Marías. A cada paso se encuentran frases en que atestigua su presencia, frases de una ingenuidad deliciosa. "Yo vi los dos apóstoles subir á Jerusalén, siguiendo un barranco, al mediodía del Templo," "yo vi al Señor hablar solo con su Madre," "mientras que Jesús decía estas palabras yo le vi resplandeciente..." Y luego ¡qué dolor, qué intensa pasión, qué minuciosidad en los detalles cuando relata la escena culminante! Hay en ella una frase que me ha producido escalofrío, que me ha hecho sonreir y sollozar á un mismo tiempo. Dice la autora hablando de la crucificación:

"En seguida lo extendieron sobre la cruz, y habiendo estirado su brazo derecho sobre el brazo de la cruz, lo ataron fuertemente; uno de ellos puso la rodilla sobre su pecho sagrado, otro le abrió la mano, y el tercero apoyó sobre la carne un clavo grueso y largo, y lo clavó con un martillo de hierro. Un gemido dulce y claro salió del pecho de Jesús: su sangre saltó sobre los brazos de los verdugos. *He contado los martillazos, pero se me han olvidado...*"

¡Pero se me han olvidado! ¡Esa es una ingenuidad épica, ése es el más soberbio retrato de mujer que he visto jamás!... La frase ha sido mi obsesión durante toda la mañana, y este libro de esta pobre mujer paralítica, esta *Pasión* de Catalina de Emmerich, ha sido para mí una emoción grande y fuerte. Sólo Flaubert había logrado antes tal efecto.

---

de la Pasión. El famoso poeta y escritor Clemente Brentano escribía lo que ella le decía sobre la vida de Jesucristo: *La dolorosa pasión de Nuestro Señor Jesucristo según las meditaciones de Ana Catalina Emmerich* (1833).

Cuando Fray Fulgencio ha vuelto, le he estrechado la mano calurosamente, como se estrecha la mano de un hombre capaz de emprender desde los himnos de Prudencio hasta las elegancias de Baudelaire.

IV

CREO que mi ironía es una estupidez. A ratos —y son los más— toda mi impasibilidad se desvanece al soplo de alguna indignación tremenda. Decididamente, no me conozco. Y todos los esfuerzos por llegar á un estado de espíritu tranquilo resultan estériles ante estos impensados raptos de fiereza.

Yo soy un rebelde de mí mismo; en mí hay dos hombres. Hay el *hombre-voluntad,* casi muerto, casi deshecho por una larga educación en un colegio clerical, seis, ocho, diez años de encierro, de compresión de la espontaneidad, de contrariación de todo lo natural y fecundo. Hay, aparte de éste, el segundo hombre, el *hombre-reflexión,* nacido, alentado en copiosas lecturas, en largas soledades, en minuciosos auto-análisis. El que domina en mí, por desgracia, es el *hombre-reflexión*; yo casi soy un autómata, un muñeco sin iniciativas; el medio me aplasta, las circunstancias me dirigen al azar á un lado y á otro. Muchas veces yo me complazco en observar este dominio del ambiente sobre mí: y así veo que soy místico, anarquista, irónico, dogmático, admirador de Schopenhauer, partidario de Nietzsche. Y esto es tratándose de cosas literarias: en la vida de diarias relaciones un apretón de manos, un saludo afectuoso, un adjetivo afable, ó por el contrario un ligero desdén, una preterición acaso inocente, tienen sobre mi emotividad una influencia extraordinaria. Así yo, soy sucesivamente, un hombre afable, un hombre huraño, un luchador enérgico, un desesperanzado, un creyente, un escéptico... todo en cambios rápidos, en pocas horas, casi en el mismo día. La Voluntad en mí está disgregada; soy un imaginativo. Tengo una intuición rapidísima de la obra, pero inmediatamente la reflexión paraliza mi energía. En política, yo tal vez fuera el hombre de las soluciones instantáneas, de los golpes mágicos, de las audacias pintorescas... pero hay algo en mí que me anonada, que me aplasta, que me hace desistir de todo en un hastío abrumador. ¡Soy un hombre de mi tiempo! La inteligencia se ha desarrollado á expensas de la voluntad; no hay héroes; no hay actos legendarios; no hay extraordinarios desarrollos de una personalidad. Todo es igual, uniforme, monótono, gris. ¡Día llegará en que el dar un grito en la calle se considere tan enorme cosa como el desafío de García de Paredes! [156]

(Al llegar aquí oigo tocar la campana que llama á coro. Voy un rato á oir las tristes salmodias de estos buenos frailes.)

Y después de todo, ¿para qué la Voluntad? ¿Para qué este afán incesante que nos hace febril la vida? ¿Por qué ha de estar la felicidad precisamente en la Acción y no en el Reposo? Desde el punto de vista estético, una estatua egipcia, una de esas estatuas rígidas, simétricas, de inflexible paralelismo en todos sus miembros, es tan bella como la estatua griega, toda movimiento, toda fuerza, del lanzador de discos.

En cuanto al aspecto ético, es secundario. La belleza es la moral suprema. Uno de estos religiosos para

[156]   Diego García de Paredes (1466-1530), célebre capitán español. Luchó con Gonzalo Fernández de Córdoba y luego pasó a la guardia de Alejandro VI. Tomó parte en la campaña emprendida por el rey Fernando para disputar a Luis XII de Francia el reino de Nápoles. El famoso desafío a que se refiere Martínez Ruiz tuvo lugar en 1503 entre once españoles y otros tantos caballeros franceses. El episodio, que se relata en *Crónicas del Gran Capitán*, duró cinco horas sin que hubiera vencido ninguno de los bandos.

mí es más moral que el dueño de una fábrica de jabón
ó de peines; es decir, que su vida, esta vida ignorada
y silenciosa, deja más honda huella en la humanidad
que el fabricante de tal ó cual artículo. ¿*Que no hace
nada?* Es el insoportable tópico del vulgo. ¡Hace belleza! Una mujer hermosa no hace nada tampoco; no
ha hecho nunca nada; su hermosura es un azar ventu-
roso de los átomos. ¡Y sin embargo, Ninón de Lenclos [157] es más grande que el que inventó la contera de
los bastones!

Yo simpatizo con estos frailes porque en cada uno
de ellos me contemplo retratado; en ellos veo hombres
que desprecian la voluntad, esa voluntad que yo no
puedo despreciar... porque no la tengo. No deseo te-
nerla tampoco. ¿Qué haré? No lo sé; me dejaré vivir
al azar. No tengo ya ambiciones literarias. Hoy he intentado continuar trabajando en *El bastón de Manuel
Kant,* y me ha parecido el tal libraco una cosa ridícula,
presuntuosa, insoportable. ¡La ironía! Dejemos que
cada cual siga en paz su camino. Yo voy al mío. Y el
mío es el de ese pueblo donde he nacido, donde me
he educado; donde he conocido á un hombre, grande
en sus debilidades, donde he querido á una mujer, buena en su fanatismo, donde acabaré de vivir de cualquier
modo, como un vecino de tantos, yendo al casino, viniendo del casino, poniéndome los domingos un traje
nuevo, dejando que el juez me venza en una discusión
sobre el derecho de acrecer, soportando la vergüenza
de no saber disparar una escopeta, ni de jugar al dominó, ni de decir cosas tontas á las muchachas tontas...

Y he aquí el viejo bohemio que se levanta á las
nueve, y se pone su traje usado, y se lava un poco su
cara sin afeitar de una semana... Las criadas han puesto
los muebles en desorden y dan en ellos grandes porrazos con los zorros (porque en los pueblos no se puede

<hr>

[157] Ninon de Lenclos (1620-1705), francesa célebre por su genio
y belleza. Su salón fue frecuentado por los personajes más destacados de su época.

limpiar sino es armando formidable trapatiesta. El ruido vive en provincias: se habla á gritos, se anda taconeando, se estornuda en tremendos estampidos, se tose en pavorosas detonaciones, se cambian los muebles en zarabanda atronadora). Toda la casa está por la mañana en conmoción; una nube de polvo flota en el aire como una densa gasa. Salgo para dar una vuelta. Voy, ¿al Casino? Sí, voy al Casino. Allí hablo, ó me hablan, de política, se discuten cosas triviales, se dan gritos furibundos por insignificancias ridículas. Y un señor —el eterno señor de pueblo— pondrá empeño en convencerme á mí, hablando pausadamente y en estilo de alegato abogadesco, de tal ó cual futesa, que él explicará pertinazmente á fin de quedar por encima de una persona de la cual se han ocupado los periódicos de Madrid... Pasa una hora, luego otra, luego otra; el sol de estío inunda ardorosamente las calles, ó el viento huracanado del invierno, las barre. Yo no sé dónde ir. Vuelvo á casa. Las criadas me han revuelto los papeles de mi mesa; un niño de la vecindad llora tozudamente; una mujer da voces; en la calle parten gruesos troncos de olivo dando enormes porrazos... Como. Luego, ¿vuelvo al Casino? Sí, vuelvo al Casino. Comienza otra vez la charla sobre política; me preguntan si *soy* de Gómez, ó de Sánchez, ó de Pérez, que son los caciques locales. Yo digo que todos me parecen bien. ¡Esto indigna! Porque Pérez tiene más talento que Sánchez, y si yo digo lo contrario doy pruebas de que no estoy enterado de que el año 1897 Pérez les ganó una elección á Sánchez y á Gómez no contando más que con dos concejales en el Ayuntamiento. Además el ex ministro Fulánez estima mucho a Pérez. *¿Usted cree que Fulánez no vale?*, me preguntan. Yo no sé si Fulánez vale, pero he de decir resueltamente que sí, que vale mucho por no molestar á sus admiradores. Y entonces un partidario de Gómez, el cual Gómez es correligionario del ex ministro Zutánez, me dice muy serio si es que creo que Fulánez vale más que

Zutánez, porque Zutánez es un gran orador y porque cuenta con muchos senadores y diputados de gran empuje. Yo tampoco sé á punto fijo, porque no he tenido el gusto de tratarlo, si Zutánez es realmente un hombre de genio, pero digo que me parece un político de prestigio y que no tengo intención de ofenderle. Entonces su admirador me pregunta si leí el discurso que pronunció el año 1890 en el Congreso sobre no sé qué cosa. Yo digo que no, él me mira con desprecio, y toma nota de la negativa para hablar luego mal de "estos escritores que dicen que lo saben todo, que lo han leído todo, y no conocen un discurso que Zutánez pronunció el año 90..."

¡Ah, estoy rendido! Vuelvo á casa mohíno, fatigado, con un profundo desprecio de mí mismo. En casa, ¿qué hago? He leído por tres veces mis libros; además, la lectura me fatiga. Si no lo sé todo, lo presiento todo. No leo. Salgo otra vez. Voy á casa de un amigo. Es abogado. Está escribiendo un informe. Me lo lee todo: ¡veinte páginas en folio! Luego me pregunta sobre la *enfiteusis,* sobre la *anticresis,* sobre las *legítimas*; sobre otras cosas tan amenas como ésta. Yo no sé nada de tales misterios. Él me mira con cierta lástima. Luego para demostrarme que es un abogado á la moderna me saca un libro de D'Aguanno. [158] Y me pregunta si me gusta D'Aguanno. Yo le contesto modestamente que no le conozco. Entonces él me dice muy grave si es que yo creo que los literatos no han de tener una base científica. Yo digo que sí, que sí que deben tener esa base. Y él replica que D'Aguanno es un hombre de ciencia, y que debe ser conocido de los literarios, y que no se debe ser crítico si no se conocen sus trabajos y los de otros tratadistas que valen tanto como él.

Decididamente, soy un pobre hombre, soy el último de los pobres hombres de Yecla. Y para consolarme un

---

[158] Giuseppe D'Aguanno (1862-¿?), jurisconsulto italiano de alguna importancia en el Derecho civil. Pedro Dorado Montero tradujo, para La España Moderna, sus obras *La reforma integral de la legislación civil* (189?) y *La génesis y la evolución del derecho civil* (1893).

poco á mis solas, salgo á dar un paseo por la huerta. Luego al anochecer vuelvo á casa. La casa está á obscuras. Doy voces —¡ya me he contagiado!— sale la criada; le digo que traiga un quinqué. Intento encenderlo: no tiene petróleo. La criada dice que lo ha traído, pero que se lo ha dado á la otra criada. La otra criada dice que sí que es verdad, pero que lo ha gastado frotando los mosaicos del despacho. Van á traer más petróleo. Yo permanezco un cuarto de hora en las tinieblas. Por fin, le ponen petróleo al quinqué; mas la torcida está mal cortada, la llama da toda sobre un lado, estalla el tubo... ¡Otra media hora! Gritos, disputas, tinieblas... Y así hasta que ceno, de mal modo, tarde, con los platos mojados, con las copas resquebrajadas, con las viandas ahumadas, con un gato que maya á mi lado y un perro que me pone el hocico sobre el muslo...

Después de cenar, ¿voy al Casino? No, no, esta noche no voy al Casino; me marcho á casa de unas amigas. Estas amigas quieren ser elegantes, pero llevan los dientes amarillos; quieren ser inteligentes, pero se asustan de cualquier fruslería. Hay en esta reunión un señorito que está preparándose para unas oposiciones á registradores; otro señorito que está preparándose para otras á notarios; y otro señorito que está también preparándose para otras al cuerpo jurídico militar. ¡Todos se preparan! Ellas y ellos hablan de la última obra estrenada en Apolo. Un señorito cuenta el argumento; las niñas hacen observaciones. Luego, una de ellas, me pregunta si conozco á Ramos Carrión. [159] Yo digo que no he tenido el honor de tratar á Ramos Carrión. Entonces ella, que tiene alguna confianza conmigo, ó por lo menos se la toma, me dice qué es lo que he hecho yo en Madrid y cómo digo que trato á la gente literaria, cuando no conozco á Ramos Carrión, que es

---

[159] Miguel Ramos Carrión (1848-1915), autor dramático español cuyas comedias hicieron las delicias de tres generaciones. También escribió sainetes y zarzuelas con Vital Aza.

autor de preciosas comedias. Yo me excuso en buena manera y ella entonces me pregunta por Arniches á quien con toda seguridad conoceré. Tampoco conozco á Arniches, y esto provoca cierta extrañeza entre los señoritos. Si yo no conozco á Arniches, que tan popular es en Madrid, entonces, ¿dónde está mi prestigio literario? ¿Es que creo yo que Arniches no tiene chispa? ¿Es que no ha estrenado más de veinte obras con gran éxito?

Yo no sé qué contestar á todo esto. Y paso entre estos señoritos y estas señoritas por un hombre que no conoce á nadie, ni, por consiguiente, escribe nada de provecho.

Y de vuelta á casa, caigo en la cama fatigado, anonadado, oprimido el cerebro por un penoso círculo de hierro que me sume en un estupor idiota.

...He aquí la nueva vida del viejo bohemio, admirador de Baudelaire, devotísimo de Verlaine, entusiasta de Mallarmé; del viejo bohemio amante de la sensación intensa y refinada, apasionado de todo lo elegante, de todo lo original, de todo lo delicado, de todo lo que es Espíritu y Belleza.

V

Santa Ana.

H O Y me siento triste, deprimido, mansamente desespe-
rado. No encuentro aquí el sosiego que apetecía: mi
cerebro está vacío de fe. Me engaño á veces á mí mismo; lo que pretendo creer, es puro sentimentalismo;
es la sensación de la liturgia, del canto, del silencio de
los claustros, de estas sombras que van y vienen calla-
damente... Ahora, en estos momentos, apenas si tengo
fuerzas para escribir; la abulia paraliza mi voluntad.
¿Para qué? ¿Para qué hacer nada? Yo creo que la vida
es el mal, y que todo lo que hagamos para acrecentar
la vida, es fomentar esta perdurable agonía sobre un
átomo perdido en lo infinito... Lo humano, lo justo
sería acabar el dolor acabando la especie. Entonces, si
la humanidad se decidiera á renunciar á este estúpido
deseo de continuación, viviría siquiera un día plenamente, enormemente; gozaría siquiera un instante con
toda la intensidad que nuestro organismo consiente. Y
ya, después, el hombre acabaría en dulce senectud y ante
sus ojos no se ofrecería el hórrido espectáculo de unas
generaciones que entran dolorosamente en la vida —de
unas generaciones que él ha creado inútilmente. Yo no
sé si este ideal llegará á realizarse: exige desde luego
un grado supremo de consciencia. Y el hombre no podrá llegar á él hasta que no disocie en absoluto y por

modo definitivo las ideas de generación y de placer sensual... Sólo entonces, esto que llamaba Schopenhauer la *Voluntad* cesará de ser, cesará por lo menos en su estado consciente, que es el hombre. Y, ¿quién sabe si lo demás *es* en realidad? ¿Dónde está después de todo la seguridad de que lo objetivo existe? Berkeley no creía en lo objetivo. El mundo son nuestros sentidos; nuestros sentidos pueden ser una ilusión. Además, ¿cómo es el universo de grande? ¿Cómo saberlo sin término de comparación? Recuerdo haber leído en un libro de *Lógica* del médico Andrés Piquer, [160] que si el mundo fuera como una naranja y de repente se achicase hasta el tamaño de una cabeza de alfiler, continuaríamos sus habitantes viendo todas las cosas en la misma proporción. Y ésta sí que es una broma lamentable: acaso *la inmensidad del universo* que los poetas cantan, sea un miserable puñado de lentejas, ó cosa parecida, que un monstruo agita un momento en su mano... ¡Un momento! Porque el tiempo está en relación con nuestra receptividad de sensaciones; un insecto que vive un mes, vive tanto, *á su juicio,* como nosotros que vivimos cincuenta años. Y estos cincuenta años pudieran ser un segundo para un ser superior ó distinto del hombre... He leído en alguna parte que si fuésemos capaces de observar distintamente diez mil acontecimientos en un segundo en vez de diez, como lo hacemos ahora por término medio, y nuestra vida contuviera el mismo número de impresiones, entonces ésta sería mil veces más corta... Viviríamos menos de un mes; no conoceríamos personalmente nada del cambio de las estaciones; si hubiésemos nacido en el invierno creeríamos en el verano como ahora creemos en los calores de la época carbonífera; los movimientos de los seres organizados serían tan lentos para nuestros sentidos que más bien los inferiríamos que los perci-

[160] Andrés Piquer (1711-1772), médico y filósofo, llamado por muchos "el Hipócrates español". Conoció bien las nuevas doctrinas extranjeras y su obra filosófica, *Lógica moderna* (1747), se caracteriza por cierto eclecticismo.

biríamos; el sol se mantendría inmóvil en el cielo; la
luna apenas cambiaría... ¿Quién puede afirmar que los
cincuenta años de nuestra vida no son un mes tan sólo
y que esa época carbonífera será para otros seres distintos de nosotros que no existen, pero que pueden
existir, lo que para nosotros el verano?

¡Esta vida es una cosa absurda! ¿Cuál es la causa
final de la vida? No lo sabemos: unos hombres vienen
después de otros hombres sobre un pedazo de materia
que se llama mundo. Luego el mundo se hace inhabi-
table y los hombres perecen; más tarde los átomos se
combinan de otra manera y dan nacimiento á un mundo flamante. Y, ¿así hasta lo infinito? Parece ser que
no; un físico alemán [161] —porque los alemanes son los
que saben estas cosas— opina que la materia perderá
al fin su energía potencial y quedará inservible para
nuevas transmutaciones. ¡Digno remate! ¡Espectáculo
sorprendente! La materia gastada de tanta muchedumbre de mundos, permanecerá —¿dónde?— eternamente
como un inmenso montón de escombros... Y esta hipótesis —digna de ser axioma— que se llama la entropía
del universo, [162] al fin es un consuelo; es la promesa,
un poco larga ¡ay!, del reposo de todo, de la muerte
de todo.

En días como éste, yo siento ansia de esta inercia.
Mi pensamiento parece abismado en alguna cueva tene-
brosa. Me levanto, doy un par de vueltas por la habitación, como un autómata; me siento luego; cojo un
libro; leo cuatro líneas; lo dejo; tomo la pluma;
pienso estúpidamente ante las cuartillas; escribo seis ú
ocho frases; me canso; dejo la pluma; torno á mis

---

[161]   El físico alemán a quien alude el autor sería Ludwig Boltz-
mann (1844-1906), en realidad un austríaco. Fue el que introdujo
la noción de la probabilidad en la entropía (una teoría originalmente
termo-dinámica), así sugiriendo la pérdida de energía. Sus memorias
y ensayos se publicaban constantemente en muchas revistas del
tiempo.
[162]   Véase la nota 18, Cap. III de la Primera Parte.

reflexiones... Siento pesadez en el cráneo; las asociaciones de las ideas son lentas, torpes, opacas; apenas puedo
coordinar una frase pintoresca... Y hay momentos en
que quiero rebelarme, en que quiero salir de este estupor, en que cojo la pluma é intento hacer una página
enérgica, algo fuerte, algo que viva... ¡Y no puedo, no
puedo! Dejo la pluma; no tengo fuerzas. ¡Y me dan
ganas de llorar, de no ser nada, de disgregarme en la
materia, de ser el agua que corre, el viento que pasa.
el humo que se pierde en el azul!

VI

El Pulpillo.

DESDE Jumilla he venido en carro hasta la casa de
don Antonio Ibáñez, [162 bis] que es la primera de las que
hay en el Pulpillo. Aquí he bajado: deseaba volver á
pisar la tierra de esta inmensa llanura, respirar el aire
á plenos pulmones, bañarme en el sol tibio, de primavera, que inunda la campiña. Y he sentido, al tocar tierra
y extender la mirada á lo lejos, una sensación como de
voluptuosidad triste, de angustia y de bienestar... La
llanura verdea en su extensión remota; los sembrados
están altos y se mueven de cuando en cuando, como
oleadas, mecidos por ráfagas suaves de aire templado.
Veo las rojizas lomas de las Moratillas, las Atalayas con
sus laderas amarillentas salpicadas con los puntitos simétricos de los olivos, la imperceptible silueta azul,
allá en el fondo, de la sierra de Salinas. La *casa del
Obispo,* donde yo estuve con el maestro la última vez,
aparece en medio del llano; su techo negruzco asoma
entre la cortina verde de los olmos; la chimenea deja
escapar una blanca columna de humo que asciende lentamente. Y las negras copas romas de los cipreses emergen inmóviles en el azul del cielo. No se oye nada; no
se ve á nadie. Y yo pienso, mientras recorro este camino pedregoso, que rompe en culebreos violentos la pla-
nicie, en la ruina tremenda de este país desdichado.

[162 bis] Antonio Ibáñez (1829-1890), párroco de Yecla que llega
en 1880 a ser Obispo de Teruel. Era gran propietario.

—Estos pobres labradores —decía yo— han sido ricos un momento y luego volvieron á unirse con la miseria. Duró el contento lo que duró el tratado con Francia relativo á los vinos, ó sea de 1882 á 1892... Entonces como los vinos alcanzaban grandes precios, los labradores dedicaron sus tierras á la vid. ¡No más olivos, ni cereales, ni almendros, ni frutales! Una hectárea de cereales producía 200 pesetas; una hectárea de viñedo, 1000. ¡Y todo fueron viñas! Los pequeños rentistas se convirtieron en grandes rentistas; se ensancharon rápidamente los pueblos; se construyeron casas cómodas y elegantes; iban y venían por las calles carruajes y caballos; desbordaban los casinos de gente jovial y gastadora. ¡Todos estaban alegres y sanos! ¡Todos eran fuertes y ricos!... Luego el tratado con Francia acaba; llega la depreciación de los vinos; poco á poco la alegría se apaga; los ensanches de los pueblos se paralizan. ¡Se alza formidable la usura! Y los pequeños propietarios malvenden sus cosechas, hipotecan sus fincas, cierran sus bodegas. En Yecla cae una nube de prestamistas valencianos: el valenciano tiene algo de judío; es sigiloso, hábil, flexible, astuto en trueques y contratos. Y en Yecla extienden sus finas redes y van mañosamente recogiendo la pecunia de los labriegos angustiados. Se presta al 12, al 15, al 20 por 100; se prestan otras veces *mil reales,* se consignan dos mil en el documento, y se le perdonan al prestamero generosamente los réditos... Yo he visto cómo este buen pueblo, antes alegre con el bienestar, se ha ido entristeciendo con la miseria. Y la miseria aumenta... en Yecla, en Jumilla, en la región alicantina. En Jumilla la cosecha, este año, ha sido de 200.000 hectolitros; los buenos vinos claros se pagan á 8 ó 10 reales la arroba de quince litros y sesenta centilitros; los tintos comunes —que son casi toda la cosecha— se venden á 3 ó 4 reales la arroba... Este año apenas se han vendido 100.000 hectolitros; queda media cosecha en las bodegas. ¿Qué hacer de ella? ¿Qué hacer con los inmensos terrenos plantados de viña? ¿Dónde está el dinero necesario para cambiar de cultivo?... El labrador mira tristemente el porvenir: cada año la situación se agrava, el malestar se aumenta, la angustia crece. Y este ambiente de tristeza que se nota en la casa, en la calle, en la iglesia, en las fiestas, va densificándose, cristalizando en caras pálidas y de larga barba inculta, en trajes raídos, en gestos lentos, en silencios huraños, en suspiros, en reproches, en amenazas... La generación futura será una generación ferozmente melancólica. Engendrada en medio de esta angustia, la herencia pesará brutalmente sobre ella; y estos pueblos, ya tristes de peculiar idiosincrasia, serán doblemente tétricos. Dentro de quince, de veinte años, todo el odio acumulado durante cuarenta años, acaso estalle en una insurrección instintiva, irresistible, tan fatal como la rotación de un astro. Y entonces de Murcia, de Alicante, como de las Castillas y de Andalucía, el labrador se alzará con sus hoces y sus legones, y comenzará la más fecunda de las revoluciones españolas... Estos labriegos son sencillos, ingenuos, confiados; pero yo no he visto hombres más brutales, más grandiosamente brutales, cuando se les llega á exasperar; son como un muelle que va cediendo, cediendo, cediendo suavemente, hasta que de pronto se distiende en un violento arranque incontrastable. Hoy el labriego está ya muy cansado: la fe le contiene aún en la resignación. Dentro de algunos años —los que sean—, cuando la propaganda irreligiosa haya matado en él la fe, el labriego afilará su hoz y entrará en las ciudades. Y las ciudades, debilitadas por el alcoholismo, por la sífilis y por la ociosidad, sucumbirán ante la formidable irrupción de los nuevos bárbaros...

Pensando en estas cosas he llegado á la *casa del Obispo*. He recorrido la alameda de viejos álamos, ya vestidos de menudas hojas; he llegado luego hasta la fuente, y he contemplado el ancho espejo de la balsa, cubierta á trechos por el sedoso légamo verdinegro. El manantial susurra y corre burbujeando por la limpia canal; el cielo está azul; la llanura calla. Y una ban-

dada de palomas traza un inmenso círculo y se abate
con aleteo nervioso sobre un tejado.

He ido luego á la casa de Iluminada. No he visto
entrar ni salir á nadie. Probablemente estarán trabajando lejos, en los sembrados —he dicho. Y como estaba
cansado, me he quitado el gabán y el sombrero y los he
puesto sobre el pozo que está junto á la puerta. [162 bis bis]
Después me siento y permanezco absorto un instante...
Oigo ruido en el piso alto; suena un portazo; una canción rasga los aires... Y yo me estremezco de pies á
cabeza. ¡Es Iluminada!... Me levanto: Iluminada aparece en la puerta. Ella se pone roja y yo me pongo pálido. Ella avanza erguida é imperiosa: yo permanezco
inmóvil y silencioso. Al aparecer en la puerta la he
visto cómo vacilaba, sorprendida, temerosa, durante un
segundo; pero ahora ya es la de siempre y la veo ante
mí fuerte y jovial.

Iluminada me mira fijamente á los ojos y me pregunta un poco irónica:

—¿Ya has venido, Antonio?

—Sí, sí —contesto yo como un perfecto idiota—;
ya estoy aquí.

Iluminada observa mi traje negro, la ancha cinta
negra del monóculo, mi negra corbata 1830, que da
vueltas y vueltas al alto cuello y en la que una esmeralda reluce vivamente. Luego me pone sosegadamente
la mano en la cabeza y dice:

—Tienes el pelo muy largo.

—Sí, sí —contesto yo—; tengo el pelo muy largo.

Y callamos un instante. Un instante durante el cual
ella continúa repasando mi indumentaria genial, mientras en sus labios se dibuja una sonrisa irónica.

—No me has escrito, Antonio —dice ella frotando
con la yema del dedo índice la esmeralda de mi corbata.

—Es verdad —digo yo tontamente—, no te he escrito.

Entonces ella me pone las manos sobre los hombros
y me hace sentar en el banco con un vigoroso impulso,
mientras grita:

—¡Eres un majadero, Antonio!

Y ríe jovialmente en una estrepitosa carcajada.

[162 bis bis] Véase la nota 83 bis, cap. XXIV de la Primera Parte.

VII

ILUMINADA y su madre están aquí en el Pulpillo
hace unos días. Han venido á pasar una temporada.
Hoy es domingo. Esta mañana hemos salido á primera
hora. Delante íbamos Iluminada y yo; detrás la madre
de Iluminada y Ramón, el hijo del Abuelo. A lo lejos,
en el grupo próximo de casas, tocaba un esquilón.
Claro está que tocaba para que los campesinos acudie-
ran á oir decir la misa á don Rafael Ortuño. Ortuño
es un cura propietario; vive en Yecla; tiene aquí sus
predios; va y viene á caballo del pueblo al campo. Y
en el pueblo y en el campo y en todas partes, Ortuño
charla, corre, salta, cuenta chascarrillos, torea un be-
cerro, saca instantáneas, hace hablar á un fonógrafo.
Porque este hombre es un activo y gesticulante clérigo
prendado de todos los adelantos del siglo. Así, apenas
la Ciencia inventa una cosa nueva y entretenida, ya
Ortuño, que está al tanto de todos los catálogos, la ha
pedido á París. Su casa está llena de placas, cámaras
obscuras, cilindros fonográficos, timbres eléctricos, ma-
quinillas inútiles para hacer mil cosas, chismes, artefac-
tos, resortes... Y véase cómo la harmonía entre la ciencia y la fe, que tanto ha dado que hablar, [163] la ha

---

[163] Martínez Ruiz se referiría a su muy discutida interpretación, publicada en el artículo "Ciencia y Fe" (*Madrid Cómico*, 9-II-
1901), de la obra anticlerical de Galdós, *Electra*.

resuelto por fin Ortuño de un modo definitivo, satisfac-
torio y práctico.

De estas cosas y de otras muchas vamos hablando
Iluminada y yo. Ella está jovial como siempre; yo, en
estos campos anchos, con este ambiente primaveral, me
siento un poco redivivo... Entramos en la ermita; Iluminada se pone á mi lado y me hace arrodillar, levan-
tarme, sentarme. Casi á la fuerza, como si se tratara de
un muñeco. En el fondo, yo siento cierta complacencia
de este automatismo, y me dejo llevar y traer, á su
antojo.

Acaba la misa. Salimos de la ermita y nos ponemos
á hablar un rato con los campesinos.

—Este año —dice Ramón rascándose la cabeza— la
cosecha parece que va adelante.

—Este año la cosecha ha de ser buena —afirma ro-
tundamente Iluminada.

—Claro —digo yo—, este año ha de ser magnífica la
cosecha.

Sale Ortuño, que ha acabado de quitarse las vesti-
mentas sacras, y le dice á la madre de Iluminada, en
tono de cómica ferocidad, señalándome:

—¡Aquí tiene usted á este gran impío!... ¡Hereje!...
¡Vade retro!

Los aldeanos ríen; yo tengo que reir también. Iluminada guarda en el bolsillo de mi americana su libro de
oraciones, con la mayor naturalidad, sin decirme nada.
Y Ortuño viéndonos juntos, á Iluminada y á mí, guiña
maliciosamente el ojo, y grita repetidas veces dando za-
patetas en el aire:

—¡Qui prior tempore potior jure!... ¡Quien llega
antes tiene mejor derecho!... ¡Qui prior tempore potior
jure!

EPÍLOGO

I

Sr. D. Pío Baroja:

EN MADRID.

QUERIDO Baroja: Tenía que ir á Murcia, y me he acordado de que en Yecla vive nuestro antiguo compañero Antonio Azorín. He hecho en su obsequio y en el mío un pequeño alto en mi itinerario.

Y vea usted el resultado.

Llega á las cinco de la madrugada, después de tres horas de trajín en una infame tartana. Me acuesto; á las nueve me levanto. Y pregunto por don Antonio Azorín á un mozo de la posada. Este mozo me mira en silencio, se quita la gorra, se rasca y me devuelve la pregunta:

—¿Don Antonio Azorín? ¿Dice usted don Antonio Azorín?

—Sí, sí —contesto yo—, don Antonio Azorín.

Entonces el mozo torna a rascarse la cabeza, se acerca á la escalera y grita:

—¡Bernardina! ¡Bernardina!

Transcurre un momento; se oyen recios pasos en la escalera y baja una mujer gorda. Y el mozo le dice:

—Aquí pregunta este señor por don Antonio Azorín... ¿Sabe usted quién es?... ¿No es el que vive en la placeta del Colegio?

La mujer gorda se limpia los labios con el reverso de la mano, luego me mira en silencio, luego contesta:

—Don Antonio Azorín... don Antonio Azorín... ¿Dice usted que se llama don Antonio Azorín?

—Sí, sí, don Antonio Azorín... un señor joven... que vive aquí...

—¿Dice usted que es joven? —torna á preguntar la enorme posadera.

—Sí, joven, debe de ser aún joven —afirmo yo.

—¿Don Patricio no será? —dice la mujer.

—No, no —replico yo—, si se llama Antonio.

—Antonio... Antonio —murmura la mujer. —Don Antonio Azorín... Don Antonio Azorín. —Y de pronto:

—¡Ah, vamos! ¡Antoñico! Antoñico, el que está casado con doña Iluminada... ¡Como decía usted don Antonio!

Yo me quedo estupefacto. ¡Antonio Azorín casado! ¡Casado en Yecla el sempiterno bohemio!

—¡Anda, y con dos chicos! —me dice la mujer.

Y vuelvo á quedarme doblemente estupefacto. Después, repuesto convenientemente, para no inquietar á los vecinos, salgo á la calle y me dirijo á la casa de Azorín.

La puerta está entornada. Veo en ella un gran llamador dorado, que supongo que será para llamar. Y llamo. Luego me parece lógico empujar la puerta, y entro en la casa. No hay nadie en el zaguán. Las paredes son blancas, deslustradas; el menaje, sillas de paja, un canapé, una camilla y las dos indispensables mecedoras de lona... Como no parece nadie, grito: *¿No hay nadie aquí?* pregunta que se me antoja un poco axiomática. No sale nadie á pesar de lo evidente de la frase, y la repito en voz más alta. Desde dentro me gritan:

—¿Quién es?

—¡Servidor! —contesto yo.

Y veo salir á una criada vestida de negro, con un pañuelo también negro en la cabeza.

—¿Don Antonio Azorín vive aquí? —pregunto.

—Sí, señor, aquí vive... ¿Qué quería usted?

—Deseaba verle.

—¿Verle? ¿Dice usted, verle?

—Sí, sí, eso es: verle.

Entonces, la criada, ante mi estupenda energía, ha gritado:

—¡María Jesusa! ¡María Jesusa!

Transcurre un momento; María Jesusa no parece; la criada torna á gritar. Y un perro sale ladrando desaforadamente de la puerta del fondo, y se oye lloriquear á un niño. Y como la criada continúa gritando, veo aparecer por la escalera á una señora gruesa que baja exclamando:

—¡Señor! ¡Señor! Pero ¿qué es esto? ¿Qué sucede? ¿Qué escándalo es éste?

El perro prosigue ladrando; aparece, por fin, María Jesusa; acaba también de bajar la señora gruesa.

—Este señor —dice la criada— que pregunta por don Antonio.

—¿Antoñico?... ¿Quiere usted ver á Antoñico? —me dice la señora.

—Sí, sí, desearía hablarle, si pudiera ser —contesto yo.

—Anda, María Jesusa —le dice la señora—, anda y dile á don Mariano si está Antoñico en casa.

María Jesusa desaparece; silencio general. La señora me examina de pies á cabeza. Y en lo alto de la escalera aparece un señor de larga barba blanca.

—Mariano —le dice la señora—, aquí quieren ver á Antoñico.

—¿A Antoñico?

—Sí, este señor.

—Sí —afirmo yo—, quisiera hablarle.

—Pues debe estar en el despacho; voy á ver.

Otra pausa. La señora anciana, al fin, determina conducirme al despacho y me hace subir la escalera. Luego nos paramos ante una puerta.

—Aquí es —dice—; entre usted.

Entro. Es una pieza pequeña; hay en ella una mesa ministro y una máquina de coser. Junto á la máquina veo á una mujer joven, pero ya de formas abultadas, con el cabello en desorden, vestida desaliñadamente. A un lado hay una nodriza que está envolviendo á un chico. El chico llora, y otro chico que la madre tiene en brazos, también llora. En las sillas, en el suelo, en un gran cesto, sobre la máquina, en todas partes se descubren pañales.

Sentado ante la mesa, está un hombre joven; tiene el bigote lacio; la barba sin afeitar de una semana; el traje, sucio. ¡Es Azorín!

Yo no sé al llegar aquí, querido Baroja, cómo expresar la emoción que he sentido, la honda tristeza que he experimentado al hallarme frente á frente de este hombre á quien tanto y tan de corazón todos hemos estimado. Él ha debido también sentir una fuerte impresión. Nos hemos abrazado en silencio. Al pronto yo no sabía lo que decirle. Él me ha presentado á su mujer. Hemos hablado del tiempo. La señora ha llamado gritando á María Jesusa y le ha entregado un chiquillo; después se ha puesto á coser. Azorín vive en compañía de la madre de su mujer, de un hermano de la madre y de una cuñada. La mujer tiene algunos bienes; creo que veinte ó veinticinco mil duros en tierras que apenas producen —con la crisis agrícola actual— [164] para comer y vestir con relativo desahogo. Él no hace nada; no escribe ni una línea; no lee apenas; en su casa sólo he visto un periódico de la capital de la provincia, que les manda un pariente que borrajea en él algunos versos. De cuando en cuando Azorín va al campo y se está allá seis ú ocho días; pero no puede disponer nada tocante á las labores agrícolas, ni puede dar ór-

[164] Véase el Cap. VI de la parte anterior. Como se sabe, la crisis agrícola de España en la última década del siglo XIX llegó a proporciones graves. Por ser el cultivo del trigo muy agotador y por la falta del uso de abonos químicos para remediar la situación, los campos españoles rindieron muy poco. Además, la recuperación de Francia de la filoxera (1882-1892) y la invasión de la misma en España hacia 1890 redujeron considerablemente el cultivo del viñedo. Sobre este aspecto se puede consultar J. Vicéns Vives, *Historia de España y América* (V, p. 233-242).

denes á los arrendatarios, porque esto es de la exclusiva competencia de la mujer. La mujer es la que lo dispone todo, y da cuentas, toma cuentas, hace, en fin, lo que le viene en mientes. Azorín deja hacer, y vive, vive como una cosa...

Durante nuestra primera entrevista se me ha ocurrido decirle, como era natural:

—¿Iremos á dar un paseo esta tarde? ¿Me enseñarás el pueblo?

—Sí, iremos esta tarde —ha contestado él.

Y entonces la mujer ha dejado de coser, ha mirado á Azorín y ha dicho:

—¿Esta tarde? Pero, Antonio, ¡si has de arreglar el estandarte del Santísimo!...

—Es verdad —ha contestado Azorín—; he de arreglar el estandarte del Santísimo.

Este estandarte trascendental es un estandarte vinculado en la familia desde hace muchos años; lo compró el abuelo de Iluminada, y todos los años lo saca un individuo de la familia en no sé qué procesión. Ahora bien; esta procesión se celebra dentro unos días, y hay que limpiar y armar en su asta el dicho estandarte.

—¡Ah! Pero, ¿usted no ha visto nunca el estandarte? —me ha preguntado la señora.

Yo, lo confieso, no he visto nunca *el estandarte*. Y como parece ser que es digno de verse, Iluminada ha indicado á Azorín que me lo enseñase. Hemos salido; hemos recorrido un laberinto de habitaciones, con pisos desiguales, con techos altos y bajos, con muebles viejos, con puertas inverosímiles, uno de esos enredijos tan pintorescos de las casas de pueblo. Por fin hemos llegado á un cuarto de techo inclinado; las paredes están rebozadas de cal; penden en ellas litografías del Corazón de Jesús, del Corazón de María, de San Miguel Arcángel, de la Virgen del Carmen... todas en furibundos rojos, en estallantes verdes, en agresivos azules. En un ángulo vese una gran arca de pino; encima hay una gran caja achatada. Azorín se ha parado delante de la caja; yo le he mirado tristemente; él se ha encogido de hombros y ha dicho con voz apagada:

—¡Qué le vamos á hacer!

Luego ha abierto la caja y ha sacado el estandarte, envuelto en mil papeles, preservado de la polilla con alcanfor y granos de pimienta. No voy á hacer la descripción del estandarte; éste y el de las Navas [165] me parecen dos estandartes igualmente apreciables... ó despreciables. Azorín me lo ha enseñado con mucho cuidado.

Y yo pensaba mientras tanto, no en el estandarte —aunque es un estandarte del Santísimo Sacramento—, sino en Azorín, en este antiguo amigo nuestro, de tan bella inteligencia, de tan independiente juicio, hoy sumido en un pueblo manchego, con el traje usado, con la barba sin afeitar, con pañales encima de su mesa, con una mujer desgreñada que cree que es preferible arreglar un estandarte á dar un paseo con un compañero querido.

J. MARTÍNEZ RUIZ

En Yecla, á tantos

---

[165] El famoso "pendón de las Navas", reliquia de la batalla de las Navas de Tolosa (1212), conservado en las Huelgas de Burgos (donde yace Alfonso VIII), y sacado cada 16 de julio en celebración de la victoria de los españoles contra los almohades.

II

Sr. D. *Pío Baroja:*

EN MADRID.

QUERIDO Baroja: si tiene usted un rato libre haga usted el favor de pasar por el Instituto de Sociología y contar á aquellos respetables señores lo que voy á decirle á usted en esta carta.

Hace cincuenta años se estableció en Yecla un colegio de escolapios; la instrucción —que no es precisamente la felicidad— es posible que se haya propagado, pero el colegio ha traído la ruina al pueblo. Antes del año 1860 todos los pequeños labradores dedicaban sus hijos á la agricultura; después de ese año todos los hacen bachilleres. ¡Como cuesta tan poco! Es decir, no cuesta nada. Los buenos escolapios se encargan gratuitamente de que los hijos de los agricultores tengan una profesión *más noble* que la de sus padres...

Cincuenta años han bastado para formar en esta ciudad un ambiente de inercia, de paralización, de ausencia total de iniciativa y de energía. El cultivo de la tierra ha quedado en manos de los más ineptos, de aquellos que de ningún modo han podido apechugar con el trivio y el cuatrivio. Y como la agricultura es aquí la única riqueza, en el momento en que ha sobrevenido una crisis, esta juventud ajena por completo al beneficio de la tierra, se ha encontrado perpleja, irresoluta, descon-

certada, sin orientación para resolverla, sin iniciativas
para afrontarla. La crisis á que me refiero es la del vino;
en 1892 terminó el tratado con Francia. [166] Han corrido
diez años desde entonces, diez años de absoluto aplanamiento. Y verá usted lo que ha sucedido en este lapso.
El caso es curioso porque es el eterno caso de los pueblos viejos y los pueblos jóvenes... Hay cerca de Yecla
un pueblo que se llama Pinoso: es reciente, tiene la
audacia de la juventud, tiene la desenvoltura de quien
carece de tradición; es decidido, es fuerte. Allí hasta
ahora apenas hay señoritos universitarios; son todos
agricultores, industriales, negociantes. Y toda esta gente
ha maniobrado de tal modo que en los diez años que
los yeclanos han permanecido sumidos en el estupor
de la crisis, ellos, en hábiles y audaces tratos y contratos, se han apoderado de una tercera parte de la
propiedad rústica de Yecla. ¡Dentro de treinta años toda
Yecla, toda la vieja ciudad histórica y vetusta, será de
ellos, de este pueblo exultante y enérgico! Y esto es un
fenómeno naturalísimo: junto á un pueblo viejo y cansado hay otro joven y audaz, ¡la lógica indica que el
joven vencerá al viejo! La juventud de Yecla educada
con miras hacia las profesiones administrativas, palidece
sobre los códigos y se encuentra perpleja para la libre
lucha por la vida; en cambio la del Pinoso no se preocupa de lo que es aquí preocupación constante: las notarías, los registros, los juzgados; pero á la larga serán
de ellos las haciendas, las casas, las tierras de todos estos
atormentados jurisperitos.

Lo que sucede en Yecla es el caso de España y el
de otras naciones que no son España; es ni más ni
menos el problema de la educación nacional.

Los dos extremos son Francia é Inglaterra. Francia,
política, oficinesca, educando á sus jóvenes *para el examen*. Inglaterra, práctica, realista, educando á sus hijos

---

[166] Estando improductivos los viñedos franceses por la filoxera,
España pudo firmar un tratado por diez años (1882-1892) que permitía la libre exportación del vino a Francia; y así gozó de un dominio total del mercado europeo (véase la nota 164 al capítulo anterior).

para la vida. Francia, con su sistema pedagógico, ha creado legiones de autómatas burocráticos ó de mohinos fracasados; Inglaterra, en cambio, ha colonizado medio planeta y ha logrado que el sajón sea un tipo seguro de sí mismo, en consonancia perfecta con la realidad, inalterable ante lo inesperado, audaz, fuerte...

Esta tarde, en el Casino, donde he ido con Azorín (porque en los pueblos no se puede ir á otra parte más que al Casino); esta tarde yo pensaba en que el porvenir de Yecla es el porvenir de España entera. Hay además otro dato importantísimo y que hace la similitud más peregrina. En el espacio de cuarenta años —en movimiento perfectamente sincrónico con la anulación de la juventud— las clases superiores de Yecla, lo que aquí se llama *nobleza,* se han arruinado de la manera más desatentada.

"¡Si el abuelo de Fulano levantara la cabeza se quedaría pasmado de ver á su nieto en la miseria!", me decía esta mañana un labrador viejo. "La hacienda del abuelo cogía desde el término del Pinoso hasta el de Jumilla, sin quebrar hilo; el nieto no tiene cuasimente nada"...

Hoy las seis ú ocho familias de la aristocracia están realmente en áspera pobreza. Han gastado su patrimonio en Madrid, en Valencia, en Murcia, haciendo toda clase de despilfarros locos, descuidados del porvenir, sin preocuparse de sus tierras. La burguesía por su parte ha apartado á sus hijos de la agricultura, haciéndoles aspirantes eternos á los destinos burocráticos. Y de este modo la vieja ciudad entra en disolución rápida: de un lado anuladas las clases superiores, que pudieran dar la dirección y el impulso; de otro, paralizada la clase media en su alejamiento de la agricultura y de la industria. ¿Cómo ha de ser extraño que sólo basten treinta años para que toda la propiedad de Yecla pase á manos de sus vecinos del Pinoso?

He querido dar todos estos datos de sociología práctica y pintoresca, para que se vea en qué medio ha nacido y se ha educado nuestro amigo Azorín y cómo merced á estas causas y concausas se ha disgregado la voluntad naciente. Su caso, poco más ó menos, es el de toda la juventud española...

He de insistir sobre esto. Mañana estoy invitado á comer en casa de Azorín. Escribiré á usted.

J. MARTÍNEZ RUIZ.

Yecla, á tantos.

III

Sr. D. Pío Baroja:

EN MADRID.

QUERIDO Baroja: hoy he comido en casa de Azorín.
No es posible formarse idea de la falta de conforte, de
gusto, de limpieza que hay en los pueblos españoles.
Esta mañana me preguntaban en la posada *si quería
agua para lavarme*; ahora, aquí, me encuentro en un
comedor obscuro, de paredes sucias, ante una mesa con
pegajoso mantel de hule. ¡El eterno mantel de hule de
nuestra desaseada burguesía! Hemos yantado un cocido
anodino, una tortilla y unos pedazos de lomo con patatas. Yo tenía á mi lado á la cuñada de Azorín; don
Mariano, el tío de la mujer, hablaba de lo *malos que
están los tiempos*. Es uno de los tópicos más acreditados
de los pueblos: estamos mal, muy mal, pero no hacemos nada para mejorar nuestra situación. ¡Dejaríamos
de ser españoles!

En cambio un cura joven, que también comía con
nosotros, parece que se preocupa de la suerte de España. Y al efecto, él protege á un herrero de este pueblo
que ha inventado nada menos —¡pásmese usted!— que
un torpedo eléctrico. Esto sí que es archiespañol clásico:
nada de estudio, ni de trabajo, ni de mejorar la agricultura, ni de fomentar el comercio; no. ¡Un torpedo

eléctrico que nos haga dueños en cuatro días de todos los mares del globo! [167]

El caso, según tengo entendido, no es aislado en este pueblo: ya hace años un señor Quijano, que promovió un alboroto formidable, intentó construir un tremendo cohete de dinamita, un cohete que transportase á tres ó cuatro kilómetros de distancia cajas de cuarenta ó cincuenta kilos de dicho explosivo... [168] Considerando detenidamente todas estas cosas, yo sospecho que este Yecla es un pueblo de una rara mentalidad, de una arcaica psicología, propia de los siglos XVI ó XVII. Note usted que será acaso el único pueblo donde se ha construído una catedral en pleno siglo XIX; es decir, que se ha construído, como se construían en la Edad Media, por el pueblo en masa que ha trabajado gratuitamente impulsado por su fe ardorosa. Bien es verdad que la dejaron sin acabar. Y este ya es un dato importantísimo para la psicología colectiva. Porque todas las grandes obras de este pueblo están sin terminar: así el Colegio de Escolapios, el Casino, la Estación, etc. Esto indica que en el pueblo yeclano hay un comienzo de voluntad, una iniciación de energía, que se agota rápidamente, que acaba en cansancio invencible. El ejemplo que están dando en la tremenda crisis vinícola por que ahora pasan, corrobora la observación. Ven llegar la ruina, están ya en ella, pero no se mueven, no hacen nada, no idean nada. ¡Todo lo esperan del Estado! Como el místico lo espera todo del Cielo. Y eso es Yecla: un pueblo místico, un pueblo de visionarios, donde la intuición de las cosas, la visión rápida no falta; pero falta, en cambio, la coordinación reflexiva, el laboreo paciente, la Voluntad.

No es extraño, pues, que nuestro amigo Azorín, que ha nacido aquí y aquí se ha educado, sea un lamentable

---

[167] Nótese que el autor está resumiendo, desde un punto de vista sociológico, la vida y el ambiente del Antonio Azorín de la primera parte de la novela. Este joven cura que protege al herrero es Ortuño (Cap. XVIII, Primera Parte).

[168] Episodio narrado en el Cap. XIII de la Primera Parte.

caso de abulia; es un hombre *sin acabar,* cosa nada rara en este pueblo según queda consignado. En otro medio, en Oxford, en New York, en Barcelona siquiera, Azorín hubiese sido un hermoso ejemplar humano, en que la inteligencia estaría en perfecto acuerdo con la voluntad; aquí, en cambio, la falta de voluntad ha acabado por arruinar la inteligencia. Además, á estos poderosos factores de la educación de Azorín, hay que añadir otro esencialísimo: la constante influencia de Antonio Yuste, el maestro á quien tanto hemos querido y que pasó aquí los últimos años de su vida. Yuste era también un hombre frustrado: tenía una gran inteligencia, una pintoresca originalidad, pero le faltaba la continuidad en el esfuerzo, y por eso no pudo nunca hacer ningún trabajo largo, ninguna obra duradera...

Ello es que, entre unas cosas y otras, Azorín se halla casado en Yecla con una mujer desaliñada, y que yo hoy me hallaba frente á él, en su casa, comiendo sobre un mantel de hule, al lado de un cura que protege á un herrero que ha inventado un torpedo eléctrico. Yo, como es natural, he convenido en que la felicidad de los pueblos está en los torpedos eléctricos. El cura me lo ha agradecido mucho y me ha explicado largamente el mecanismo. Yo no he entendido ni una palabra; pero en cambio me ha parecido un poco indigesto el lomo con patatas.

Después de comer, y como no hay ya que arreglar el estandarte, hemos ido al Casino. En el Casino he visto á una porción de señoritos que, según me han dicho ellos mismos, se están preparando para una porción de oposiciones: á notarías, á registros, á escribanos, á abogados del Estado, al cuerpo jurídico militar, etc., etc. Este es otro aspecto pintoresco de Yecla: aquí todos son abogados, todos van y vienen con cartapacios de papel oficinesco, todos entran y salen en el juzgado, todos hablan de Manresa, [168] de *Mucius*

---

[169] José María Manresa Sánchez, autor de muchos manuales de Derecho y de *Historia legal de España, desde la dominación goda hasta nuestros días* (Madrid, 1841-1845).

Scevola, [170] de Freixa y Rabassó. [171] ¡A mí me da una gran vergüenza no tener idea aproximada de lo que es la ley de Enjuiciamiento civil! Entre tanto las tierras de este pueblo, esencialmente agrícola, permanecen casi estériles, se labra como en los tiempos primitivos, se hacen las mismas labores por procedimientos arcaicos; pero todos estos jóvenes aseguran que lo importante es *sacar* una notaría, y yo, que les estimo mucho, he de creerlo.

En el Casino hemos discutido si Silvela vale más que Maura; un casino de pueblo donde no se discuta, no es casino, y si además no se habla de política, resulta ya un caso estupendo, casi bochornoso. He de advertir que las palabras no tienen el mismo valor en Madrid que en provincias. Un madrileño algo fino, algo culto, que llega á un casino de pueblo y se pone á hablar, notará con sorpresa que la mitad de las cosas que dice pasan completamente inadvertidas para sus oyentes. Y si este madrileño tiene la manía de ser irónico, entonces será como si hablase en un desierto. Así, en provincias, los adjetivos, las indignaciones, los gestos, las negativas, las paradojas son tomados en distinto sentido que en Madrid. La paradoja —ese juguete de los espíritus delicados— no ha llegado á los pueblos. Yo he dejado caer esta tarde dos ó tres —¡lo confieso!— y todos estos jóvenes abogados me han mirado con indignación y se han puesto á contradecirme muy seriamente. ¡Ellos creían que yo creía en lo que iba diciendo! Y es seguro que si mañana voy á pedir un favor á alguno de estos señores que admiran á tal ó cual político, no

---

[170] Martínez Ruiz no alude a Quintus Mucius Scevola (140-82 a. de J. C.), autor de la primera exposición sistemática del Derecho Civil. Se refiere a Pedro Apalategui y Ocejo y Ricardo Oyuelos Pérez que, bajo este seudónimo colectivo, ocultan su colaboración en los comentarios al *Código civil* y otras obras jurídicas.

[171] Eusebio Freixa y Rabassó (1824-1894), revolucionario que fue secretario de algunos Ayuntamientos de España. En 1873 desempeñó el cargo de gobernador civil de Alicante. Publicó unas 80 obras de legislación administrativa, algunas de las cuales alcanzaron más de 20 ediciones.

me lo concederán ó me lo concederán de mala gana, porque yo he dicho, hablando de esos políticos, que no me interesa ninguno. Es más, no tendría inconveniente en asegurar que alguno de ellos debe de tener talento...

Después de estar un rato entre estos jóvenes jurisperitos, hemos ido á dar un paseo por la huerta. Al regresar, ya anochecido, hemos encontrado en conmoción á los deudos de Azorín. En la entrada, una mujer lloraba, daba gritos, suplicaba; don Mariano iba de una parte para otra lanzando furibundas amenazas; berreaban los chiquillos, ladraba el perro, chillaban Iluminada, su madre, las criadas.

El hecho es el siguiente. Un pobre hombre, que es ordinario de Murcia, le debía quinientas pesetas á la familia de Azorín. El plazo del préstamo ha vencido hace algunos meses; el ordinario no pagaba por más instancias que se le hacían. No tenía dinero, cosa bastante frecuente. Y hoy se le ha embargado el carro y la mula con que hacía su tráfico. Creo que el pobre hombre lloraba de dolor cuando los alguaciles se han llevado su mula, y ha amenazado con *darle un recado* á don Mariano, que es quien, con la mujer de Azorín, ha llevado á este extremo las cosas. Luego, la mujer del ordinario ha venido á implorar á Iluminada, y ella es la que hemos encontrado en el zaguán. ¡El escándalo era formidable!

He sentido una gran tristeza. La vida en estos pueblos es feroz; el egoísmo toma aquí un aspecto bárbaro. En las grandes capitales, como se vive al día y como las angustias de uno son las angustias de todos, hay cierta humanitaria comunicación, cierto desprendimiento altruista, que en el fondo es un avance para obligar á una reciprocidad futura. Pero aquí, en un pueblo, cada uno se encierra en su casa, liado en su capa, junto á la lumbre, y deja morirse de inanición al vecino. Y si es un forastero, no digamos. Muchas veces he pensado en la enorme tragedia de un ruso, de un alemán, de un inglés, que llega á un pueblo manchego, que no tiene dinero y que se pone enfermo...

El carácter duro, feroz, inflexible, sin ternura, sin superior comprensión de la vida, del pueblo castellano se palpa viviendo un mes en un pueblo. Esas caras pálidas que se asoman tras de los cristales, en los viejos poblachones manchegos, espiando al forastero que pasa solo; esas sonrisas piadosas y meneos de cabeza compasivos ante la desgracia; esas eternas y estúpidas frases: "debió haber hecho esto", "ya dije yo que haciendo tal cosa", "no era posible que de ese modo"... todas estas mil formas pequeñas y miserables de la crueldad humana ¡qué castellanas son! ¡Cuántas veces las he visto poner en práctica en los pueblos!

Ahora, la mujer de Azorín arruina por quinientas pesetas á un hombre desdichado; mañana un señor cualquiera que tiene en el cajón mil duros le niega cincuenta á un amigo íntimo; al otro un antiguo compañero manda el aguacil á cobrar setenta pesetas. ¡Oh, el céntimo, la lucha brutal y rastrera de estos pueblos mezquinos! Yo no podría vivir en este ambiente, y cada vez que estoy dos días en mi pueblo, tengo la sensación de encontrarme en una alcantarilla infecta por la que he de caminar encorvado. ¿Cómo Azorín vive aquí? Esta noche, durante la escena, le he visto un momento, le he vuelto á ver en sus raptos de energía. Se ha erguido; sus ojos fulguraban; y ha gritado: *¡Esto es miserable! ¡Esto es estúpido!*

¿Vivirá *siempre* Azorín aquí? Yo me resisto á creerlo; él es un ser complejo; todos conocemos sus rachas de energía, sus audacias imprevistas; es una paradoja viviente. Por eso este reposo, esta sumisión me sorprenden. Le creo incapaz, desde luego, de un largo esfuerzo; pero esta pasividad no es en él natural. Azorín es lo que podríamos llamar un rebelde de sí mismo. Instintivamente tiene horror á todo lo normal, á todo lo geométrico, á la línea recta. De su vida pasada se podría escribir un interesante volumen; y yo espero que acaso se pueda escribir también otro que se titule *La segunda vida de Antonio Azorín*. Esta segunda vida será como la primera: toda esfuerzos sueltos, iniciaciones paralizadas, audacias frustradas, paradojas, gestos, gritos... Pero, ¡qué importa! La idea está lanzada, el movimiento está incoado. ¡Y nada se pierde en la fecunda, en la eterna, en la inexorable evolución de las cosas!

J. Martínez Ruiz.

Yecla, á tantos.

ÍNDICE DE LÁMINAS

Entre págs.

Carta de Martínez Ruiz, Pío Baroja y Ramiro de Maeztu a Don Miguel de Unamuno (1902). Archivo Casa Rectoral Salamanca   84-85

José Martínez Ruiz *(Azorín)* en 1902   84-85

La Iglesia Vieja de Yecla   116-117

Colegio de Escuelas Pías, en Yecla, donde hizo su bachillerato Martínez Ruiz   116-117

Dama y niña, de Ana van Cronenburch. Museo del Prado. Madrid   192-193

Autógrafo de *Azorín*   192-193

Idea de una religiosa mortificada   216-217

Tesis Ad Munera Cathedrae Noviss. Recopil. 1827.   216-217

La balsa de la "Casa del Obispo" y el paisaje de El Pulpillo   256

ESTE LIBRO
SE TERMINÓ DE IMPRIMIR
EL 2 DE SEPTIEMBRE DE 1983

ÚLTIMOS TÍTULOS PUBLICADOS

64 / Marqués de Santillana
POESÍAS COMPLETAS, I.
Serranillas, cantares y deci-
res. Sonetos fechos al itálico
modo
Edición, introducción y notas
de Manuel Durán.

65 /
POESÍA DEL SIGLO XVIII
Selección, edición, introduc-
ción y notas de John H. R.
Polt.

66 / Rodríguez del Padrón
SIERVO LIBRE DE AMOR
Edición, introducción y notas
de Antonio Prieto.

67 / Francisco de Quevedo
LA HORA DE TODOS y LA
FORTUNA CON SESO
Edición, introducción y notas
de Luisa López Grigera.

68 / Lope de Vega
SERVIR A SEÑOR DISCRE-
TO
Edición, introducción y notas
de Frida W. de Kurlat.

69 / Leopoldo Alas, Clarín
TERESA. AVECILLA. EL
HOMBRE DE LOS ESTRE-
NOS
Edición, introducción y notas
de Leonardo Romero.

70 / Mariano José de Larra
ARTÍCULOS VARIOS
Edición, introducción y notas
de Evaristo Correa Calderón.

71 / Vicente Aleixandre
SOMBRA DEL PARAÍSO
Edición, introducción y notas
de Leopoldo de Luis.

72 / Lucas Fernández
FARSAS Y ÉGLOGAS
Edición, introducción y notas
de María Josefa Canellada.

73 / Dionisio Ridruejo
PRIMER LIBRO DE AMOR.
POESÍA EN ARMAS.
SONETOS
Edición, introducción y notas
de Dionisio Ridruejo.

74 / Gustavo Adolfo Bécquer
RIMAS
Edición, introducción y notas
de José Carlos de Torres.

75 /
POEMA DE MIO ÇID
Edición, introducción y notas
de Ian Michael.

76 / Guillén de Castro
LOS MAL CASADOS DE VA-
LENCIA
Edición, introducción y notas
de Luciano García Lorenzo.

77 / Miguel de Cervantes
DON QUIJOTE DE LA MAN-
CHA. Parte I (1605)
Edición, introducción y notas
de Luis Andrés Murillo.

78 / Miguel de Cervantes
DON QUIJOTE DE LA MAN-
CHA. Parte II (1615)
Edición, introducción y notas
de Luis Andrés Murillo.

79 / Luis Andrés Murillo
BIBLIOGRAFÍA FUNDA-
MENTAL SOBRE «DON QUI-
JOTE DE LA MANCHA», DE
MIGUEL DE CERVANTES

80 / Miguel Mihura
TRES SOMBREROS DE CO-PA. MARIBEL Y LA EXTRA-ÑA FAMILIA
Edición, introducción y notas de Miguel Mihura.

81 / José de Espronceda
EL ESTUDIANTE DE SALAMANCA. EL DIABLO MUNDO
Edición, introducción y notas de Robert Marrast.

82 / P. Calderón de la Barca
EL ALCALDE DE ZALAMEA
Edición, introducción y notas de José María Díez Borque.

83 / Tomás de Iriarte
EL SEÑORITO MIMADO. LA SEÑORITA MALCRIADA
Edición, introducción y notas de Russell P. Sebold.

84 / Tirso de Molina
EL BANDOLERO
Edición, introducción y notas de André Nougué.

85 / José Zorrilla
EL ZAPATERO Y EL REY
Edición, introducción y notas de Jean Louis Picoche.

86 / VIDA Y HECHOS DE ESTEBANILLO GONZALEZ.
Tomo I
Edición, introducción y notas de N. Spadaccini y Anthony N. Zahareas.

87 / VIDA Y HECHOS DE ESTEBANILLO GONZALEZ.
Tomo II
Edición, introducción y notas de N. Spadaccini y Anthony N. Zahareas.

88 / Fernán Caballero
LA FAMILIA DE ALVAREDA
Edición, introducción y notas de Julio Rodríguez Luis.

89 / Emilio Prados
LA PIEDRA ESCRITA
Edición, introducción y notas de José Sanchis-Banús.

90 / Rosalía de Castro
EN LAS ORILLAS DEL SAR
Edición, introducción y notas de Marina Mayoral Díaz.

91 / Alonso de Ercilla
LA ARAUCANA. Tomo I
Edición, introducción y notas de Marcos A. Morínigo e Isaías Lerner.

92 / Alonso de Ercilla
LA ARAUCANA. Tomo II
Edición, introducción y notas de Marcos A. Morínigo e Isaías Lerner.

93 / José María de Pereda
LA PUCHERA
Edición, introducción y notas de Laureano Bonet.

94 / Marqués de Santillana
POESÍAS COMPLETAS.
Tomo II
Edición, introducción y notas de Manuel Durán.

95 / Fernán Caballero
LA GAVIOTA
Edición, introducción y notas de Carmen Bravo-Villasante.

96 / Gonzalo de Berceo
SIGNOS QUE APARECERÁN ANTES DEL JUICIO FINAL. DUELO DE LA VIRGEN. MARTIRIO DE SAN LORENZO
Edición, introducción y notas de Arturo Ramoneda.

97 / **Sebastián de Horozco**
REPRESENTACIONES
Edición, introducción y notas
de F. González Ollé.

98 / **Diego de San Pedro**
PASIÓN TROVADA. POE-
SÍAS MENORES. DESPRE-
CIO DE LA FORTUNA
Edición, introducción y notas
de Keith Whinnom y Dorothy
S. Severin.

99 / **Ausias March**
OBRA POÉTICA COMPLETA.
Tomo I
Edición, introducción y notas
de Rafael Ferreres.

100 / **Ausias March**
OBRA POÉTICA COMPLETA.
Tomo II
Edición, introducción y notas
de Rafael Ferreres.

101 / **Luis de Góngora**
LETRILLAS
Edición, introducción y notas
de Robert Jammes.

102 / **Lope de Vega**
LA DOROTEA
Edición, introducción y notas
de Edwin S. Morby.

103 / **Ramón Pérez de Ayala**
TIGRE JUAN
Y EL CURANDERO
DE SU HONRA
Edición, introducción y notas
de Andrés Amorós.

104 / **Lope de Vega**
LÍRICA
Selección, introducción y no-
tas de José Manuel Blecua.

105 / **Miguel de Cervantes**
POESÍAS COMPLETAS, II
Edición, introducción y notas
de Vicente Gaos.

106 / **Dionisio Ridruejo**
CUADERNOS DE RUSIA.
EN LA SOLEDAD
DEL TIEMPO.
CANCIONERO EN RONDA.
ELEGÍAS
Edición, introducción y notas
de Manuel A. Penella.

107 / **Gonzalo de Berceo**
POEMA DE SANTA ORIA
Edición, introducción y notas
de Isabel Uría Maqua.

108 / **Juan Meléndez Valdés**
POESÍAS SELECTAS
Edición, introducción y notas
de J. H. R. Polt y Georges
Demerson.

109 / **Diego Duque de Estrada**
COMENTARIOS
Edición, introducción y notas
de Henry Ettinghausen.

110 / **Leopoldo Alas, Clarín**
LA REGENTA, I
Edición, introducción y notas
de Gonzalo Sobejano.

112 / **P. Calderón de la Barca**
EL MÉDICO DE SU HONRA
Edición, introducción y notas
de D. W. Cruickshank.

113 / **Francisco de Quevedo**
OBRAS FESTIVAS
Edición, introducción y notas
de Pablo Jauralde.

114 / **POESÍA CRÍTICA**
Y SATÍRICA DEL SIGLO XV
Selección, edición, introducción y notas de Julio Rodrí-
guez-Puértolas.

115 / **EL LIBRO
DEL CABALLERO ZIFAR**
Edición, introducción y notas
de Joaquín González Muela.

116 / **P. Calderón de la Barca
ENTREMESES, JÁCARAS
Y MOJIGANGAS**
Edición, introducción y notas
de E. Rodríguez y A. Tordera.

117 / **Sor Juana Inés
de la Cruz
INUNDACIÓN CASTALIDA**
Edición, introducción y notas
de Georgina Sabat de Rivers.

118 / **José Cadalso
SOLAYA
O LOS CIRCASIANOS**
Edición, introducción y notas
de F. Aguilar Piñal.

119 / **P. Calderón de la Barca
LA CISMA DE INGLATERRA**
Edición, introducción y notas
de F. Ruiz Ramón.

120 / **Miguel de Cervantes
NOVELAS EJEMPLARES, I**
Edición, introducción y notas
de J. B. Avalle-Arce.

121 / **Miguel de Cervantes
NOVELAS EJEMPLARES, II**
Edición, introducción y notas
de J. B. Avalle-Arce.

122 / **Miguel de Cervantes
NOVELAS EJEMPLARES, III**
Edición, introducción y notas
de J. B. Avalle-Arce.

123 / **POESÍA DE LA EDAD
DE ORO I. RENACIMIENTO**
Edición, introducción y notas
de José Manuel Blecua.

124 / **Ramón de la Cruz
SAINETES, I**
Edición, introducción y notas
de John Dowling.

125 / **Luis Cernuda
LA REALIDAD Y EL DESEO**
Edición, introducción y notas
de Miguel J. Flys.

126 / **Joan Maragall
OBRA POÉTICA**
Edición, introducción y notas
de Antoni Comas.
Edición bilingüe, traducción
al castellano de J. Vidal Jové.

127 / **Joan Maragall
OBRA POÉTICA**
Edición, introducción y notas
de Antoni Comas.
Edición bilingüe, traducción
al castellano de J. Vidal Jové.

128 / **Tirso de Molina
LA HUERTA DE JUAN
FERNANDEZ**
Edición, introducción y notas
de Berta Pallares.

129 / **Antonio de Torquemada
JARDÍN DE FLORES
CURIOSAS**
Edición, introducción y notas
de Giovanni Allegra.

130 / **Juan de Zabaleta
EL DÍA DE FIESTA POR LA
MAÑANA Y POR LA TARDE**
Edición, introducción y notas
de Cristóbal Cuevas.

131 / **Lope de Vega
LA GATOMAQUIA**
Edición, introducción y notas
de Celina Sabor de Cortazar.